將門俗女 2

風文創 907

輕舟已過 著

目錄

第十三章

掛著寧王府符牌的馬車，自進城後一路向皇宮方向奔馳，行到永安大街與王府大街交會路口戛然停下，車夫側身輕聲提醒道：「王爺，前面就是東安門了。」說罷，躍下車轅，將踏腳凳放到另一側的車轅下方。

牧遙打開車簾先一步跳下馬車，沈成嵐起身，猶不死心地再次問道：「真的不用我陪你進宮？」

齊修衍笑著拍了拍她的肩膀。「放心，沒妳想的那麼糟，妳先回家，確定返程時間我再派人通知妳。」

「會在京中逗留很久？」

沈成嵐實在摸不清皇上此時召齊修衍回來的用意，如果按他之前所說，他們的舉動都瞞不過皇上的耳目，那……

自從得到傳召回京的消息，沈成嵐一直憂心忡忡、神思不寧，齊修衍深知，無論自己如何寬慰，看不到結果，沈成嵐都沒法真正安心，為今之計，只能讓她儘早回家，讓她的親人們讓她分分神。

「少安勿躁，聽我的話，在家等我消息。」齊修衍對她擺了擺手，攆她下車。

沈成嵐不敢耽誤他進宮面聖，下馬車後站在原地一直目送著馬車駛進東安門，才收回目光，帶著牧遙往景國公府的方向走。

門房見到沈成嵐忙迎了上來，又有兩個當值的人跑向二門通報。

「祖父、祖母、娘，三嬸、三姊，我回來啦！」遠遠地，沈成嵐就看到等在壽安堂門口的一群人，揮舞著手臂跑上前去。

許氏看了眼笑得縱容慈愛的公婆，無奈地嘆了口氣，稍稍上前一步站在人群前，勉強沈著臉低斥道：「多大的人了，還這麼毛毛躁躁，成何體統！」

沈成嵐一眼就看透了她娘快忍不住的嘴角，厚著臉皮賣乖。「娘——」

一聲「娘」喊得恨不得拐上好幾道彎，站在許氏身後的三姑娘沈聿華先忍不住笑出聲來。

「三姊，今日妳穿著這身衣裳可真好看！」沈成嵐偏著身子探頭看向站在三嬸身邊的小姑娘，身量雖然還沒長開，但明眸皓齒、膚白臉嫩，妥妥的美人胚子。

在沈成嵐的印象中，在她跟著父親駐守北鎮後不到兩年，這位內向的三姊就嫁人了，夫君是三叔的一位故交之子，雖不是權宦勛貴之家出身，卻待三姊極好。

這話若換成旁人來說，必定會被人當作是調戲良家女子的紈袴浪蕩子，可從眼前的六弟口中說出來，沈聿華登時紅透一張小臉，含羞帶怯地往母親身邊挪了半步，溫溫軟軟地喊了句。「六弟。」

沈成嵐頓時覺得心都軟了，暗嘆未來三姊夫的好命。忽地耳朵一疼，緩過神來，正好迎上許氏又羞又惱的火熱目光。

「臭小子，離家沒幾天，說話都沒個正經了！」

孟氏卻高興得很，趕忙上前兩步幫沈成嵐解圍。「二嫂、二嫂，妳別動手啊，一家人親近，哪就沒正經了！」

沈聿華見狀也趕緊上前來抱著許氏的胳膊。「二伯母，您別生氣了，六弟好不容易回家來……」

許氏哪裡捨得下狠手，藉著三房母女倆的臺階鬆了手，無奈地瞪了她一眼。

沈成嵐雖很想親近三姊，但是沒忘記自己現在是頂著二哥的身分，顧及著分寸沒敢太靠近，只笑著釋放滿腔的友好與親近。

事實上，沈成嵐也好，沈成瀾也罷，除了對極親近之人，感情都不太外露，尤其是沈成瀾，自小就情緒內斂，即使是對著父母和大哥，也不像一般孩子那樣表現出明顯的喜怒哀樂。

在場的人或多或少訝異於沈六的性情外露，但沈老夫人只覺得心頭一陣酸澀，緩了緩心緒後輕咳一聲，招呼著她們趕緊進屋。

雖一路疾行，但現下也已申時過半，再有小半個時辰就是府裡的晚膳時間。

沈老國公本要讓廚房提前擺膳，卻被沈成嵐給攔下來，她衣裳也顧不得換，就將老爺子請到書房，將皇莊和寧遠縣的情況如實描述一遍。

沈成嵐心裡不安地問道：「祖父，您覺得皇上此時召殿下回京，是何用意？」

沈老國公端坐如鐘，飽經風霜的臉龐上神情嚴肅卻不凝重，沈思片刻後開口道：「那個蒼先生如今就在東莊，皇上若要問責三殿下，早就讓你們將他一同帶回來了，或者早就派人將他控制住，而不是像現在這樣，只下一道傳召口諭。」

沈成嵐對祖父的話極為信任，聽罷神情一緩。「您的意思是，皇上並不會責怪殿下？」

「一點也不責怪倒也未必。」沈老國公面色和緩下來。「畢竟三殿下就在寧遠縣，卻坐視民怨沸騰，皇上總要責怪兩句。」

沈成嵐小小鬆了口氣，她對祖父其實並未全部坦白，譬如這場民怨沸騰之勢，其實是齊修衍一手促成的。

「我猜想，皇上此時急召三殿下回京，應該是另有用意。」沈老國公想到這幾日朝堂之上的爭執。「二皇子已經將侵地一事奏報皇上，這兩日早朝上爭吵不休，直到現在還沒有確定到底由誰來主辦此案。」
沈成嵐目光沈了沈。「您的意思是……皇上有意讓殿下查辦此案？」
沈老國公悠悠呷了口茶。「很有可能。」
以沈成嵐對祖父的了解，這幾乎就是確定的意思。
本意是把這個燙手山芋扔給二皇子，現在又要折回自己手裡，也不知是福還是禍……

御書房內，齊修衍正看著二皇兄快馬加鞭呈送回來的奏摺。
「前些時日你呈上來的摺子，朕已經看過了，朱批已下，稍後戶部就會把補償銀的差額補足。」元德帝身體後傾靠在椅背裡，手裡端著茶蓋輕輕撥動著茶葉。「此案你怎麼看？」
齊修衍合上奏摺，恭敬地呈還回去。「父皇英明，兒臣這些時日雖身在寧遠縣，但對各種實情知之不詳，不敢妄言。」
赤裸裸的敷衍之詞！
元德帝的目光從茶碗移到他身上，審視片刻，點頭「嗯」了聲，道：「未經調查便不妄下定論，合該如此。很好。那如果把此案交個你來辦，你可有信心盡快了結？」

是盡快了結，而非查清真相。

齊修衍細細品著皇上話裡的深意，目光卻不迴避地迎了上去。「兒臣雖能力有限，但願盡力為父皇分憂。」

「好，那這件案子就交由你去辦，朕會讓龍鱗衛指揮副使田綱協助你。」

齊修衍心裡微微一驚，龍鱗衛是皇上御用近衛，想來只聽命於皇上一人，且從來都是獨立辦差，現下卻讓指揮副使來協助自己，不說於辦案有多大方便，但是此種殊榮定要惹人注目。

「謝父皇！兒臣定不負父皇所望。」念頭在腦海裡飛速轉了幾個圈，齊修衍恭敬地承受了這份恩典。

元德帝抬了抬手，賜座賜茶。「沈家那小子可隨你一同回來了？」

「是，早前離京匆忙，兒臣想著景國公及老夫人定會有些不放心，這次便帶他一同回來了。」

元德帝點了點頭，眼中竟浮現若有似無的笑意。「早前老國公與朕提及沈六，還擔心他年少，心性不定，不適合伴讀的差事，怎樣，你們相處得可還好？若是不合適，儘管與朕說。」

齊修衍神色緩了緩，繃著的身體似乎也因為提及沈成嵐而放鬆兩分，溫聲回稟道：

「沈六天資聰慧，又率真坦誠，兒子與他相處甚好，並無不適。」

元德帝藉著喝茶的動作掩下勾起的嘴角，片刻後清了清嗓子，道：「寧遠縣的工事再有月餘便會完工，屆時你便要為屯田選址南下，此去歸期不定，你還打算帶著那兩個小子？」

齊修衍這次毫不遲疑地點了點頭。

「沈六是兒子的伴讀，兒臣想帶著他，一路上也有個人說說話。至於十弟……」齊修衍起身跪到御案前，壓抑著嗓音道：「兒臣懇請父皇成全，在十弟離宮建府前，容兒臣代父皇照顧他。」

之前的落水，元德帝並沒有下令追查，此時面對齊修衍的懇求，稍微猶豫後便鬆口了。「也好，婉嬪要照顧九皇子和六公主，精力有限，你能為她分憂自是再好不過。只是，你日前引薦的那個文師傅，稍後還得讓朕親自考校考校，若不合適，也好儘早另安排。」

齊修衍泰然應下。「待工事結束，兒臣定親自帶他來拜見父皇。」

被皇上親自考校，那可是殿試才能享受的待遇。

稍晚，齊修衍被留在宮中用膳。

景國公府內，沈成嵐已經飽餐過後，在暖閣裡和祖母她們閒話家常。剛說沒幾句，大丫鬟南溪在門外稟報，大夫人帶著院裡的公子、小姐們來給老夫人請安。

沈聿華跟著母親站起身，偷偷瞧了眼跟著二伯母起身的六弟，輕咬下唇猶豫了片刻，眼神沈了沈似是做了決定，伸出手輕輕扯了扯六弟的衣袖。

察覺到異樣，沈成嵐偏頭看過來，眼裡帶著不解的詢問。

兩人不動聲色地退後兩步，恰好長房一行人浩浩蕩蕩地走了進來，沈聿華靠近沈成嵐悄聲耳語道：「最近大伯母天天帶著大姊來給祖母請安，說是等大姊出閣，就是半個皇家人了，想在老夫人跟前盡孝也得顧及著身分……」

沈成嵐聽著耳邊的話，雙眼微瞇看著沈思清規規矩矩地行著全禮給祖母請安，眼底的嘲諷一閃而過。

沈思清向老夫人和許氏、孟氏依次請過安。沈成嵐和沈聿華也上前兩步向杜氏問好。

杜氏在老夫人右下首落坐，笑得慈眉順目。「聽說六郎回來了，我想著定會在老夫人這邊留膳，這不，撂下筷子就帶著孩子們過來了。」

沈成嵐深深看了眼身著一襲鏤金百蝶穿花紫長裙的沈思清，勾唇笑了笑。「有勞大伯母惦念，姪兒一切尚好，倒是大伯母您看著好像清減了不少，應該多注意休養才是。」

「這些日子你不在京裡，老夫人和你娘可能還沒來得及跟你說，你大姊的婚期定下來啦，就在七月初八，滿打滿算不到兩個月的準備時間，我是想歇也歇不下呀！」杜氏嘴上說著抱怨，嘴角卻止不住地揚了起來。「說起來，咱們府上也是有些年頭沒有操辦嫁娶喜事了，若是按照以往的規矩準備，我還不至於像現在這般手忙腳亂……」

表面抱怨，實則顯擺，這種作派向來是杜氏所擅長的。

沈成嵐不動聲色地看了眼身側的三姊，見她低眉垂目、面色自若，但衣袖下的手卻不停地撚動著手帕，想來這些天應該沒少遭杜氏荼毒。

「天家最是講究規矩，大伯母確實要勞力費神了，太子府上下想必正在忙著準備冊封大典和太子大婚事宜，恐怕無暇旁顧，三殿下府上倒是有兩個頗有資歷的公公和嬤嬤，當年跟在皇貴妃身邊，對這些規矩應該通曉一二，我在殿下跟前還能說上兩句話，大伯母若有需要的話儘管開口，我向殿下將人借來幫幫忙還是能行的。」

月底太子冊封大典後，下個月月中就是太子大婚，太子府只在前幾日派了個掌事嬤嬤過來協助她準備良娣陪嫁，本人連面都沒露，杜氏本想向老夫人抱怨兩句，但大爺暗中打探，說是無論太子良娣還是王爺側妃，都是這般待遇。

杜氏心裡不是沒有失落，只是不敢在人前表現出來，越是失落心虛，越只能在老夫人和妯娌們跟前虛張聲勢。

本來這種心理上的詭異平衡維持得挺好，可惜今兒碰上了沈成嵐，幾句話就把她自我催眠似的謊言外衣給扯了下來。

太子良娣入府，無親迎儀仗，無天地父母拜禮，就連陪嫁也限制不能超過三十六抬。平心而論，如果不是喜轎抬進的是太子府，規格都不如明媒正娶嫁進侯爵之家。

杜氏這些日子的確很費心傷神，不過她糾結的是哪些東西要剔出沈思清的陪嫁單子，以及如何在不違制的前提下將那身粉紅嫁衣做得更增顯身分。

「妳也知道天家的規矩大！」沈老夫人佯裝正色地瞪了她一眼。「人家太子府早就派了掌事嬤嬤來幫忙，等妳找人來，怕是黃花菜都涼了！妳有這份心意就足夠了，今兒趕了大半天的路，妳也累了，先跟妳娘回去歇著吧！」

「祖母所言極是，六弟一路車馬勞頓，就先歇著吧，明日姊姊作東，咱們兄弟姊妹們在小花園聚上一聚，六弟和三妹可一定要來。」沈思清的神色可比杜氏沈穩多，有人暗中拆杜氏的臺，她卻依然能保持氣定神閒。

沈成嵐勾了勾嘴角，爽快地應下。

許氏和孟氏還要陪老夫人說一會兒話，沈成嵐則自告奮勇送三妹回西苑。

兩人剛走到壽安堂的大門，就聽到沈聿華沈聲說道：「明日的聚會，怕是沒那麼簡單。」

沈成嵐從剛才就在思索著沈思清的用意。「眼下這個時候，想她也不會折騰什麼么蛾子給自己添麻煩，咱們明兒過去只管吃喝便是。」

沈聿華點了點頭，想到適才大伯母尷尬的模樣，忍不住偷偷捏著帕子捂嘴偷笑。

沈成嵐見她這樣也跟著舒展開眉眼，話音含笑道：「這段日子妳們可受苦了。對了，大姊的陪嫁，祖母可鬆口了？」

「嗯，陪嫁的田地和現銀增了三成，又添了一抬古玩物件。不過，祖父也說了，將來四妹和我也比照著這個來。」說罷，沈聿華的臉頰浮上一絲赧色。

另一當事人沈成嵐卻心大如海，完全沒驚起一朵浪花，關注點反而在另一件事上。

「長房那邊從什麼時候開始天天來祖母跟前晃悠的？」

老夫人跟前雖然沒有晨昏定省的規矩，但孟氏和許氏一樣，每日都要來向老夫人請安，沈聿華也跟著母親一起風雨無阻，沈成嵐問她也是問對人了。

「皇上在早朝宣布冊立太子之後的第三日，宮裡就來人宣旨，正是冊封大姊為太子良娣，七月初八入太子府。接旨後第二日起，大伯母就帶著大姊天天來向祖母請安，說是趁著大姊沒出閣，在祖母面前多盡一盡尋常孫女的孝道。」

沈成嵐笑裡夾著冷風。「尋常孫女的孝道？」

素來溫吞和婉的沈聿華，忍不住向自家六弟抱怨道：「大伯母在祖母面前雖沒明說，但是有丫鬟不止一次聽到陸嬤嬤在背後嚼舌根，說是等大姊嫁進了太子府，將來回府，就算是老夫人也要向她行半禮，更別說府中其他人了……」

嫁進太子府？

沈成嵐不禁冷笑。「祖母身負一品誥命，就算是見著三書六禮、明媒正娶的太子妃，也不過是半禮，她一個被抬進府的太子良娣，還敢妄想在祖母面前託大，癡心妄想！」

「自從接了聖旨，長房可算抖擻起來了，尤其是四哥，眼睛都要長到頭頂上去了！」提到沈思成，沈聿華的臉色陡然嚴肅了兩分。「我還聽說，四哥在外面跟人吹噓，自稱是未來的國舅爺。」

沈成嵐臉色一沈，眼底路過一抹肅殺。「這件事祖父、祖母可知道？」

沈聿華搖了搖頭。「府中下人也是近日從外面聽說來的，並沒有親耳聽到，我猶豫著不知該不該告訴娘親和祖母……」

「三姊不用發愁，這件事就交給我吧，妳就當從沒聽說過。」以沈成嵐對沈思成的了解，完全不意外他會大言不慚地說出這種話。

沈聿華原本懸著的心，因為六弟這句話而落了地。早先聽大哥說，六弟的性子轉變許多，她還有些不敢相信，現在看來的確是容易親近許多。

將三姊送到內院門口，沈成嵐才與她道別，一路穩步走回自家院子，剛換了身衣裳，就看到許氏回來了。

儘管早就收到報平安的書信，許氏對她還是諸多放心不下，現在見她臉色紅潤，並不似受了什麼委屈，這才堪堪放下心來。

「明日去了小花園，不管長房那幾個說什麼、做什麼，妳都忍耐著些，莫要在這個時候跟他們明著撕破臉。」現下景國公府備受人關注，許氏不想自己的孩子，因為長房而成為市井之人茶餘飯後的談資。

沈成嵐曉得娘親的用心良苦，十分乖順地點頭應下。「娘請放心，我曉得。而且，我猜想，明日小聚，恐怕也只是大姊想要找我私下說話的藉口。」

許氏有些意外地挑眉看她。「她有什麼話，需要這般拐彎抹角？」

沈成嵐沒有立即回答，反而問道：「娘，大姊不是被祖父禁足了嗎？您可知她最近有沒有出過府？」

家裡雖然是祖母在主持中饋，但很多庶務都是許氏幫忙打理，門房那邊自然有信得過的人。

「自從接了聖旨，禁足便撤了。出門倒是極少，只近日有兩次。」許氏不解。「妳問這個做什麼？」

沈成嵐道：「這一路我都在擔心皇上急召殿下回京的用意，早前和祖父在書房就是向他打聽消息來著。祖父猜測，皇上是屬意殿下主辦寧遠縣的侵地一案。」

「就是那些攔著二皇子告狀的人？」許氏腦中的念頭飛快轉動。「這件事如今在京中傳得沸沸揚揚，據說還牽扯到皇莊的管莊大太監劉三有。可這和清丫頭有什麼關係？」

沈成嵐別有深意地看著母親，道：「劉三有，是沈貴妃的人。寧遠縣侵奪的田地，在呈送到御前的魚鱗冊裡，屬於東宮莊田轄下。」

許氏恍然。「妳懷疑……清丫頭明日找妳，是受太子之託？」

「既然祖父有如此猜測，難保沒有其他人也這麼揣度，大皇子身邊的謀臣也不是吃閒飯的，更何況宮裡還有個沈貴妃。不過，我也只是猜測罷了，明日見面就知曉了。」

院內夜風清涼，母女倆對坐在石桌旁，再有幾天就是十五了，皎皎月光傾瀉而下，連燈籠都省得點了。

許氏悠悠嘆了口氣，道：「我之前從未想到，清丫頭的心氣竟如此高。如今這條路是她自己選的，只希望日後不要後悔。」

堂堂國公府嫡長孫女，放著正妻不當，上趕著使手段去做皇家妾，在許氏看來著實不明智。

沈成嵐聞言，撇了撇嘴。「以她的性格，就算是自己選的路，走不好也要怪家裡不幫扶。說到底，她好了，那是她應得的；她不好，那就都是咱們的錯。自私且自負的人，大都這種心態。」

許氏稍稍一愣，驚訝道：「才跟著三皇子讀書沒幾天，看人的眼光倒是精進不少。」

面對這誇獎，沈成嵐有些心虛，咧嘴乾笑。「多虧殿下提點。」

「殿下的日子，也不容易啊！」許氏感喟地長嘆一聲，眼裡流露出憐惜之意。「妳祖父和妳父親總說，在其位謀其政，妳雖只是個小小的伴讀，但不管長房與太子那邊關係如何，咱對三殿下都得盡到本分。」

長房與太子有姻親，他們這方和三皇子有來往，對景國公府來說，也算是一種變相的中立平衡。

沈成嵐聽出娘親的用心良苦，正色道：「娘請放心，孩兒曉得。」

「罷了，妳自小就不是能安於內院的人，老爺子和妳爹又縱著妳習武，我看哪，不給三皇子做伴讀，也要投軍入伍，跟妳大哥一個德行，都是我圈不住的。」許氏算是看開了。「在外面就別那麼勤快地送家書回來了，那信鴿看著就是稀罕物，殿下應該要派大用場，被妳用來送家書簡直是大材小用。」

沈成嵐笑道：「不妨事，那信鴿是殿下賞給我的，耽誤不了正事。」

許氏微微露出喜色，但片刻後神情又黯然下來，沈思幾許後開口試探道：「以後是不是要經常離家了？走得遠嗎？」

少年皇子外放辦差，這樣的先例在大昭並不算罕見。身負皇命，足見辦事能力得到皇上的認同，但遠離京師，無法培植朝中助力，這就意味著被排除在角逐之外。

沈成嵐驚訝於娘親的敏感，低頭沈默了一會兒，坦言道：「待寧遠縣的工事結束後，殿下不日將動身南下，選址屯田。」

增闢屯田，則意味著戰事將起？

出身武將之家，嫁進以武興家的景國公府，許氏對此有著天生的敏銳度。

許氏只能這麼寬慰自己。「時間還算充足，我先替妳準備行裝，妳只管在外面當好差事，旁的無須多想。」

不惦念那是不可能的，但是為了讓母親安心，沈成嵐只能言語應下，轉移話題問道：「娘，我爹最近可有家書？算算時間，應該快回京了吧？」

許氏果然臉色和緩不少。「前天剛接到消息，說是已經從遼東府動身返京了，緊著趕路的話，應該能趕得上太子的冊封大典。妳二哥那邊也來了消息，說是一切安好，可惜沒有說那青雲觀具體在何處……」

「二哥做事一向穩妥，現下沒說應該是時機未到。弘一大師乃值得敬重信任之人，定然不會錯的。娘，您就別擔心了。」沈成嵐透過弘一大師的關係也才剛和二哥聯繫上，同樣不知道青雲觀的具體位置，即使弘一大師知道，沈成嵐也沒有僭越詢問。

見天色不早了，沈成嵐送許氏回上房，自己則回到二哥的院子。舒蘭早將寢房用艾草熏了一遍，她知道沈成嵐不喜歡熏香，就在房裡擺了幾樣時鮮水果。

沈成嵐尋思著，等南下的時候一定要尋個藉口把舒蘭一起帶上，一來自己信得過，二來也能給芳苓作伴。

回了家，心裡縱有千般未盡之事也都被暫時放下，沈成嵐這一覺就睡到天色大亮。外間的舒蘭聽到動靜端著水盆走了進來。「少爺，多寶小公公一早就來了，說是沒要緊的事，不用喊您起來，這會兒在偏廳等著呢。」

沈成嵐精神一振，手腳麻利地洗漱後，換好衣裳直奔偏廳。

「多寶小公公過來的時候正好夫人要去給老夫人請安，吩咐廚房給小公公擺了早膳。」舒蘭稟道。

沈成嵐的步履越發輕快，讓舒蘭將她的早膳也送到偏廳來。

上。

推開偏廳的房門，沈成嵐擺了擺手止住要起身行禮的多寶，隨手把身後的門給闔上。

「沒有外人在，就不用多禮了。」

多寶和沈成嵐相處時間雖不算長，卻深知她這脾性，這會兒也不扭捏，提起筷子繼續用早膳。

東苑的早膳其實比寧王府的豐盛不少，熬得軟糯黏稠的米粥，包子、燒賣、饅頭，還有幾碟色香味俱全的小菜，外加一盤切得薄厚均勻的醬驢肉及水晶餚肉。

舒蘭送碗筷和早膳進來的時候，正撞見沈成嵐將手裡咬了一半的包子塞進嘴裡，她無奈地搖了搖頭，權當沒看見。

「少爺，您和多寶公公慢慢用，奴婢在外頭候著。」舒蘭特意將筷子塞進沈成嵐的手裡。

沈成嵐笑著猛點頭，一路目送舒蘭走出門口。

事實上，她不僅拆蟹剝蝦的手藝不行，使筷子也沒別人那麼順手，五、六歲時吃飯還用勺子呢。

沈成嵐的早膳是一大盤蛋炒飯，多半盅大骨湯，並一大盤醬驢肉和水晶餚肉拼盤。

沈成嵐見多寶面前的那盤醬驢肉吃掉了大半，便將自己盤子裡的又挾過去一半。

「人家都說天上龍肉、地上驢肉，這東西相當金貴，難得廚房做一次，你小子運氣不錯！」

內務所雖然不再剋扣寧王府的分例，但齊修衍對口腹之慾沒有那麼看重，王府裡連牛肉也不常吃，更別說驢肉了。

託沈成嵐的福，上輩子的御前總管大太監多寶公公這輩子第一次吃到驢肉了。

「公子，主子讓奴才過來傳話，說皇上已經將寧遠縣侵地一案交給他查辦，這兩日要在戶部查閱些卷宗，您就不必跟著了，安心在家裡歇著，後日一早再來接您一起出城。」

一清早，主子就帶著李青去戶部了，多寶今兒就送信這一個任務。

事情發展果然如齊修衍預料的這般。既然他讓自己留在家裡，想來是真的不需要自己跟著。

多寶吃得飽飽地離開景國公府，手上還多了一個大食盒，裡面是分量不少的醬驢肉和水晶餚肉，用來給主子加菜。

吃飽飯的沈成嵐照例來給祖母請安，暖閣裡沒有外人在，舒蘭當著沈成嵐的面跟夫人告狀，廚房好不容易做了一次醬驢肉，大半鍋都送給寧王府了。

沈老夫人和許氏恨鐵不成鋼地瞪著沈成嵐，孟氏和沈聿華母女倆捏著帕子捂嘴偷笑。

「可是有什麼大喜事，還沒進門就聽到三弟妹的笑聲了。」話音未落，門口的簾子被打起，杜氏率先走進來，後面跟著沈思清。

孟氏聽到她的聲音下意識就想翻白眼，好心情頓時打了折扣，面上卻不好明著表現出來，笑意不達眼底地說：「哪有什麼大喜事，不過是閒話家常罷了。」

杜氏跟老夫人行過禮後在下首坐下，看著向她問安的沈成嵐，眼尾堆笑。「小六回來了就是不一樣，老夫人這裡許久不曾這麼熱鬧了。」

話裡的酸氣撲面而來，這才是杜氏一貫以來正常的說話調調。

「聽大伯母這麼一說，我好像還真是有點不一樣，以往我日日在老夫人跟前晃悠，現下成天不著家，好不容易回來一趟可不得特別受待見嘛！」

身為兒媳婦，還是長媳，沒在老夫人跟前晨昏定省是杜氏心虛的弱點，被沈成嵐一語戳中，她無法反駁，只能訕訕笑著敷衍。

沈老夫人輕撚著手裡的佛珠串輕啐她。「離家沒幾天，能耐長沒長不曉得，臉皮倒是越發厚了，哪個待見妳了！」

沈成嵐的目光從老夫人開始，依次將屋裡的人打量了一圈，眼尾那麼微微一挑，漾出讓人道不清的風流恣意。

沈思清被眼前乍現的這抹風情撩得心下一悸，待回過神來時，沈成嵐已經恢復如常，彷彿剛剛那一瞬只是她的錯覺。

「六弟，三妹，小花園那邊的茶點已經準備好了，祖母這邊有母親和二嬸、三嬸陪著，咱們就先過去聚一聚可好？」

沈思清雖然看著還是一副溫婉自若的模樣，但沈成嵐還是從她的眼神中看到急切之意，早先的猜測越發肯定了兩分，就從善如流地點了點頭，道：「好啊，煩勞大姊費心了。」

景國公府的小花園裡有一處水榭，蜿蜒曲折的水上棧橋穿過荷群互通水榭和河岸，沿岸四周翠林環映，入目清涼雅致，確是個閒談小聚的好地方。

沈思清曾親手籌畫舉辦過兩場詩會，像今天這種小聚會對她來說完全不在話下。沈成嵐也不是個沈不住氣的人，拉著沈聿華從水榭裡的屏風誇到盛茶的瓷盞。沈思清起初還能耐著性子附和應酬，可等到小半壺茶下肚，眼底的焦急就開始控制不住顯露出來了。

「今日太子府那邊派送不少奇花異草過來，咱們府上最有耐心也最喜歡花草的就數二嬸了，可惜我不甚清楚二嬸偏愛哪種，正好趕上六弟在家，不如過去幫我挑選一些？」

許氏平日裡得閒了就會侍弄些花草打發時間，沈思清這藉口尋得倒也恰當。

沈成嵐眼中一喜，但馬上又收斂起來，猶豫道：「這些奇花異草應該是太子殿下贈予大姊的，我娘拿走恐怕不妥吧？」

「不過是些花花草草罷了，沒見過的才覺著稀罕，等你見著太子殿下送給我大姊的別個東西，就知道什麼叫真稀罕物了！」沈思成搶先開口，白眼翻得幾乎要把眼珠子給飛出去了，鄙夷之意撲面而來。

沈成嵐失笑。「四哥說得極是，太子殿下身分尊貴，所贈之物自是珍貴無比，莫說咱們府裡，便是我在寧王府所見，也難以媲美。」

沈思成嘴角一撇，眼底浮上明顯的嘲笑之意，剛要開口卻被起身走過來的沈思清狠狠扯了一把。

「六弟莫聽他胡說，殿下素來節儉，偶有幾件稀罕物也是宮裡的賞賜，哪有咱們想像的那般富貴！」

景國公府累世軍功，所得賞賜不說堆滿私庫，堆個半滿總是能的，大皇子剛剛被冊立為太子，冊封大典還沒舉行呢，送給未來良娣的物件就能讓幾代累積的景國公府無法媲美，這話若是被有心之人聽到，或者傳到皇上耳朵裡，會被人如何猜想？

更甚者，再有那無事生非之人乘機將皇莊的事借題發揮，那對太子來說可是不小的麻煩！

念及此處，沈思清心裡狠狠打了個冷顫，警告之意十足地剜了沈思成一眼，再轉瞬恢復和善溫婉的面孔，親暱地輕扯著沈成嵐的衣袖。「走，咱們先去給二嬸挑花去！」

沈成嵐從善如流地順著她的動作邁開了腿，走沒兩步忽然想到什麼似的，扭過頭來對沈聿華笑道：「三姊，煩勞妳去知會我娘一聲唄，這些奇花異草都嬌貴得很，一回來就交到她手裡我才能放心。」

沈聿華爽快地應聲起身。「我這就去傳話！」

太子府送來的花草都放在小花園的花房裡，從水榭走過去也就一刻鐘的時間。

沈成嵐徜徉在兩排花草間，眼角餘光掃到沈思清屏退花匠，施施然朝自己走來。

「六弟，可有中意的？」沈思清笑意融融地問道。

沈成嵐兩輩子的心思都沒用在花草上過，更沒在娘親的花園裡見過什麼珍貴品種，目光又將兩旁的花草打量一遍，朗然笑道：「太子殿下送的自然都是頂好的，隨便一盆我娘應該都喜歡。只是君子不奪人所好，更何況是太子殿下對大姊妳的一片情意，不如就讓這些花草繼續擺放在花房裡吧，我娘喜歡的話就來這裡欣賞。」

「六弟這般客氣，是跟姊姊見外嗎？」沈思清的神色頓時黯然下來，目光卻緊盯著沈成嵐的眼睛。「咱們是一家人，莫說這些花草，便是其他更好的東西，但凡想要，只要咱們一家人攜手同心，便定能如願。」

沈成嵐臉上笑意不減，道：「就算是一家人，個人緣法不同，追求不同，勉強著綁在一起走同一條路，也沒意思。」

沈思清心神微動，臉上的笑意收斂大半，拿起花臺上的剪刀開始修剪起一盆山榕盆景，看手法甚為熟練。「這天下的路，很多時候就和修剪花草一樣，不管從那一條枝開始剪起，最終目的都是讓它長成咱們自己想要的樣子。殊途同歸，就算暫時走向不同的方向，最後的歸處都是一家人更好的未來，這樣就足夠了，不是嗎？」

「大姊所言極是，弟弟受教了。我之前還納悶，為何我娘能整天對著她那些花草也不膩煩，原來這其中竟蘊藏著如此精闢的體悟，是我膚淺了。」

沈思清淺笑。「六弟切勿妄自菲薄，你在這個年紀就能有如此才華和見地，同輩中已是出類拔萃，單單是我，走出去不知要被多少人豔羨，羨慕我能有這樣的手足相互扶持。」

「大姊這般抬舉，弟弟我可要汗顏了，姊姊即將成為皇家婦，我在外間行走少不得沾妳的光才是。」沈成嵐感覺自己的嘴角開始發僵了，這麼拐著十八道彎說話可真是累。

「一家人，何來什麼沾光不沾光一說。六弟如今跟在寧王殿下身邊，又深得殿下倚重，日後少不得與太子殿下打交道，屆時就是姊姊要仰仗六弟了。」

沈成嵐看著沈思清越發僵硬的嘴角，心頭浮上一陣喜悅。「大姊無須見外，若能幫得上忙，弟弟定不會推辭。」

「有六弟這句話，姊姊我今晚就能睡個安心覺了。」沈思清如釋重負地放鬆雙肩微微垂下，臉上浮現顯而易見的疲憊倦意。

沈成嵐將她瞬間的狀態轉變看在眼裡，險些沒忍住拍手叫好，這變臉的速度，怕是戲班子裡的名角也要自嘆弗如。

「大姊此言何意？」

沈思清以往與她這個六弟交淺言更淺，原以為是個不知變通的書呆子，偶爾使使小性子罷了，但就現下這短時間內的交談來看，她得承認自己看走眼了。

打太極、繞彎子根本沒用。

認清這一點，沈思清按捺下心裡的怨懟和不甘，面露慚愧道：「六弟，這件事姊姊實在無人可託，只能厚著臉皮來求你了。現下寧遠縣侵地的風波鬧得沸沸揚揚，皇莊的管莊太監劉三有和寧遠縣縣令唐繼已經被傳召進京停職候審。你可能不知道，那唐縣令與太子是攀著八竿子才能構得著的表親，又適逢太子初立、即將清丈東宮莊田之際，倘若有心之人乘機栽贓陷害，太子恐惹不白之冤！六弟，你在寧王殿下跟前頗有臉面，姊姊拜託你，能替太子說句公道話。此間情意，太子殿下和我都會銘感五內，他日必報！」

繞了這麼多道彎，終於說到正題。

沈成嵐心裡鬆了口氣，面上神色卻嚴肅兩分。「大姊言重，我不過是王爺身邊的小小伴讀，臉面什麼的，那是王爺仁厚高潔，一向如此待人而已，並非只對我一人特例。至於寧遠縣的風波，因為王爺督辦引水工事的緣故，我恰好也聽到一些內情，百姓狀告的只是寧遠縣縣令和皇莊管莊太監劉三有，並沒有牽扯到太子和東宮莊田，大姊無須多慮。再者，就算有心懷叵測之人蓄意陷害，皇上聖明，定會為太子殿下作主，可比人微言輕的王爺可靠多了。」

沈思清的臉色陡然沈下來，嗓音艱澀道：「皇上明察秋毫，但也國事纏身，無暇事事親力親為，若主審此案之人遭到蒙蔽，進而誤導聖聽，那後果可就不堪設想了。」

沈成嵐雙眼微瞇，深深地看了沈思清兩眼，唇邊忽而綻開一抹淺笑。「大姊的消息當真靈通。」

齊修衍昨夜宮門落鑰前才離開皇宮，今兒一大早派多寶來報信，眼下巳時不過半，還沒到散朝的時間，沈思清就已經知道寧王受命主審寧遠縣的侵地案，如此消息靈通，著實讓人玩味。

沈思清臉色微變，但轉瞬就平復下來。「六弟莫要見怪，事關太子榮辱，姊姊我也是病急亂投醫。」

沈成嵐低頭捋了捋平整的衣袖，唇邊笑意盡收，再抬眼看過去時眼底一片涼薄如水。「大姊若真替太子著想，不如好好規勸殿下，窺探聖意可是逆鱗，還是不要輕易碰觸的好。至於侵地一案，恕我冒昧問一句，大姊今日私下所求，太子殿下可知情？」

窺探聖意這麼一大頂帽子扣下來，饒是自視甚高的沈思清也瞬間驚惶起來，忙不迭澄清道：「六弟切莫誤會，太子殿下從未有過絲毫僭越之心，一切都是我胡亂猜測而已，今日之事殿下也毫不知情。」

「既然如此，那容弟弟我多嘴勸大姊一句，往後再有這種情況，還是先問過太子殿下為好。」沈成嵐正色道。「今兒是在咱們自己家裡，我也不是什麼外人，若換成別人，大姊這舉動與此地無銀三百兩無異。不僅幫不到太子殿下，反而適得其反，陷太子於更不利的境地。」

沈思清自詡才貌雙絕、人中翹楚，豈會不明白這個道理，今日能拉下臉冒這個險，無非是吃定沈六是自家人，即使不幫忙也不會揭舉她。

儘管有這樣的心理準備，但是被拒絕不說，還被沈六給說教一頓，這對沈思清來說簡直是連著甩了她兩巴掌一般的恥辱。

「六弟所言極是，我也就跟你才這麼說，換作旁人是斷然不敢。」目的雖未達到，還被反將了一軍，沈思清也不好在此時表現出絲毫的怨懟和不悅。

沈成嵐看著眼前極力表現平靜但依然流露出窘迫尷尬的沈思清，心中一時感觸複雜。原來，只要一早就抱有提防之心，她們的演技遠沒有那麼高明。

眼下還不是撕破臉的時候，沈成嵐不鹹不淡地寬慰了兩句，這時候舒蘭尋了過來，說是定國公府的七少爺來訪，正在前廳候著。

沈成嵐暗嘆林長源來得太是時候，便面露遺憾地跟沈思清道別了。

第十四章

定國公府林七少爺是除了家裡人之外，唯一知道沈成嵐時常冒充她二哥的人。兩人之間的友誼可見一斑。

一見到推門進來的沈成嵐，林長源從椅子上蹦起來指著她大聲譴責。「好妳個沈小六，自從當上伴讀，就把我給忘了是不是？」

為了區別沈成瀾，在林長源這裡，沈小六是沈成嵐的專有稱謂。

沈成嵐無所畏懼地挖了挖耳朵，不耐煩地擺了擺手示意他坐下。「吵什麼，我不是一有時間就給你遞消息了嘛！」

林長源重重哼了一聲，屁股又坐回原位，轉頭對上給他續茶的舒蘭瞬間眉開眼笑。「舒蘭姊姊，好久不見，一切可安好？」

舒蘭忍著笑道謝。「有勞七少掛心，奴婢一切都好。」

「哎，妳們都好，就我一個人不好！」林長源端起舒蘭剛幫他續的茶，皺著一張臉。

舒蘭早看透他的無病呻吟，淺淺笑著，福了福身退下。

房門一闔上，林長源放下手裡的茶盞，三兩步湊到沈成嵐跟前，還沒有擺脫嬰兒肥的手指幾乎要戳到沈成嵐的鼻子上，咬牙切齒低吼道：「妳是吃了熊心豹子膽還是嫌腦袋長得太結實，妳也敢冒名頂替皇子的伴讀，要是被人發現，那可是欺君之罪！妳家老爺子就這麼慣著妳？」

收到沈成嵐藏著暗語的書信時，林長源險些從椅子摔下來跌個狗吃屎，一連好幾天作夢夢到沈成嵐身分敗露被砍腦袋。

沈成嵐見人真動怒了，忙甩掉玩世不恭的模樣，換上討好的笑臉。「我這也是無奈之下的權宜之計，你先消消火，坐下慢慢喝茶，我細細說給你聽……」

沈成嵐便將當日情形從頭到尾給他形容一遍，當然，假借伴讀身分接近齊修衍的意圖被忽略不提。

聽罷沈成嵐的解釋，林長源將訊息消化片刻，開口關心道：「那……瀾哥兒現下可有消息？在外可安好？」

沈成嵐見他臉色恢復大半，知道他已經消氣，起身幫他把茶盞拿過來。「我和二哥已經聯繫上，他一切安好，只是還不便透露具體所在，歸期也暫時未定。」

林長源的祖母紀老太君是廣源寺的老香客，與弘一大師也是老熟識。林長源自幼長在老太君身邊，對弘一大師很是尊重，經他介紹的故友，想來也是極穩妥可靠之人，瀾哥兒在他門下應該可以放心。

面對兩世的摯友，除了自己再世為人這個秘密，沈成嵐對他可謂知無不言、言無不盡，從冒名頂替被選為伴讀，到痛扁陳聰被罰……

林長源剛開始聽著還渾身冒冷汗、心跳加速，但是聽著聽著，緊張和焦慮不知不覺被沈小六的平鋪直敘給消磨大半，好似這些要命的情形都沒什麼大不了似的。

等說完剛才和沈思清的那場私下交鋒，沈成嵐咕嚕咕嚕連灌了兩盞茶，乾燥的嗓子才得以熨貼。

林長源年長沈成嵐幾歲，雖然天生一副俠肝義膽，小小年紀就將沈成嵐的秘密隱瞞得滴水不漏，但始終還沒在兒女情長上開竅，只認定寧王是同道中人，仗義得很。

「妳家大姊還沒出嫁就處處向著太子，妳可不要顧念手足之情就貿然向王爺求情，一個弄不好，傷了妳和王爺之間的和氣事小，累及王爺聲名事大。妳現在是王爺的伴讀，說是一榮俱榮、一損俱損也差不多。」林長源與沈成嵐走得近，跟景國公府長房那邊的人也有些接觸，加之聽來的那些傳言，對他們的印象很不好。

沈成嵐在好友面前從未掩飾過對長房的冷淡疏離。「放心吧，我曉得。」

林長源點了點頭，對沈小六的態度似是很滿意。

以一個成年人的靈魂角度來看這一世的摯友，這種感覺很玄妙，沈成嵐不禁感嘆，難怪這人上輩子被京中貴女們奉為香餑餑，即使拋開出身家世，單單這副從小就俊俏的相貌和俠義的心腸，也是萬裡挑一的良人。

可惜的是，良人遲遲不開竅，上輩子她撞牆那會兒，他還在仗劍闖蕩江湖呢！

「妳這是怎麼了，幹麼直勾勾看著我？」察覺到沈成嵐的異樣，林長源將自己從頭到腳仔細打量了兩遍，發現並沒有失當之處，納悶地問道。

沈成嵐回過神，咧嘴乾笑兩聲。「沒啥，就是好好看看，我聽說伯父要調任，你要是跟著去的話，恐怕咱們要有些日子見不著了。」

沈成嵐不提也罷，她這麼一說，林長源的小肩膀頓時垮了下來，兩道英挺的眉毛糾結著，鬱鬱寡歡道：「我本該留在京裡照應妳，但是這次我爹調任淮南總領軍務，祖母求得太后恩典，准許我們一房隨行赴任，我……」

「我什麼我，當然跟著去呀！」沈成嵐毫不客氣地截斷他的話，為他高興的同時，也壓抑不已。

上一世，林長源的父親的確是在這個時候調任的，不過去的是甘州，而不是淮南。

陡然想到蒼先生提及屯田的目標地之一在嘉禾，沈成嵐笑得越發諂媚。「小七，你可得聽話一點，別惹伯父不開心，我這兒有個大忙就指望你幫了！」

任憑林長源怎麼打聽，沈成嵐就是不肯洩漏到底要他幫什麼忙，毫不客氣地痛罵了她一頓外加狠狠宰了她一筆私房錢後，未來以劫富濟貧、鋤強扶弱為己任的林大俠心滿意足地離開景國公府。

許氏從老夫人那邊回來後得知林長源已經離開了，納悶道：「怎沒留小七吃過飯再走？」

林長源心性純正，加之兩人年紀尚小，許氏便放心由著他們往來。

沈成嵐歪在許氏的貴妃榻上正心疼自己的錢袋，聞言很是肉疼地道：「約好了明日去全順德吃烤鴨。」

二兩銀子一隻的烤鴨，也就林家小七能享受到沈成嵐如此奢侈的破費待遇。

「聽老爺子說，小七一家要跟著他爹一起上任，可跟妳說了？」許氏在榻邊坐下，見沈成嵐臉上並無傷感和寂落，一時摸不清她到底知不知道。

即使林家伯父不是調任淮南，小七能跟著一起走，沈成嵐同樣替他高興，雖說林老夫人和林伯母都是治家好手，但沈成嵐始終覺得，男孩子還是跟著父兄受錘鍊更好。

「剛剛跟我說了，是好事，明兒就算是送別宴了。」沈成嵐道。

難怪這麼大方！

許氏暗笑，忽而想到什麼，眼裡的笑意被一層愁緒籠罩。聽老爺子的意思，皇上似乎對三皇子有重用的意思，嵐兒三、五年內應該無法抽身，這樣一來，恐怕也要跟著出去辦差。

孩子們一個一個相繼離開家，許氏表面上努力不顯，心裡卻是十分不捨。

「娘，您沒事吧？」

聽到沈成嵐焦急擔憂的聲音，許氏回過神，見女兒滿是憂慮的臉近在眼前。

許氏心頭一暖，伸手捏了捏她的臉。「我沒事，只是想事情一時忘了神而已。喔，對了，適才妳三叔派人過來，說是下晌有空，妳隨時都可以過去。」

沈三爺一早用過早膳就出府了，沈成嵐去的時候撲了個空，就留了口信，現下聽許氏這麼一說頓時面露喜色。「好，那我稍後就去三叔那裡蹭壺好茶喝！」

許氏立刻就想到大兒子的茶閣，無奈地笑著搖了搖頭。「多少給妳大哥留點，不然年前回來又要跟妳翻臉了。」

每次沈成嵐偷走茶，許氏私下裡都要偷偷買回來一些填補上，可是沈成嵐不太識貨，每次都拿一、兩罐，沈成瀚珍藏的茶在市面上流通本來就少，這麼一來二去的，許氏想要補貨都難。

沈成嵐見娘親不阻攔，笑得見牙不見眼，歡快地應了一聲爬下軟榻，明目張膽去撬大哥的茶閣了。

沈成瀚雖喜好收藏茶，卻不吝嗇，每每得了好的都會另準備兩份孝敬給老爺子和沈三爺，是以沈三爺一看到沈成嵐拿出來的茶，就知道是從哪裡來的。

他一邊吩咐丫鬟趕緊去泡茶，一邊朗笑著讓沈成嵐過來坐。「咱們家啊，也就只有妳敢去動妳大哥的寶貝茶閣。」

被秋後算帳是一定的，但就憑沈成瀚護妹如命的性子，教訓起來也是雷聲大雨點小，根本捨不得下重手。

沈成嵐嘿嘿一笑。「三叔英明，我也是沒東西拿得出手，就只能打我大哥的秋風了。我也不跟三叔您見外，這次來找三叔就是想多少賺點銀子填補填補我大哥的茶閣，不然年前回來非扒了我一層皮不可！」

從沈聿懷承接下寧遠縣的引水工事用材開始，寧王府和沈家三房經由沈成嵐這個紐帶開始不斷接觸，齊修衍在沈聿懷面前不再隱藏自己的才識和手段，沈三爺也透過沈聿懷投桃報李，一點點展現自家的財力和人脈。他們雙方你來我往、彼此試探、深入了解，沈成嵐這個中間橋梁反而成了最清閒的一個。

沈三爺知道，二房從來沒讓孩子在銀錢上面短缺過，沈成嵐這麼說只是個託詞，實際上是要跟他合夥做生意，眼波一轉，竊笑著問道：「跟三叔撂個底，妳是想自己賺點零花錢呢，還是給王爺做幌子？」

「嘿嘿，兩樣都有。三叔，您的意思呢？」承接工事和合作經營可是完全不同，齊修衍信任三叔和三哥的眼光，沈成嵐儘管樂見其成，但只要三叔有一丁點異議，她都會以三叔的意願為先。

沈三爺從沈成嵐的神色中讀出她的心思，臉上的笑容越發燦爛幾分，屏退送茶上來的小丫鬟，親自動手替沈成嵐倒了盞茶，聲音輕快道：「三叔我可是巴不得。妳三嬸前陣子剛和妳娘合夥在西市東街買了三間鋪子，打算做繡坊，咱爺兒倆怎麼也不能比她們動靜小。」

沈成嵐微微一愣。「我娘竟然都沒告訴我！」

沈三爺大笑。「鋪子剛盤下來，還哪兒都不到位呢，估計是想繡坊開起來了再跟妳說。妳娘做事向來沈穩。再者，最近長房那邊因為大丫頭陪嫁的事鬧得有些不像話，妳娘和妳三嬸都不想節外生枝。」

沈成嵐點頭，雖說各房有自己的小金庫，但長房進項少，生活鋪排也大，手裡的銀錢免不得吃緊，這時候要是讓他們知道二房、三房合夥買鋪子，保准認定是老夫人暗中貼補。

「妳的事老夫人已經都跟我說了，旁的咱先不考慮，順其自然，現下單看王爺的心胸和手段，值得一交。妳也別想那麼多，就算沒有妳，光長房鬧這麼一齣，我也要跟妳爹商量著看看其他皇子。」

沈成嵐眼波一顫。「三叔，您也不看好太子？」

在家關上房門，沈成嵐跟三叔也沒什麼不好明說的。

「這兩年我跟妳爹私下也商議過，可惜妳爹認死理，覺得他身為武將，不參政議政，遠離是非即可，我卻始終覺得有些事咱們還是得早些打算，未雨綢繆，用不上最好，可萬一有什麼變故，也能保全自己。」沈三爺緩緩呷了口茶。「皇上這次冊立太子，賜婚太子妃，卻遲遲沒有立沈貴妃為后的意向，其中深意，讓人不得不深思……」

李皇后無子嗣，自請廢除后位閉宮參佛，皇貴妃病逝後，宮務便一直由沈貴妃掌管，按理說，大皇子被冊立為太子後，她理應順理成章受封為后，但皇上對此卻無隻言片語。後宮雖說母憑子貴，但反過來，母親的受寵程度和地位穩定程度，也同樣影響著皇子。

「您的意思是……皇上還有其他的心思？」儘管早從齊修衍那裡知道未來太子之位的更迭，沈成嵐此時還是驚訝於三叔的遠見卓識和敏銳洞察。

沈三爺無聲嘆了口氣。「咱倆私下說，我覺著皇上這麼多年以來遲遲不肯冊立太子，並非全是眷戀權勢，而是始終沒有符合心意的人選。妳近來不在外面行走，可能還沒聽到風聲，外面現在都在傳，皇上之所以迅速冊立太子，還有咱們景國公府的緣故啊。唉，這次咱們家啊，是要給皇上作筏子，長房那群蠢貨還在沾沾自喜，哼！」

沈成嵐想到齊修衍之前的分析，其中不乏基於上一世的經歷，而她三叔卻是完全憑藉這一世的閱歷，這不得不讓她折服。他爹帶兵打仗沒有話說，可論謀算和審時度勢，可比她三叔要遜色好幾分。

思及此處，沈成嵐不禁更加堅定緊緊抱住三叔大腿的決心。

「三叔，不瞞您說，我現在能接觸到王府裡的大帳，王爺有意讓我先歷練歷練，碰巧新入府的蒼先生對稼穡頗有心得，準備培植些新鮮東西，除了王爺封地內的官田，我娘也打算拿出一部分的田地跟著種，三叔，您也來參一份怎樣？」

「那必須得算上我一份啊，妳娘的眼光可是準得很！」沈三爺想也不想就應承下來，感慨道：「你們幾個孩子都不知道，剛開始我在外面置產的時候，可都是妳娘私下裡提點著我和妳三嬸。」

沈成嵐大感意外，沒想到竟然還有這樣的內情。

叔姪倆就著一壺好茶開始進入正題，初步定下來年開春動用多少田地配合蒼先生做試驗田，此外，沈成嵐也說要借用商行的可靠掌櫃，帶著他們去鄰近幾個府縣走訪調查。

「玉珮給了妳就儘管用，福來商行的錢掌櫃是個極穩妥之人，稍後我先跟他打聲招呼，然後妳直接去找他便是。用人用錢盡可跟他支取，我一早就交代過了。」

沈成嵐也不客套，當即應下。要商量的事差不多應下，兩人就說起了沈聿懷。如今寧遠縣的引水工事進展順利，沈聿懷功不可沒，私下裡聊天，聽他話裡話外的意思，是不打算繼續考科舉了。

「妳也知道妳三哥的性子，人各有志，我也不想勉強他，有個秀才的功名在身也就夠了。」沈三爺無意走仕途，自然也不會勉強自己的兒子。

沈成嵐更看得開，她反而覺得三哥的才能用在仕途說不定是浪費呢。

很快就是晚膳時間了，孟氏親自過來留膳，沈成嵐欣然應下，正要起身去內院和三姊說話，門口突然傳來門房的稟報聲。「老爺，長房的大爺來了！」

沈大爺沈敬安原本打算晚上請兩個人去雅風小築喝酒，接到家裡的消息立刻趕回來，派人打聽一下，得知沈六在三房這邊，自己就親自登門。

「大哥想請咱們吃飯，直接派個人來通知就行了，何須親自跑這一趟。」沈三爺搖著扇子笑道。

沈大爺面白無鬚，身形微胖，中等身高，容貌隱約能看到沈老國公的影子，但和二爺、三爺相比就遜色許多。沈成嵐曾在家廟中見過先國公夫人的畫像，沈敬安的眉眼與她極為相似。

「你們啊，是一個比一個忙，好不容易趕上六郎回來，你也在家，我就想著咱們一起陪老爺子喝兩盅。」沈大爺站起身，笑道：「臨來時我已經派人去稟報老爺子了，咱們現在就過去？」

沈成嵐和沈三爺飛快對視一眼，先後站起身。

北苑，壽安堂，沈老國公親自吩咐廚房多加幾道菜，還叮囑了在西偏廳擺膳。南溪一一應下，轉身親自去廚房盯著。

沈成嵐跟著叔伯二人來到壽安堂，先給老爺子請安，本想趁著沒開飯之前再去跟老夫人說兩句話，卻被沈大爺給攔下來了。

「先不急，當著老爺子的面，我有兩句話想跟六郎說。」沈大爺一改之前在西苑的親善，神色嚴肅地看了沈成嵐一眼。「這件事本不該讓爹跟著操心，但六郎的脾氣隨他爹，想要讓他改變心意就只能煩勞爹您出面了。」

沈老國公看到沈成嵐登時沈下來的臉，打眼色讓她少安勿躁，開口道：「老大，你這話是什麼意思？你想讓小六改變什麼心意？」

沈敬安想到女兒之前的哭訴，眼裡露出一絲責備，道：「爹，您知道，皇上已經將寧遠縣的侵地案交由三殿下查辦，近日以來京中對這件案子的議論甚囂塵上，甚至還攀扯到太子殿下的東宮莊田。咱們和東宮現下關係非同尋常，雖說還不到一榮俱榮、一損俱損的程度，但咱們也不能坐視太子殿下被人構陷。為此，清兒早前私下拜託六郎在三殿下跟前周旋一二，免得三殿下被有心之人誤導。可六郎倒好，不講情面斷然拒絕也就罷了，還口不擇言地教訓了清兒一頓……」

責怪的話還沒說完，迎面就飛來一個茶盞，沈大爺驚慌之下側身躲避，將將躲過了茶盞，身下的椅子卻失去平衡，連人帶椅子一起倒在地上。

「周旋？你讓小六替你們周旋什麼？蠢貨！」沈老國公氣得臉紅脖子粗，眼底都泛上血絲。「身正不怕影子斜，案子還沒開始查辦，你們就跳出來指手畫腳，你們這叫什麼？這叫心虛！這叫此地無銀三百兩！我問你，這是你們自己的意思，還是有人授意？」

沈大爺生平最怕被老子吼，囫圇著爬起來，委屈和腰腿疼全都顧不得了，囁嚅回道：「是……是兒子自己擔心……」

「就你那腦子，能想到這些？」沈老國公陰沈著臉，氣憤的同時再度無比後悔當初不該一時心軟，讓這個長子和他外祖家過多接觸，養出一身嬌氣不說，還目光短淺、自私自大。「你也老大不小了，你院子裡的事本不該我多插手，但是，你們也不要得寸進尺。回去跟你媳婦和閨女說，既然已經如願，就老老實實籌備出閣，休得再無事生非！」

老爺子此話一說，不僅沈大爺，就連沈成嵐叔姪倆也心中一突。

「爹，您老也忒偏心了！」當著小輩被下面子，沈大爺羞憤交加，埋在心裡多年的抱怨不假思索就脫口而出。

「我是偏心，才會將國公府的未來放到你的身上。」

沈大爺心中大駭，雙膝跪地哀哀大叫了一聲。「爹！」

沈老國公另立世子之心，從沒有像此時這般強烈過。在內不能修身齊家，在外不能正身立業，景國公府若是交到他的手上，恐怕難逃敗落的結局。

看到老爺子臉上流露出的挫敗神情，沈成嵐和沈三爺為之一震，齊齊起身跪下。

「小六，妳大姊是什麼時候找妳說話的？」沈老國公忽然問道。

沈成嵐不敢隱瞞，一五一十將與沈思清見面的過程如實稟報。「孫兒並無指責教訓大姊之意，只是茲事體大，若不小心傳出去，惹怒太子殿下事小，若被有心之人當作把柄攻訐太子殿下，恐怕咱們府上也要被牽扯其中。孫兒心中忌憚，話說得直了些，可能讓大姊覺得不快了，稍後見到大姊，孫兒會當面向她道歉……」

沈老國公抬手打斷她，銳利的目光盯著跪在下首的沈大爺，低沈的嗓音昭示著壓抑的盛怒。「大丫頭是如何知道，三殿下受命查辦寧遠縣的侵地案？」

彼時將將退朝，朝臣們還沒走出宮門，深居景國公府內院的大小姐是如何知道消息？

沈大爺張了張嘴，想推說是猜的，卻不敢說出口，究竟私下密通太子府和揣測聖意哪個更嚴重？沈大爺無法判斷。

不用他回答，沈老國公從他閃爍不定的眼神就知道了答案，忽地腦中靈光一閃，追問道：「今日早朝，國子監的馮祭酒上奏請立沈貴妃為皇后，背後可有你的攛掇？」

沈大爺原本微微弓著的肩背瞬間僵硬了一下，沈老國公看在眼裡，心猛地一沈。散朝的路上，他隱約記得沈老夫人提過，老大媳婦走得近的幾個夫人裡，好像就有馮祭酒的繼室夫人，這才多問了一句，沒想到竟然真的有關係！

自以為聰明，實則愚不可及！

然而眼下之際並不適合就這件事發怒，沈老國公強壓著心頭的怒火，不耐煩地擺了擺手。「罷了，你先退下吧！在大丫頭出閣之前，你們一房就老老實實待在院子裡，需要採買什麼，列出單子交給老馮和袁柯。」

這無疑是禁足了。

沈大爺心中不服，想要辯駁，抬眼就撞進沈老國公凜冽的目光中，驀地打了個寒顫，惶惶然退下。

廳內一時陷入沈寂。

「你們都起來吧！」沈老國公重重嘆了口氣，看著沈三爺和沈成嵐坐回原位，良久後才又開口道：「明日一早我就進宮面見皇上，稱病告假，咱們府上閉門謝客。」

沈三爺和沈成嵐對視了一眼，也跟著嘆了口氣。「爹，不至於吧？」

依目前皇上對景國公府的信任，的確不至於小心謹慎到如此地步。然而人心易變，聖心尤甚，信任是最禁不住猜疑和消耗。

「謹慎為上吧。」沈老國公看了眼低頭沈默不語的沈成嵐。「嵐兒，妳就不用避嫌了，稍後三殿下返回皇莊，妳也跟著一起吧！」

沈成嵐應下，問道：「祖父，您打算稱病到什麼時候？」

「侵地案查明之後吧。」沈老國公話音頓了頓。「嵐兒，妳可是有什麼想法？」

沈成嵐的確有個不甚成熟的想法，之前曾和齊修衍商量過，只是不知該何時跟家裡說，本打算等父親回來後先和他談，但眼下橫生出長房這兩齣么蛾子，又碰上祖父詢問，她覺得這或許就是合適的契機。

「祖父，三叔，有件事我說了，你們一定要替我暫時保密。」沈成嵐的目光坦然誠懇，看著眼前值得她信任的兩人。「待寧遠縣的工事和侵地案了結，殿下就會離京南下，為屯田選址。孫兒初聽到這件事時覺得心頭一鬆，替殿下感到高興。京中雖冊立了太子，但著實為是非之地。」

不如暫避。

言中之意，沈老國公和沈三爺頓時了然。

「與北戎的十年停戰盟約期限將近，尋個機會北上鎮邊並非難事，只是一旦離京，短期內恐難回來。」沈老國公並非捨不得京城，只是擔心自己不在家，長房就沒了管束，到時候惹出更大的麻煩。

沈成嵐怎麼會猜不出老爺子的顧慮，心裡暗忖：就算您在家，他們該惹的麻煩也一件沒少。

不過，這麼大逆不道的話，她可不敢說。

沈三爺在心裡權衡一番，開口道：「我覺得此事可行，而且不僅爹要去，二哥和二郎最好也一同去。」

見老爺子面露不贊同之意，沈三爺補充道：「爹，聖恩再厚，也不如軍功實在。」

就算長房依附太子上躥下跳，只要景國公府其他兩房和老爺子表明立場，又有軍功在身，在皇上那裡自會將他們與長房分開來看，的確遠比在京中步步為營、如履薄冰強多了。

沈老國公從沒想過，有朝一日會被長房拖累至此，或許，當初就該狠心斷絕與太子府這樁親事。

一時的心軟，造成無法預測的隱患。當初請封世子如今看來是一大失誤，大丫頭的婚事想來很可能又是重蹈覆轍。

沈老國公一想到這些，心裡就忍不住覺得挫敗。很多事情上，自己的確不如老妻看得通透。

「這件事待老二回來後咱們再仔細商量，眼下就先稱病謝客吧！」

沈成嵐回到東苑的時候天已經大黑，許氏依然守著燭火等著她，母女倆就壽安堂的事說了一會兒話，許氏就被沈成嵐勸著回房歇息了。

「奴婢去打聽了一下，大爺回去後，南苑鬧出不小的動靜，四少爺嚷著要去找老太爺評理，在院門口被大夫人帶人給攔下來，聽說大小姐躲在屋裡哭了好久……」

聽著舒蘭用沒有波瀾的語調說著長房那邊的八卦消息，沈成嵐的眼皮開始發沈，過沒多久，舒蘭的聲音就變得越來越空遠輕靈，意識尚存之際，沈成嵐還在想著，自己不愛聽八卦消息也不是沒道理，八成的原因在舒蘭身上。

沈成嵐這一覺又睡到日上三竿，醒來時前庭後院的灑掃竟都做完了。

吃過早飯，向祖母和娘親請過安，沈成嵐就精神抖擻地出門赴約了。

全順德是京城最有名的烤鴨店，出了名的好吃，也出了名的貴。一隻烤鴨二兩銀子，名副其實的奢侈品，沈成嵐雖不曾在銀錢上吃緊，卻也捨不得成為這間店的常客，能讓她在這裡破費的，一定不是尋常關係。

故而，林家小七就算不那麼喜歡吃烤鴨，也要選在這裡宰沈小六一頓，一來顯示自己對她的與眾不同，二來看沈小六花銀子肉疼的模樣很大快人心。

然而，這一次卻讓林長源失望了。

兩人從附近的西市出來，在店小二的引領下進了二樓的雅間，一坐下，沈成嵐就豪爽地點了三隻烤鴨。

「沈小六，妳發財啦？」林長源驚嘆道。

沈成嵐抬手替他倒了盞茶，自己悠哉地嗑著店裡免費贈送的鹽水煮青豆。「沒啊，只是待會兒有人替我付帳。」

林長源伸向茶盞的手頓了頓，臉上的表情有些僵硬。「妳說的該不會是三皇子殿下吧？」

按捺著內心強烈的預感，林長源目光灼灼地看著沈小六，看著她眼中含笑點頭，心裡一激動險些打翻了茶盞。

「傳言都說三殿下對妳十分用心看重，原來竟是真的！」

十分用心看重？呵，傳得還挺委婉，沒直接說三皇子奉承景國公府的小公子呢！

「殿下性情隨和，處事穩重周全，我的性子你又不是不知道，跟在殿下身邊確是對我多有照拂。外面的那些風言風語，你呀，聽聽就算了。」

林長源聽她這麼一說，臉色漸漸恢復如常。「我曉得，我們家老爺子也說了，跟著三殿下也是好事。」

「你家老爺子，睿智！」沈成嵐豎了豎大拇指。「這就叫英雄所見略同。」

當日她是如何被選上伴讀，林長源就在現場旁觀全程，對於沈成嵐這種臭不要臉的自誇行為，他雖然時不時就要領教一番，但是真心覺得她日漸增進，一次比一次更不要臉。

「跟妳說一件有趣的事。」林長源翻了幾個白眼，發現對沈成嵐完全不構成任何殺傷力後，認命地轉移了話題。「還記得塗閣老的孫子嗎？」

沈成嵐吐掉嘴裡的青豆皮，撩了撩眼皮。「差點補上大皇子伴讀的那個塗圖？」

「嗯，就是他。」林長源笑得宛如小人得志。「陳聰那小子被妳揍得兩、三個月下不了床，大皇子——喔不，現在得稱太子殿下了，太子殿下的伴讀之位又空下來，聽說打算再讓塗圖填補上來，結果遲了一步，皇上已經打算把他選給十皇子殿下了！」

沈成嵐眉毛一挑。「十皇子？十皇子可還沒入御書院呢，按理說不用配伴讀吧？」

林長源壓著嗓音咯咯笑，活像被人掐住脖子的老母雞。「我家老爺子說了，別看塗閣老整日跟個老鵪鶉似的，其實心裡通透著呢！說是選給十皇子，前面可還帶著『打算』這兩個字呢，不過是藉著皇上之勢推脫罷了，將來再尋個由頭推了十皇子這邊便是。老實講，以塗圖的個性，當真是不適合給皇子們做伴讀，指不定會給家裡惹出什麼禍事！」

想到塗閣老在朝上袖手而立、縮著肩膀、肩背微躬的模樣，被形容成鵪鶉倒也適切。

沈成嵐也跟著竊笑。「不過細想，咱們這位塗閣老也是厲害人物，陛下登基這些年來，砍了多少內閣大臣的腦袋、抄了多少閣老的家，唯有塗閣老至今安然無恙，還深得陛下信任，真人不露相啊！」

沈成嵐這番喟嘆倒是和林老國公不謀而合。林長源雖不欣賞塗閣老的這種作派，但也不得不承認，塗閣老能在波詭雲譎的朝堂上屹立不倒多年，可見這套方法還是行之有效。

「如今十皇子和三皇子同在皇莊，就算是走個過場，塗閣老也要把塗圖送過去晃一圈。別怪兄弟沒提醒妳，離那小子遠點兒，他就是個爆竹，一點就著！妳且忍忍，過不了兩天，塗閣老就能想辦法把他弄回去。」

呵，上輩子又不是沒吊打過，怕什麼！

沈成嵐撇了撇嘴。「放心，他就是炸了也崩不到我。」

林長源不認同地蹙眉。「他崩不到妳，他家老爺子可不是省油的燈，妳就不能讓人省省心啊？」

「安啦、安啦，我保證，只要他不惹我，我絕對不主動招惹他，行了吧？」沈成嵐擺了擺手。「你怎變得越來越婆婆媽媽了。」

一向以古道熱腸、俠肝義膽為自我定位的林七少，聞言險些被逼出一口心頭血，憤恨地將桌上兩盤免費贈送的滷味拽到自己面前。

看著形象崩壞的兩世摯友亂沒形象地嘬著青豆，沈成嵐身體後傾靠在椅背上饒有興致地欣賞著，猶不忘提醒道：「之前咱們在西市逛了一圈，我指給你的幾處地段，你可記住了？我娘和我三叔都打算在那幾處購置鋪子，你回去也跟你家老夫人和你娘說，盡快下手，你手裡要是有餘錢也不妨買個一、兩間鋪子，陶瓷、絲綢、茶葉，不拘賣哪一個都行，保證不會讓你賠錢。」

林大俠上輩子可沒少從她這裡劫富濟貧，為了這輩子攢點家底，沈成嵐決定還是未雨綢繆，先拉著他一同致富，授人以魚不如授人以漁嘛！

「放心，我就算信不過妳，也信得過嬸娘的眼光。」

因為他們兩人要好，林長源的娘親柏氏和許氏也關係親厚、常有往來，少不得聽許氏的建議購置一些田產，收益頗豐，他沒少聽他娘念叨，對許氏的生財之道很是折服。

「可惜啊，我手裡這點私房錢根本不夠買間鋪子，不然妳幫忙貼補貼補？」

果然，要錢鬼牽到這一世還是要錢鬼！

沈成嵐早料到了，解下腰間的錢袋扔給他。「哪，這可是我餓肚子省下來的，就當是咱倆合夥了。」

林七少若是開口，不知多少人上趕著給他送銀子，可他就喜歡從沈成嵐手裡劫走銀子，別人的壓根兒想都不想。

「呵，二百兩，沈小六，妳竟然背著我攢了這麼多私房錢！」

沈成嵐白了他一眼，將滷青豆拽回自己跟前。「一多半是臨去皇莊前我祖母偷偷塞給我的。」

沈成嵐每個月的月錢是十兩銀子，這對尋常百姓人家來說是鉅款，但在京中勛貴人家裡卻很少。即使如此，她節省一年下來仍能攢下百八十兩。除了年節給家裡人買一些實用且實惠的禮物，餘下的大部分錢就都被林七少給凹走了。

「你很快就要離京了，學堂和善堂可怎麼辦？」沈成嵐問道。

林長源聞言，臉上也露出愁容。「善堂還好，有可以託付的人代管，學堂就有些麻煩了，畢竟其中幾個夫子是讀書人，尋常的管事怕是維繫不住他們。」

林長源開辦的學堂不僅教授讀書識字，還有算數、製瓷、製藥等實用科目，他出面才堪堪穩住那幾位秀才夫子，若他不在，怕是沒幾天就要跑了。林七少離京的最大後顧之憂就是學堂。

沈成嵐一時也沒有更好的人選，兩人不禁對著發愁，不多時，門外忽然傳來一陣輕緩的敲門聲。「公子，爺來啦。」

是多寶的聲音。

沈成嵐和林長源今兒都沒帶小廝跟著，聽到多寶的聲音，沈成嵐連忙起身奔過去開門，林長源也慌忙站了起來。

「殿下，您來啦。」沈成嵐看到站在門口的齊修衍，不由得眼睛一亮，趕忙將他請進來。

多寶極有眼色地躬身退後，在門外將房門闔上。

林長源飛快打量了三皇子一眼，垂首躬身長揖一禮。「草民林長源見過王爺，王爺萬安。」

齊修衍已經正式受封寧王，現今在外行走，大部分情況下都被稱為王爺。

「林公子不必多禮，我今日是以平輩之交的身分來赴宴，俗禮就免了。」齊修衍看了眼笑得眉眼彎彎的沈成嵐，心頭一軟，抬手拍了拍她的頭頂。

能跟沈成嵐成為摯友，灑脫而不拘小節是兩人共有的特質之一。聽到三皇子這麼說，林長源也不矯情，心態放端正一起身，就看到三皇子一臉寵溺地笑著，手還放在沈小六的腦袋上。

林長源頓時覺得自己整個人都不好了。

如果被三皇子發現沈小六她其實是個丫頭，三皇子會不會覺得自己被欺騙感情，繼而惱羞成怒跟沈小六秋後算帳？就算他是個不受寵的皇子，但不管怎樣也是皇上的親兒子，欺騙了皇子，往上攀扯說不定就上升到欺君了，到時候就算有景國公這座靠山，以皇上的脾氣，沈小六恐怕死罪可免，活罪卻難逃……

林長源被自己的想法給嚇出一身冷汗，再看沈成嵐被人摸著頭，笑得跟一隻看見肉骨頭的小狗似的，完全看不到他的眼神暗示，他頓時心急如焚。

沈小六這看見美人就色令智昏的毛病，可真是要命！

沈成嵐的注意力都集中在齊修衍身上，對摯友的暗示毫無所知。

齊修衍卻並沒有錯過他眉眼間的焦慮。坦白講，上輩子他背地裡沒少吃林七少的飛醋，儘管後來得知他們只是純粹的朋友情誼，也忍不住心口泛酸，甚至在暗中使了不少小手段阻礙他們見面。現在想來確是心胸狹隘了，能有這麼個跨越性別、彼此肝膽相照的摯友，實屬人生一大幸事。

「林公子，入座吧。」齊修衍在沈成嵐身邊坐下，見林長源半僵著身體站著，抬手示意他落坐。

林七少飛快掃了眼坐在寧王身邊、笑得沒心沒肺的沈小六，認命地嘆了口氣，暗暗自我寬慰了一番，眉眼隨之舒展開來，坦然自若地在他們兩人對面坐了下來。

對方雖然是皇子，但他們林家也是勛貴權爵之家，過於拘束未免太小家子氣了。

重新落坐後沒一會兒，店裡的夥計就將烤鴨送上來。

烤鴨出爐後就由刀工精湛的廚師片好裝盤了，每一片鴨肉都連皮帶肉，色澤紅潤、薄厚均勻，散發著炙烤帶來的獨特香氣。

一隻烤鴨片出一盤肉，配著一盤潤白蔥絲和翠綠胡瓜條拼盤，一小碟醬汁，並一盤薄而富有勁道口感的荷葉餅，再來一壺米酒。

一式三份，擺放在三個人面前。

沈成嵐淨了手，痲利地做個鴨肉卷遞給齊修衍。說來心酸，齊修衍這輩子應該還是第一次吃烤鴨。

能讓沈小六狗腿到如此程度，寧王殿下也不是凡人啊！

林長源目瞪口呆地看著沈成嵐，覺得這時候如果她有尾巴，估計都能搖到折了。

諂媚！實在是太諂媚了！還說什麼三皇子逢迎奉承她，謠言果然都是不可信！

對面的情景實在不忍直視，林長源只能埋頭苦吃，自己一個人破天荒地解決一整盤烤鴨。

全順德的烤鴨是沈成嵐的最愛，但她一向克制勤儉，儘管愛吃也不常來，上一世，齊修衍便尋著藉口時不時帶她來打牙祭，自她去世後，全順德的烤鴨更是成了他懷念她的寄託。

再好吃的烤鴨，吃二、三十年也要膩了。齊修衍以為這輩子他不再吃烤鴨，可當沈成嵐將荷葉捲餅遞到他面前的時候才發現並非如此。

這頓烤鴨是齊修衍早先應承請客的，雖然是沈成嵐結帳，實際上花的卻是齊修衍的銀子。林長源對這裡的彎彎繞繞不知情，見是沈成嵐結帳還在心裡大大鬆了口氣。

「我不耽誤你了，別忘了，趕緊去和老太君還有你娘說買鋪子的事，趕早不趕晚。」一全順德門口，沈成嵐還不忘叮囑林長源。「學堂的事我回去也幫你想想人選，實在不行的話……」

「什麼學堂？」一旁的齊修衍問道。

沈成嵐忽然想到齊修衍手下那些神龍見首不見尾的親信，眼前豁然一亮，飛快地跟林長源交換了個眼神，兩人配合默契地一左一右將齊修衍給「請」到旁邊的小巷子裡。

多寶眼見著自家主子被人給架走了，忙不迭小跑步緊緊跟上，想說讓他們輕點，但見主子絲毫暗示的動作也沒有，便將嘴邊的話給吞了回去。

一鬆開齊修衍，不等沈成嵐開口，林長源便一五一十地將學堂的事和盤托出，臨了乾巴巴嚥了口唾沫，小眼神裡盈滿了希冀。「還請王爺出手相助！」

這件事對齊修衍來說的確是舉手之勞，他卻沒有當即應下，而是思索好一會兒才開口道：「找個信得過的人確實不難，但我心裡有個更合適的人選，就是不知道他願不願意。」

「誰？」沈成嵐和林長源齊聲問道。

齊修衍迎著他們炯炯的目光，緩緩道出一個名字。「沈聿懷。」

沈聿懷身上有著秀才的功名，又有著豐富的經營管理經驗，像學堂這種意義深遠又甚是燒錢的善舉，沈聿懷可以說是絕佳的人選。

林長源心中大喜，但很快又化作失落。「來年就是秋闈了，沈三哥勢必要忙著備考，哪有精力顧及這些……」

沈聿懷不準備再參加科舉的打算目前只有幾個親近的人知道，沈成嵐信得過林長源，拍了拍他的肩膀，語調輕快道：「我三哥私下裡跟我提過，說是不準備繼續考科舉了，我稍後就送消息給他，問問他的意思，有了回信就立刻讓人通知你。」

林長源臉上的失落一掃而空，城北的這間學堂是他啟蒙恩師商懷言一手創辦起來的，老師因急事暫時離開時才將學堂託付給他，林長源已經做好心理準備，如果找不到合適的人代管，他寧可不隨父親赴任。

沈成嵐就是猜到他的打算，之前才開口說要幫他尋找合適的人選。

第十五章

送別林長源，沈成嵐也不急著回家，就陪著齊修衍先回十王府。如今大皇子已經搬到東宮，東、西、上三院的平衡陡然被打破，表面上看著府裡和平時沒什麼明顯變化，但氣氛總有些莫名的壓抑。

此時正是下午的武課時間，寧王府的馬車從南偏門入府，不用途經御書院的前院校場，印證了齊修衍當初選這處院落建府的明智。

見到沈成嵐回來，王府上下都很高興，消暑的果茶、茶點不一會兒都送上來了，海公公還帶人將齊修衍寢房裡的冰鑑給挪到偏廳裡。

齊修衍佯裝吃味地道：「可不得了，一個個對妳比對我還熱絡。」

沈成嵐笑得露齒，討好地把手上涼絲絲的果茶遞給他。

「我在宮裡聽到些消息，太子似乎私下時常和沈思清聯繫，這次父皇讓我查辦寧遠縣的侵地案，長房那邊可有動靜？」在宮中，齊修衍的耳目埋藏得很深，不少甚至是皇貴妃還在世時就早已埋下的，隨後移交到他的手上。

想到昨天沈思清父女倆的連番作秀，沈成嵐涼涼地「哼」一聲。「何止有動靜，還父女倆連番上陣呢！」

隨後，沈成嵐就將昨日的事，事無巨細地形容一遍，包括祖父的態度。

齊修衍身體後傾放鬆地靠在椅背上，小臂搭著扶手，自然垂著的手指有一搭沒一搭地輕叩著木質扶手。他極有耐心地聽完沈成嵐的話後沈思一會兒，方才開口道：「妳房裡的人需要再謹慎地過一遍，怕是有疏漏。」

沈成嵐目光一閃，抿起的嘴角帶出笑意。「還真是什麼也瞞不過你。」她房裡的知春正是特意留下來的漏網之魚。與其嚴防死守讓人繼續費盡心思惦記，不如網開一面讓他們覺得安插成功了。

「妳是故意的？」

「知道嗎？你現在的表情和語氣，讓我覺得，你似乎很驚訝於我有這樣的心眼……」沈成嵐斜睨了他一眼。「我只是懶得在這上面費心思而已。」

言下之意，她只是懶，而不是蠢。

齊修衍忙不迭連聲稱是，心裡卻竊笑不已。

「太子冊封大典還未舉行，皇上就要動皇莊，還讓你查辦，就不怕太子真的牽扯其中，從而使得皇儲之位不穩？」沈成嵐不解。

「正是怕不穩，所以才會讓我查辦。」齊修衍老神在在地品著手裡的果茶。「真要動太子，這差事就是落在二皇兄的頭上了。」

沈成嵐心念動了動，恍然道：「皇上交辦差事的時候給你暗示了，這件事禍不及東宮？」

齊修衍微微點了點頭，目光陡然暗了暗。「但是，只暗示了禍不及東宮，分毫意思也沒提及禍不及後宮……」

「皇上要動沈貴妃？」沈成嵐忽然想起昨晚祖父的震怒，心下一沈。「昨日早朝，國子監的馮祭酒奏請冊立沈貴妃為后，背後有我大伯的手筆……」

齊修衍雙眼微瞠，似有些意外，但轉瞬就恢復如常，嘆道：「郭淑妃這一招棋當真是妙，一箭三鵰。」

這回輪到沈成嵐被驚到了。「怎又牽扯上了郭淑妃？」

齊修衍用關愛天真兒童的目光看著沈成嵐，唇邊不自覺地噙上笑意，不吝解惑道：「父皇若是有意立后，在下詔冊立太子的時候便會同時下詔，之所以立太子而不立皇后，一來，是給沈貴妃警告，讓她躬身自省、自查自糾，警告她為了太子要知曉收斂，嚴以律下；二來，是給萬不得已的廢儲留有餘地。可惜的是，沈貴妃也好，太子也罷，似乎都沒有看透這一點。馮祭酒與沈貴妃有表親，他在朝上奏請立后，擺明是代表沈貴妃的意願，以父皇的脾氣只會對沈貴妃愈加不滿，調查下去，沈貴妃、馮祭酒以及妳大伯，都會被父皇厭棄。與這三人關係密切的太子自然也要受影響。」

沈成嵐剛給自己的智慧平反，這會兒就不得不直面慘烈的真相了。跟宮裡這些人相比，就算再活幾輩子她也望塵莫及。

「太子和沈貴妃看不穿，太子府那麼多幕僚和謀臣，難道就沒人能看透嗎？」沈成嵐腦子裡沒有那麼多的彎彎繞繞，但記性還是不錯，她可是記得，齊修衍曾誇過大皇子手下有能力不錯的幕僚。

齊修衍的眼裡閃過一絲輕嘲。「能看透這些的人哪個不是心思通透，又豈會看不明白沈貴妃和太子的好惡？大皇兄本就聽不得逆耳之言，現下成了太子，怕是更難聽得進忠告了。」

後來二皇兄能順利登上太子位，相當大的一部分助力就是來自大皇子的幕僚舊部。

「長此以往，這些有能力的謀臣和幕僚勢必要和太子離心。」沈成嵐沈吟道。「當中可有得力的人，咱們伺機爭取一下。」

齊修衍搖搖頭。「豢養謀臣幕僚，其實是父皇最不喜的。父皇的信任和放心，比多少幕僚謀臣都有用。」

沈成嵐深以為然，轉念想到現在還在東莊的那位，猶疑道：「那蒼先生……」

齊修衍笑道：「其實我從未打算讓先生屈身為幕僚，往後妳就會知道他的大才。」

就對蒼秀才的現有了解，沈成嵐實在是想像不出，除了話本寫得曲折離奇、纏綿悱惻，蒼秀才還有什麼大才？不過，就算信不過蒼秀才，她信得過齊修衍的眼光。

明日一早，他們就要返回皇莊，海公公帶人收拾著箱籠，熱夏將至，在東莊反而比在王府中涼爽許多。

「公子，這是宮裡賞下來的兩疋鮫綃，一疋您捎去東莊，讓齊嬤嬤和芳苓給王爺縫兩件中衣，另一疋是王爺授意，贈給老夫人和夫人的。」

鮫綃輕薄透氣，入水不濡，用來做夏日的中衣再舒適不過。

沈成嵐想也不想就推辭。「這太貴重了，我不能收。」

鮫綃向來是皇族專用，縱然是景國公府，累世所得恩賞中也是屈指可數。

「跟我就別客氣了，給妳就拿著，不過是些俗物罷了。」鮫綃再珍貴，在齊修衍看來，遠不及許氏親手為他縫製的那些衣物有溫度。

沈成嵐見狀便不再推辭，問了下時辰，聽說快要未時末了，便打算早點回家，晚上陪祖父母和娘親好好吃頓飯。

齊修衍送她出門，剛走過內院穿堂，迎面就遇上一路小跑著前來通報的門房小廝。

「啟稟王爺，宮裡來人了！」

通往永樂宮的路不僅對沈成嵐來說是陌生的，對齊修衍來說亦如此。引路的小黃門走在前，沈成嵐落後半步走在齊修衍身側，目光時不時就要落在齊修衍的側臉上，包含著不安和憐惜。

賢嬪娘娘作為齊修衍的生母當真是心狠之人，自從將襁褓之中的齊修衍送予皇貴妃之後便狠心斷絕關係。在皇貴妃過世，齊修衍為她服喪期間，也不曾私下見他一面。

齊修衍在宮中遭受的磨難那麼多，對這種情況視而不見其實並不算什麼，唯有賢嬪娘娘的不聞不問最是傷人。齊修衍雖然對此絕口不提，但沈成嵐明白，他只是被傷透了心，不再抱有希望罷了。

或許是察覺到沈成嵐的不安，齊修衍側過身深深看了她一眼，用眼神安撫她。

永樂宮為西三宮之首，宮門中規中矩，但一進宮門，內裡雕梁畫棟移步換景，亭臺布局極富妙趣，既昭顯一宮之主備受榮寵，又顯現宮中的富餘。

一路走來，沈成嵐越看越覺得心口發堵，最後索性垂下頭不再看了。

齊修衍不動聲色地將沈成嵐的反應看在眼裡，拋卻上一世對這裡的幻想和失落，心境反而很平和，只覺得被沈成嵐心疼著很暖心。

候在內殿門口的管事嬤嬤小心翼翼地打量著三皇子的神色，恭敬地福身行禮。「參見三殿下，殿下萬安。」

齊修衍神色無異地抬手免了她的禮，由她引路進了內殿。

殿內的擺設簡潔雅致，卻簡而不樸，不說別的，單單博古架上擺放的幾件官窯瓷瓶和玉雕擺件，每一件都是價值連城的傳世珍品。

進了內殿穿過偏廳來到東暖閣，上首擺了一方貴妃榻，榻上斜倚著的女人身著月白色妃嬪宮裝，薄施粉黛，嬌俏的面容上明顯可見籠罩著一層憂色和疲態，她見到齊修衍和沈成嵐進來後立刻坐正身體，盈盈雙眼頓時浮上隱隱的情怯與欲語還休的無措。

誠如齊修衍所說，這是個用情將自己武裝起來的女人。

「參見賢嬪娘娘，娘娘金安。」齊修衍長揖一禮，中規中矩地向賢嬪請安。

沈成嵐緊隨其後行了個跪拜禮。

賢嬪的臉色越發蒼白兩分，手臂如千斤般艱難抬了抬，輕聲慢語地道了句。「都免禮吧。」

言罷賜座，沈成嵐沒有推拒，在齊修衍的下首坐下來。

房內一時陷入沈默，沈成嵐眼見齊修衍一盞茶都要喝完了，賢嬪依然沒有開口，心下不禁有些煩躁。

將人叫來看她扮柔弱嗎？擺出一副楚楚可憐的模樣，就能掩蓋這些年來冷眼旁觀的自私涼薄？

當真可恥！

衣袖遮掩下，沈成嵐一雙手緊握成拳，指甲緊緊摳著掌心，骨節受力突出泛著青白。

她不得不承認，忍之一字，齊修衍比她修練到家。

「娘娘今日傳召我們來，不知所為何事？」齊修衍察覺到沈成嵐的身體從進了內殿開始就沒放鬆過，心下不忍，於是先一步開口打破沈默。

「並不是為了什麼事，只是想見見你而已。」賢嬪捏著帕子輕輕按了按眼角，穩了穩微顫的嗓音，眼角微微發紅地看著坐在下首的齊修衍，恍惚間有些失神，喃喃似自言自語。「轉眼間，你都已經這麼大了……」

若無沈成嵐在場，齊修衍有的是耐心看她如何唱這齣戲，但眼下沈成嵐在場，齊修衍不想讓她跟著受荼毒，臉色一正，眼裡流露出明顯的不耐煩。

賢嬪察覺到他的情緒變化，身體僵了一下，馬上又恢復如常，不動聲色地收斂眼淚攻勢，身體似乎也找回不少力氣。

「自封王大典匆匆見過一面之後，我一直想找機會跟你好好聊一聊，奈何我這身體不爭氣，一場風寒就拖到現在才將將痊癒。聽陛下說，明日你又要動身離京，不知要何時才能再回京，我這才貿然命人去請你過來。」賢嬪看著垂眸不語、面色依然肅穆的齊修衍，又是一陣眼底泛紅。「我知道，你心裡是怪我的，不管什麼原因，我都沒有盡到母親的責任，也不敢奢求你的原諒，只是想在餘下的時間裡盡可能地彌補。我這輩子再無他求，唯願你和安兒能夠彼此扶持，平安順遂！」

沈成嵐忍耐著沒有撩眼皮去看坐在上首的賢嬪。

說來說去，最後一句才是關鍵吧？她口中的安兒，正是八皇子齊修安。

見齊修衍的神色頓時緩和不少，一直關注著他的賢嬪見狀不由得心下一喜，可還沒高興多久，就聽到齊修衍用毫無波瀾的聲音說：「娘娘多慮，母妃視我如己出，一個母親該有的責任，她不曾缺失分毫，故而，對我來說並沒有什麼值得彌補的缺憾。至於八弟，與眾兄弟一樣，都是手足至親，彼此照拂本就是情理之事，娘娘盡可放心。」

尋常人家的兄弟間還分親疏遠近，更何況是皇家的兄弟們。齊修衍這話擺明就是冠冕堂皇的寒喧敷衍。

可賢嬪卻無法反駁。指出他和齊修安才是真正的親兄弟，跟別的兄弟根本不同？傳到皇上耳朵裡，這是挑撥離間！況且，多年來的不聞不問，齊修衍和他們母子形同陌路，和其他兄弟有什麼不同？

賢嬪再昧著良心，也無法在這樣鎮定的齊修衍面前挾生身之恩圖報。倒不是畏懼良心不安，而是心裡知道，這樣做只會適得其反，反而將齊修衍推得更遠。

「不管怎樣，你今天能來，又肯耐著性子聽我念叨這些心裡話，我就很知足了。」

賢嬪克制著眼底的淚光，似乎是被齊修衍剛才的那番話戳到心窩子。

就在她話音未落之際，內室和暖閣之間的門簾子忽然被挑開，一個面帶怒色的清俊少年從裡面疾步走了出來。

「三哥，母妃雖然這些年疏於照顧你，但也是形勢之下的無奈之舉，她也不想的，況且，她畢竟是咱們的親生母親，你心中再怨再恨，也不該當面這麼傷她的心吧！」

沈成嵐實在忍無可忍，目光清冷如水地看向護在賢嬪身前的八皇子。

「住口，你怎能這麼跟你皇兄說話！」沒等齊修衍開口，賢嬪先一步低聲呵道。

齊修衍的臉上卻連一絲波動都沒有，見到齊修安以維護之姿護在賢嬪身前，甚至還微微勾了勾嘴角。「八弟這番指責為兄可是承擔不起，不管怎樣，咱們都是父皇的兒子，出於手足之情，我還是想提醒你一句：『慎行，謹言。』當年將我送予母妃膝下，賢嬪娘娘完全出於自願，並無人逼迫強求，是否？母妃在世時亦不曾阻攔過娘娘私下探望。我猶記得八弟甫出生，我求母妃帶我過來探望時，娘娘曾對我的那番殷殷教導。母子之情，也有那情深緣淺的，不若各安天命，各為歡喜。是以，我心中無怨也不恨，娘娘也不必再提什麼無奈之舉，免得傳揚出去徒生誤會。」

「自從離宮建府有了伴讀，三哥說話也比往日有底氣許多，難怪父皇也開始委以重任了。」齊修安不顧賢嬪的阻攔，怒目瞪了眼坐在齊修衍下首的沈成嵐，話裡的攻訐和嫉妒昭然若揭。

賢嬪觀齊修衍的臉色依然鎮定自若，心中暗道不妙，忙起身將齊修安扯到一旁，面露愧意地解釋道：「你弟弟年幼不懂事，說話莽撞，你千萬別跟他一般見識。」

年幼不懂事就別出來丟人現眼啊！說話莽撞就別說話啊！憑什麼讓人遷就他，不跟他一般見識？

沈成嵐看著眼前這母子倆，一個唱黑臉一個唱紅臉，配合得倒挺默契，也不知背地裡演練多少次，只為正式登場後拿捏住齊修衍。

但凡牽扯到齊修衍，沈成嵐的忍耐力就大打折扣，眼下的情形，她的耐心已經徘徊在告罄的邊緣，為了不造成比發配皇莊反省更嚴重的後果，沈成嵐藉著桌椅和袍裾的遮掩，輕輕踢了踢齊修衍的小腿。

這是他們私下約定的暗號，這麼踢腿的時候就代表另一個人受不了了，得馬上撤退。

不出意料，第一次使用暗號的人是沈成嵐。

「有娘娘這句話，我自然是不會計較的。」齊修衍站起身，平和的目光在齊修安和賢嬪之間梭巡了兩回，語重心長道：「只是日後還得有勞娘娘多費心教導，莫要在外人面前言行無狀，失了皇子的身分。」

說罷，他再度長揖一禮，帶著沈成嵐退出來了。

從永樂宮出來，兩人徑直出宮回了寧王府。

王府後院，沈成嵐對著一叢灌木施展無影爪，碎葉翻飛飄零，沒多大工夫，原本蔥郁茂密的灌木叢就生出一股形銷骨立之感。

不遠的房廊下，海公公束手站在自家王爺身後，面帶憂慮地嘆了口氣。「公子這是真的動氣了。」

這兩株灌木是他專門為沈成嵐栽種的，就是讓她洩憤用，枝柔葉茂，不生尖刺，扯起來不割手、不刺手，比打沙包、踢橫木安全多了。

「她向來疏朗闊達，自己的事不甚放在心上，卻最見不得親近之人受半點委屈。」齊修衍的目光追隨著那抹氣急敗壞的身影，眼底是吝於向旁人展現的柔和專注。「賢嬪怎樣算計我，無所謂，但是，她不該動嵐兒的念頭。」

他在京中這兩日，早不傳召、晚不傳召，偏偏在沈成嵐跟他回王府的時候過來傳召，還特意交代，沈成嵐在的話就一起進宮。

哪來那麼多的巧合！

海公公目光沈了沈，猶豫片刻後彷彿下定決心，開口道：「其實，在最後那兩年，娘娘曾動過心思將王爺託付給賢嬪，可觀察了一段時間便作罷。具體緣由老奴不知，娘娘只是說，賢嬪難以託付。」

這件事之前沒有提過，應該是怕齊修衍聽了傷心。

海公公謹慎地打量一下自家王爺的臉色，發現他並沒有因為這件事生出什麼波動，一時間不知該喜該憂。

到底要多失望，才能對親生母親不再抱有絲毫希望？

一路陪著齊修衍走過來的海公公在心酸苦澀的同時，無法忽視從心底湧動出的慶幸和輕鬆。

沈成嵐將灌木薅了個半禿，堵在胸口的那團滾燙怒火才堪堪疏散大半，抬手抹了把額頭上的汗，一回頭就看到站在廊下的齊修衍對她招手。

三兩步跑過去，還沒開口，齊修衍就拿著絞過水的帕子替她擦臉。微涼的帕子擦過之處，毛孔舒展開來，沈成嵐如一隻溫順的貓半眯著眼睛，就差從喉嚨裡呼嚕兩聲了。

夕陽的餘暉從廊簷斜露下來，柔和的光鍍在沈成嵐稚氣未褪的臉上，讓齊修衍心弦震顫，陡然生出一種兩小無猜的甜蜜之感。

「唔，擦好了嗎？」沈成嵐的適應力頑強，有人伺候的時候能坦然享受，沒人伺候的時候也能生活自理，在將齊修衍劃到自己的一畝三田地裡之後，對他的照顧越發適應得毫無顧忌。

齊修衍回過神，收回帕子之後又替她順了順頭髮，問道：「要不吃了晚膳再回去？」

時近申時末，夏日晝長，府裡的晚膳隨之移到酉時三刻。

沈成嵐搖了搖頭。「明日咱們又離京了，我今晚要回去吃。」

齊修衍理解地點了點頭，讓多寶去備車。

除了那疋鮫綃，隨車還有顏色素淡的綾緞兩疋、蜀錦兩疋、金銀絲線各一匣，還有一套六件的剔紅漆具。

「公子，這匣子金絲線已經和內務府報備過了，夫人可以放心使用。」多寶笑呵呵稟道。

在大昭使用金絲線有嚴格的規制，由內制局統一打製，出入庫詳細記錄，除了皇家專用，每年只按制賞賜給勛貴和重臣。

景國公府自然在受賞賜的範圍之內，但每年所得也不過二兩上下，將將夠給沈老國公繡一件常服。

齊修衍送的這一匣，足夠再繡上兩件。

喜歡一個人大抵就是這樣吧，恨不得把自己最好的都毫無保留地送給對方。

沈成嵐不會和齊修衍推諉客氣，更不會阻攔他，推己及人，自己想要這麼做，齊修衍為什麼不可以？

多寶將她送到東側門，等牧遙帶著門房的小廝們將馬車上的東西一一搬下去後才和沈成嵐告別。

牧遙自午後就一直候在門房，此時懷裡抱著那疋鮫綃，看著堆在地上的東西忍不住咋舌。「王爺是把這一季的分例都搬過來了嗎？」

沈成嵐看了看布疋、金銀絲線和漆盒，原本覺得說不清、道不明的感覺，終於找到了出口。對呀，這都是每季內務府發給各個皇子的分例啊……

好在東側門的門房都是自家院裡信得過的人，沈成嵐趕忙招招手，讓他們將東西速速搬到她娘院子。

許氏的眼光可比沈成嵐銳利得多，一見到她拿回來的東西就變了臉色，當即將東西都帶到沈老夫人那裡。

「漆盒和銀絲線也就罷了，鮫綃和金絲線實在太貴重了，還是……」許氏想說送還回去，可這麼退回去無疑要傷了寧王的臉面。

收也不是，退也不是，兩難之際，許氏狠狠瞪了沈成嵐一眼。

真是心大如盆，什麼東西都敢往家裡搬！

沈老夫人卻很淡定地擺了擺手。「既然是王爺的心意，咱們收下便是，今後天長日久，往來也不是一、兩遭。」

言下之意，在往後的人情往來裡，找機會補回去就好了。

許氏並非遲鈍之人，老夫人對寧王的態度有種莫名的親近，這讓想和寧王保持距離的許氏很是不解以及憂慮。

夜深人靜，屏退左右，只留下姚嬤嬤，許氏懶懶靠在床邊的軟榻上。

「妳說，老夫人是怎麼打算的？」

姚嬤嬤是許氏的奶娘，陪著她長大、出嫁、為人妻、為人母，又看著她的三個孩子一點點長大，豈會不了解許氏所想。

「小姐可還記得，您當初執意要嫁給二爺時，老夫人是怎麼勸老爺的？」

許氏愣了一下，臉上的表情有些複雜。「記得，娘說，兒孫自有兒孫福，腳下的路總要孩子自己去走……老夫人不會是當真了吧？」

嵐兒年紀尚小，好顏色，對寧王不過是一時貪新鮮罷了，除了習武，這丫頭向來是喜新厭舊的性子。可今日寧王送過來的禮物讓許氏覺得有些不安，即使是至交，這禮也過於厚重了，放肆一些，皇室姻親的待遇也不過如此。再聯想到老夫人的態度和那番寓意深交的話，許氏越發覺得不安。

姚嬤嬤幽幽嘆了口氣，心裡暗忖：當年小姐和二爺訂親早，私下從家裡搬東西給二爺的事也沒少幹，早先瞧見嵐丫頭往寧王府搬東西，她就覺得不對勁了。言傳身教，不外如是。

可能是姚嬤嬤的暗忖被表情出賣，也可能是提起母親時，許氏又想到自己當初的情形，心虛和羞赧頓時湧了上來，面色通紅有些掛不住了。

好吧，女兒隨娘，就算嵐兒真對寧王有什麼想法，自己好像也沒什麼立場棒打鴛鴦。

「若是嵐兒自己有意，我便睜隻眼閉隻眼罷了，可若是為了用姻親來平衡國公府在皇子間的處境，我……我一定不答應！」許氏可以為了國公府的家宅安寧而忍耐讓步，卻絕不能忍受犧牲兒女的終身幸福。

姚嬤嬤將她篤定的神情看在眼裡，心裡悄悄鬆了口氣。莫說二爺靠得住，就連老夫人和老爺子也不是拿子孫的婚事聯姻謀利之人。更重要的是，姚嬤嬤旁觀者清，打從心底覺得他們這一房的三個孩子都不是省油的燈，根本不會那麼容易任人擺布。

另一廂，沈成嵐打了兩趟拳，又暢快淋漓地洗了個澡，出來時見上房的燈還亮著，想了想還是沒有過去打擾，腳步一轉走向自己的房間。

剛一推開房門，舒蘭就迎了上來，雙手遞來一只信鴿專用的輕細竹筒。「牧遙剛剛送過來的，說是您一直等著的消息。」

沈成嵐忙接過來拆開，果然是三哥傳回來的口信。成了！

沈成嵐讓舒蘭幫她準備筆墨，飛快寫了封信，沒有封漆，直接交給舒蘭，叮囑道：「我明日一早就得動身啟程，妳務必親自將這封信交到林家七少爺手上，辦完之後妳再跟著牧遙趕上我們。」

聽到自己能跟著去皇莊，舒蘭放下心來，謹慎地將書信收好。

有鑑於沈成嵐這兩天在家裡天天睡到日上三竿的行為，許氏已經做好叫她起床的準備，沒想到卯時剛過，沈成嵐就已經洗漱完畢，等著吃早飯了。

許氏打從心底開始往上冒酸水，黑著臉指揮丫鬟小廝們將她準備好的箱籠抬到門房。

沈成嵐迅速解決掉一大盤炒飯，又喝了兩碗排骨湯，不解地問姚嬤嬤。「我娘這是怎麼了，看著好像有些不高興，捨不得我走？」

姚嬤嬤忍住捂額頭的衝動，不好直說妳娘吃味了，只得含糊道：「應該是吧……」

離家不是一、兩次了，昨晚在老夫人院裡吃飯時，沈成嵐特別叮囑，不讓老夫人和三嬸她們起早送自己，至於娘親當然是攔不住的。

許氏將她送到東側門，寧王府的馬車已經等著了。

齊修衍站在車旁和許氏互相見禮，卻沒有上前來打擾，方便她們母女倆說話。

「娘，這是我自己攢的錢，都給妳，留著買鋪子用。」沈成嵐將一個裝得鼓鼓的大錢袋塞到許氏手裡，就是怕她娘不收，才挑在臨走前硬塞。

許氏想要推回她手裡，卻被沈成嵐不小的手勁給阻攔下來，她一抬眸就撞進沈成嵐笑意盈盈的眼裡。

許氏驀地眼底一陣發燙，順勢緊緊抓住了錢袋。「好，那我先替妳收著。」

目的達到，沈成嵐笑得越發眉眼飛揚，頗為男兒氣地用力抱了抱娘親，轉身大步流星地走向馬車，還不忘揮手跟她告別。

許氏剛竄出來的感動，瞬間被她這副兵痞作派給弄得煙消雲散，若不是顧忌著寧王在場，她非揪著女兒的耳朵好好教訓一番不可。

待沈成嵐鑽進馬車，齊修衍又對著許氏拱了拱手，然後才轉身上了馬車。

兩人這麼一對比，許氏心裡頓時冒出個念頭：得虧寧王不嫌棄……

許氏被這個突如其來的念頭驚到了，有氣無力地揮著手目送寧王府的馬車漸漸駛離視線，心裡暗暗決定，或許該找個厲害的嬤嬤教導一下那個猴丫頭。

許氏此時還不知道，沈成嵐就算從皇莊回來，也不會在家逗留多久，教養嬤嬤什麼的根本就派不上用場。

寧王府的馬車出了城門，和等候在城門外掛著大理寺符牌的馬車會合，一同奔向寧遠縣，一行人這次直接來到縣衙。

此時，匯聚到二皇子手裡的訴狀已經被大理寺正式接收，寧遠縣縣令唐繼、縣內富紳欒家父子，以及皇莊管莊太監劉三有已經被暫時革職羈押。寧遠縣的政務由縣丞董長熙暫代，縣內的引水工事進展越發順利。

齊修衍暫時住在衙門後堂內院，大理寺同來的協辦官員被安置在驛館，沈成嵐跟著在衙門裡住一宿，第二天一早吃過早飯後，她就被齊修衍給打發回東莊。

沈成嵐極力爭取，總算讓齊修衍點頭，讓她幫著跟進引水工事。

沈聿懷一直住在寧遠縣縣城內的福來客棧，昨日齊修衍一進寧遠縣他就得到消息了，所以今日先一步等在縣衙門口，隨後和齊修衍彙報一番工事進度，他就盯住沈成嵐，將她拎到後院的廂房裡仔細詢問一番學堂的事，還攬下送沈成嵐回東莊的任務。

沈聿懷看著牧遙和舒蘭帶人將一盆盆半人多高、帶著白色和紫色花苞的不知名花卉小心翼翼地搬上馬車。「這是什麼東西？這麼遠的路，專門從京城帶過來的？」

沈成嵐點了點頭。「這是林七少送的謝禮，說是西域進貢來的白疊子，皇上知道林老國公喜愛花草，於是賞賜不少。」

沈聿懷仔細掃了一眼，這麼會兒的工夫，牧遙他們搬上馬車已有十多盆。

「這是把林老國公花園裡的寶貝都給你了？小心林老國公知道後上門來要回去。」

沈成嵐搖了搖頭。這麼些年，林長源沒少從林老爺子的花園裡往外倒騰東西，即使老爺子講究，送出門的東西也從來沒追回去過。不過，沈成嵐對這些個花花草草沒什麼興趣，見娘親對這白疊子也不怎麼喜歡，索性就帶過來送給蒼先生。

一路上閒來無事，沈成嵐就把家裡的情形說給三哥聽，尤其是長房做的那些么蛾子，沈聿懷越聽臉色越黑。

「處心積慮把庶子養得不是慫就是孬，親生的要麼自作聰明，要麼窩裡橫，還怪祖父看不上他們，哼，自作死路！」

沈成嵐贊同地不停點頭，尤其對長房同輩那幾個的概括，簡直再精確中肯不過。

「那天聽祖父的意思，似乎是真動了改立世子的念頭，不知道長房能安分多久……」

「不安分才好。」沈聿懷勾了勾嘴角，眼簾半垂，眸光裡隱約有肅殺的血色在湧動。「只要他們敢動，老爺子也保不住他們。」

竟然妄圖插手天家的家事，長房這次的舉動算是徹底激怒了沈聿懷。

沈成嵐暗忖：等爹、大哥和三叔知道此事，恐怕也不會比三哥氣性小。破家的貨色，說的就是長房這種。

剩下的時間裡，沈成嵐沒有打擾三哥，讓他有充分的時間平復怒氣。果然，等到馬車駛進東莊大門口的時候，三哥的臉色已經基本恢復如常了。

十皇子和蒼秀才先一步得到消息已經等在院門口。

沈成嵐下車對他們拱了拱手，笑著對蒼秀才說：「這次回京，一個朋友送了我幾盆稀罕的花草，我給先生帶過來了，您看看是否喜歡。」

蒼郁聞言雙眼一亮，在沈成嵐的指示下看向他們身後的那輛馬車，牧遙在沈成嵐的示意下招呼著隨侍們搬花下車。

「這、這是……」蒼郁一看到搬出來的那盆花就急不可待地撲上去，仔細地打量著莖葉花苞，嘴角高高揚著，笑看得直冒傻氣。

沈成嵐兄妹倆被他這個反應嚇了一跳，無言相視一眼，又將目光匯聚到蒼秀才身上。

「看來先生很喜歡這白疊子。」

沈成嵐見蒼郁護著寶貝似地在十幾盆白疊子之間直轉悠，心裡忍不住開始犯嘀咕：

莫非這次林七少真送出老爺子的鎮園之寶？

「這叫白疊子？」蒼郁話剛問出口，不等沈成嵐回應就恍然地拍了拍自己的腦袋。「對對對，是該叫白疊子。六少，這白疊子可是個好東西，請問您還能再尋來一些嗎？多多益善！多多益善！」

沈成嵐腦中靈光一閃。「先生想要尋找的稀罕作物，其中就有這個白疊子？」

蒼郁猛點頭。「正是！」

沈成嵐還不清楚這白疊子到底好在哪裡，但聽蒼秀才這麼一說，心裡也隱隱跟著興奮。「這是西域進奉的貢品，為數應該不多，稍後我就讓家裡幫忙，儘量再弄來一些。」

論人脈，沈聿懷的門路可比沈成嵐寬廣多了，見狀主動開口幫忙。

眼下這十幾盆白疊子被小心翼翼地搬進院子裡，放在廊下的通風陰涼處，蒼郁亦步亦趨地跟著，唯恐磕碰到，並告訴沈成嵐，傍晚的時候要把它們移栽到後山新開闢出來的梯田。

齊修衍把蒼秀才交給她，沈成嵐自然不會怠慢，心裡一直記掛著這件事，在跟著三哥巡視大半天的工事後，趕在傍晚前回到莊子。

蒼秀才護著十幾盆白疊子跟護著眼珠子似的，恨不得旁人不要碰。沈成嵐自知手上沒個輕重，索性包攬下刨坑的任務。於是，她在前面刨坑，蒼秀才在後面將脫盆的白疊子連著土栽到坑裡，培好土，舒蘭和牧遙在他後面澆水。莊頭丁午帶著一票莊客們在旁邊觀望著。

「不過是十幾棵白疊子，生生弄出個栽搖錢樹的架勢來。」

聽到沈成嵐的揶揄，蒼郁不窘反笑，眉眼間盡是篤定。「到時候六少就會知道了，這些白疊子不比搖錢樹差！」

沈成嵐不明白齊修衍為何對蒼秀才如此看重，但支持他一下也不算難事，頂多讓他多占幾畝地，撥兩名莊客差遣。

晚飯後納涼，蒼郁將自己面前的甜瓜推到沈成嵐手邊，言笑晏晏地問道：「六少，送您白疊子的那位朋友，可還有其他稀罕的花花草草？」

這甜瓜是中午的時候齊修衍讓人送過來的，被齊嬤嬤用吊籃浸在井水裡，現在吃著清涼爽甜。

沈成嵐連吃了兩塊，聽到蒼秀才的話仔細想了想，道：「我現下雖然能在東莊和縣裡自由行動，但不管怎麼說，也是被罰來這邊思過的，離了王爺，又沒有詔令，我是不能私自回京的。這樣吧，我給你寫張拜帖，讓牧遙陪你走一趟，怎麼樣？」

沈成嵐這麼說，想來應該是與那位朋友極為要好，蒼郁想也不想就道謝應了下來。

只是此去最少也要三日，蒼郁只能將剛移到田裡的白疊子交給丁莊頭照料，如何遮蔭、如何補水交代得事無巨細。

沈成嵐在一旁聽著忍不住翻白眼，丁午卻興致勃勃地一一記下，態度相當虔誠。

「他們倆什麼時候關係這麼好了？」沈成嵐低聲問齊修明。

齊修明湊過來輕聲道：「妳不在的時候，蒼先生時常去田裡走動，指點了丁莊頭幾次，然後就變成現在這樣了。」

丁午可是個經驗豐富的莊稼把式，能讓他這麼快信服，這個蒼秀才當真有些真本事呢！

沈成嵐忽地想到那日沈思清說要供她挑選的奇花異草，心思動了動，便將牧遙喊來這樣那樣交代一番。

第十六章

第二日一大早，在牧遙的陪同下，蒼郁用過早飯就懷揣著沈成嵐的拜帖急不可耐地啟程。

工事那邊有三哥跟著，沈成嵐到現場例行公事轉了一圈，就去拜訪福來商行的錢大掌櫃了。

福來商行有自己的商隊，每年會跑兩趟西域，想要快速擴種白疊子，從西域直接採買種子是最快的途經，當然，成本也很可觀。在商言商，沈成嵐可不能讓三叔白忙活。恰好半個月後，前往西域的商隊就會動身出發，其間如果蒼秀才再發現產自西域的作物，正好可以一起採買回來。

從福來商行出來，還沒到午膳的飯點，既然來縣城了，怎麼樣也得去看看齊修衍。沈成嵐繞路去城西買了兩份合齊修衍口味的糕點，來到寧遠縣縣衙，還沒繞過影壁就聽到一陣殺豬般的哀號聲，間或夾雜著刑杖擊打在身體上的聲音。

沈成嵐停下腳步，對給她引路的雜役道：「咱們從側門去後院吧，不要打擾王爺審案。」

話雖這麼說，在離開前，沈成嵐還是趴在影壁後面偷偷探出頭看了看裡面的情形。

齊修衍端坐在大堂上，眉眼威嚴、神色冷肅，如一柄鋒芒斂在劍鞘內的利刃，危險、冰冷、無情。

這樣的齊修衍，讓沈成嵐無形生出一種陌生的敬畏感。

原來，在她看不見的地方，齊修衍是這樣的。

或許，這就是他堅持不願讓自己陪著審案的原因。

沈成嵐胡思亂想著，直到聽見門外傳來通報聲，說是齊修衍退堂回來了，才收起心思。

既然齊修衍不想讓自己看到他的這一面，那就當作從沒見過吧！

沈成嵐在心裡做出決定，只是覺得可能還需要時間完全適應。

沈成嵐如是想著，可就在齊修衍推開門時，熟悉的眉眼溫度、熟悉的嘴角弧度出現在眼前時，她發現之前的那些糾結瞬間就消散了。

「怎麼了？」齊修衍邁步走進來，看到沈成嵐豁然舒展開的眉眼，敏銳地察覺到她情緒的轉變。

沈成嵐可不想說自己方才又矯情了，趕忙搖頭道：「沒什麼，就是被你剛剛堂審的威嚴模樣驚豔到了！」

方才偷看他堂審的事一問就知道，沈成嵐索性大大方方說出來，順勢表明自己的態度，免得讓齊修衍再胡思亂想。

是不是再沒心沒肺的人，事關至親至愛，都會變得敏感而矯情？

齊修衍微微蹙起的眉，在沈成嵐坦然率真的目光中漸漸舒展開來，彷彿卸下最後一件包袱。

被人包容與信任是愉悅的，有人值得自己去包容與信任同樣也是件樂事。

「案子審得怎麼樣了？」沈成嵐問道。

飯桌上只有他們倆的時候，就沒有食不言、寢不語的規矩了。

「劉三有和唐繼已經開口招供了，下晌提審完欒家父子，就可以著手整理卷宗了。」

沈成嵐驚訝道：「這麼快？」

齊修衍的笑容裡帶著幾分成竹在胸的傲氣。「自上而下，只要撬開劉三有的嘴，唐繼和欒家父子就容易得多。」

聽他說起來好像很容易，沈成嵐卻沒有忽略他眼底不正常的血絲。「這兩天都連夜提審了吧？」

「嗯。」齊修衍沒有隱瞞。「深夜至凌晨是人最容易疲倦的時候，意志力也最為薄弱，提審更有成效。」

太子冊封大典近在眼前，儘管皇上沒有限期破案，齊修衍卻不願將這塊燙手山芋多留在手裡一天。

「……沈貴妃真的牽扯在內了？」猶豫一下，沈成嵐還是在好奇心驅使下問出口。門外有多寶和李青守著，房裡沒什麼話不能說。

齊修衍點了點頭。「沈貴妃和劉三有暗中勾結已經有些年頭了，從皇莊盜取的子粒銀合計多達數十萬兩，就算她沒有直接參與勾結縣衙、鄉紳，侵占民田和矯造皇莊魚鱗冊，但是貪墨的巨額銀兩也足夠治她的罪。」

「褫奪位分，打入冷宮？」

齊修衍目光一沈，緩緩搖了搖頭。「父皇這次主要的目的是整肅皇莊，清除蛀蟲，並不想重創太子的根基。我猜想，最多也就是褫奪掌宮權，明旨申敕貶降位分、抄沒宮庫恐怕都不會。」

真是不公平！說什麼王子犯法庶民同罪，實在可笑。

「好啦，我本打算吃完飯之後再告訴妳的，就是怕妳生著悶氣吃飯，對身體不好。」齊修衍擱下悶頭扒飯的沈成嵐，無奈嘆了口氣。

沈成嵐緩了緩臉色。「嗯，那我緩一緩再吃，你別只顧著我了，吃你的飯吧！」說罷，放下飯碗給他盛了碗湯。

齊修衍忍不住心裡偷笑，見她沒直接撂筷子說不吃了。

嗯，看來沒有真的氣急。

沈成嵐怕耽誤齊修衍審案，本打算吃完飯就走人，卻被他拉到小花園散步消食。

雖然只是小小縣衙，但後院卻建得極富江南園林風，小小花園竟是十步一橋、百步一亭，為了巧妙構景，甚至還大手筆地開鑿縱橫兩條水渠，引活水入園。

「這個唐縣令，滿腹的心思都用在享樂上了。」縱然是齊修衍，也不禁要讚嘆這園子建得精妙。

沈成嵐對園林的鑑賞力幾乎等同於花花草草，雖欣賞不出美，卻不妨礙她估算出這園子的價值，旁的不說，單是那兩塊太湖壽山石，就足夠唐縣令幹到一百歲的俸祿總和了。

「咱們就在這裡歇會兒吧。」走到一處涼亭，沈成嵐見亭子裡放了一把寬大的躺椅，便停住腳，讓多寶去拿薄毯子和一卷話本。

這處亭子頭頂樹蔭，腳臨流水，清幽靜謐，讓齊修衍在此小憩片刻再合適不過。

拗不過沈成嵐，齊修衍只得躺進椅子裡，身上搭著薄毯，一抬眼就能看到沈成嵐靠著廊柱坐著翻看話本，發現他偷覷，她就擺擺手示意他趕緊閉眼睡覺。

微風吹動樹葉的沙沙聲，流水的潺潺聲，伴隨著細微的書頁翻動聲，聲聲入耳，聲聲入心。

齊修衍前一刻還打算只是閉目養神，下一刻就沈沈睡著了。

沈成嵐拿著話本裝模作樣，其實大部分的注意力都放在齊修衍的身上，直到他的呼吸變得均勻綿長，這才放下手裡的話本肆無忌憚地盯著他的睡臉看，她不知道什麼時候竟也迷迷糊糊睡了過去。

等到她悠悠轉醒的時候，躺椅已經空了，原本蓋在齊修衍身上的薄毯正搭在她身上。

「什麼時辰了？」沈成嵐伸了個懶腰，將薄毯摺了兩摺，遞給守在一旁的多寶。

「還不到未時三刻呢，王爺說讓您多歇息一會兒，奴才這才沒有叫醒您。」多寶隨著她走出涼亭。「公子，您這就回莊上嗎？」

沈成嵐點了點頭。「殿下有正事要忙，我就不添亂了，有什麼事立刻通知我。」

多寶應下，一直將她送到縣衙側門，看她上了馬車才停步。

相較之下，沈成嵐在東莊「思過」的日子過得最為清靜舒坦，晨起帶著十皇子練練拳，吃過早飯之後點卯似地巡視工事，回來陪十皇子吃過午飯後小憩兩刻鐘，接著和十皇子一起練一個時辰的字，然後是一個時辰的武課，結束後去山上溜一圈看看白疊子，回來也就差不多該吃晚飯了。

這樣早睡早起的規律日子過了兩天，蒼秀才風塵僕僕地回來了，隨車還抱著一盆讓沈成嵐十分熟悉的「鴻運當頭」。

這可是她娘養在小花房裡的心頭寶！

「我允諾夫人，來年必百倍回報，並讓她見到海椒真正的價值。」蒼郁笑得一雙本就不大的眼睛越發趨於一條縫了。

「你叫它海椒？」沈成嵐想想覺得倒是很貼切。「聽說這東西是從番邦隨船帶到泉州府，稱為海椒倒也合適。」

蒼郁連連點頭，雀躍道：「令慈高義，還答應幫忙採買更多的海椒。」

沈成嵐了解自家親娘的行動力。「這樣一來，咱們還能按計劃出門嗎？」

蒼郁擺了擺手。「不妨事，咱們出門就是為了尋找這些還沒有被發掘的作物，現在初有收穫，暫時就沒有必要出去搜尋了。」

「好吧，那我就再告訴你一個好消息。」左右不久後自己就要跟著齊修衍南下，遊歷的機會大把，並不急在這一時，沈成嵐索性好事做到底，將委託商隊採買白疊子種子的事告訴他。

果然，蒼秀才聞言大喜，當晚破天荒拉著沈成嵐喝酒，最後不出所料將他自己喝成了一灘爛泥。

在蒼秀才拖著宿醉的頭痛將海椒移栽到山上的三天後，齊修衍回來了，同時還帶回一紙詔令，他們的皇莊思過提前結束了，還因為齊修衍辦案有功，整個東莊都賞賜給他，連同莊子上的莊頭和莊戶等一干人等。

蒼郁受命安穩地留在東莊，齊修衍帶著沈成嵐和十皇子返回京城，準備參加即將舉辦的太子冊封大典。

事隔沒多久，又折騰回京城，景國公二房家卻因為沈二爺的歸來而氣氛大為不同。一趟公差，險些與一雙兒女陰陽相隔，回來後偌大的院子只有愛妻一人獨守，大兒子在軍營，二兒子離家遠遊，寶貝一樣的閨女代兄入宮成了三皇子的伴讀……

雖然從家書中已經得知這些情況，但回到家切切實實直接面對這境況，剛強如沈二爺，也不禁紅了眼眶。

沈成嵐在家門口見到父親，一陣恍惚失神，回過神來之後如一陣風衝了上去，緊緊抱住他的腿就開始咧嘴大哭。

父女連心，錚錚硬漢沈二爺在親閨女的眼淚攻勢下也濕了眼睛，長臂一撈就將腿上的沈成嵐給抱起來，萬年難得一見地柔聲哄著往家裡走。

積攢了兩輩子的情緒在看到父親的瞬間徹底爆發，沈成嵐幾乎無法控制，眼淚源源不斷流淌出來，從門房到內院，並不算長的一段距離，就讓她感覺脫水嚴重，腦袋開始發暈發沈，似乎要暈了。

有人酒喝多了醉得不省人事，沈成嵐今天卻把自己給哭暈了。

沈二爺和許氏頓時慌了手腳，急忙吩咐人去請大夫。

二房的動靜很快驚動壽安堂，所以，當沈成嵐悠悠轉醒後，一睜眼就看到全家大團圓的場面。

這可真是丟臉丟到家了！

隔天適逢沈成瀚休沐，聽說妹妹昨日的壯舉，還沒等沈成嵐起床，他就霸占她的半張床鋪拍床大笑。

沈成嵐把自己縮成一團躲在薄被裡，耳邊充斥著大哥毫無同情心、毫無手足愛的大笑，她忍了又忍，終於忍無可忍，惱羞成怒地踹開被子飛身撲了上去。

可惜，武力值差距懸殊，沈成嵐很快被牢牢壓住胳膊腿兒，活像一隻被掀翻肚皮、四腳朝天、不能動彈的小烏龜。

沈成瀚見她咧嘴，眼疾手快地捂住她的嘴，話音裡猶帶著笑意。「怎麼，還想把自己哭暈過去？」

沈成嵐使勁地眨巴眼睛，把快要淌出來的眼淚又給憋回去。怎麼辦？好懷念一本正經臉的大哥。

要說沈成嵐的剋星，老夫人排第一，沈成瀚當仁不讓排第二。不同的是，老夫人用輩分、用閱歷讓人心服口服，沈成瀚克制沈成嵐，純靠武力。

「乘人之危！」終於脫離魔爪，沈成嵐翻了個身繼續縮回被窩裡，拱了個舒服的姿勢，撐著微腫的眼皮色厲內荏地瞪了眼還賴在自己床邊的親大哥。

沈成瀚翻身下床，還不忘伸腿踢了踢裹在被子裡的小妹。「趕緊起床吃飯，吃飽了咱們過兩招。」

都這樣了，還要打著切磋指教的旗號欺負她，沈成嵐確信，眼前這人的確是她親大哥無疑。

許氏聽到屋裡的動靜匆匆走進來，見沈成瀚抱臂站在床前一臉調侃地笑著，而床上的沈成嵐縮成小小一團只露個亂糟糟如鳥窩似的腦袋，心裡一時好氣又好笑，便走上前來佯怒擰了大兒子兩把。「去洗手等著開飯，別在這裡欺負你妹妹！」

沈成嵐聽到母親的聲音頓時來了精神，把自己從被窩裡拱出來，頂著一頭亂毛委屈地爬下床，扯過掛在一旁的錦袍往自己身上穿。

沈成嵐兄妹三人雖出身國公府，但自小被教導得很是獨立，生活起居大多自己動手，能不用下人伺候就不用。沈成嵐打理自己，唯有一件事兩輩子也沒有進步，那就是束髮。

許氏幫她把頭髮束好，看著她腫得像兩顆毛桃似的眼睛，不由自主就回想起昨日這父女倆抱頭痛哭的模樣，真是讓她開了眼界。

沈二爺向來奉行男子漢大丈夫流血不流淚，昨兒大庭廣眾落淚，事後不免覺得有些丟人，現下在飯廳裡見到大兒子還覺得老臉發燙，可一見到出現在門口的閨女就什麼心理負擔都沒有了，樂呵呵地拍了拍自己身側的椅子。

沈成瀚一陣無語。小妹這副天不怕地不怕的性子，自家老爹功不可沒！

吃過早飯，沈二爺帶著一家四口到壽安堂來給老夫人請安，剛坐下，沈三爺帶著孟氏和沈聿華也過來了。

自年宴後，頭一次兩房湊這麼多人，要是沈聿懷和沈成瀾也在的話，兩房人就齊整了。

沈老夫人低低嘆了口氣，想到不知何時才能回家的沈成瀾，臉上閃過一絲黯然。

「娘，六郎前兩日剛傳了口信回來，說是一切安好，您就別擔心了。」許氏出聲寬慰道。

聽到六郎的消息，沈老夫人稍稍心安，神情很快恢復如常。

孟氏和沈聿華可有事了。

六郎？傳口信回來？

孟氏母女一頭霧水，極為相似的兩雙杏眼瞪得大大的。

沈成嵐一個沒忍住，噗哧笑了出來。「三嬸，三姊，我是小四！」

「四妹？」

「嵐丫頭？」

孟氏和沈聿華異口同聲低喊了句，馬上又反應過來，怕被人聽到似地抿緊嘴唇。

沈老夫人含笑看了沈三爺一眼，果然如她所料，這兒子的口風一個比一個嚴實，始終沒有把沈成嵐兄妹倆互換身分的事告訴孟氏母女。

許氏感激地向沈三爺點了點頭，主動將事情的來龍去脈告訴孟氏母女。

「王爺也知道了？那王府裡知情的幾個人可靠得住？」孟氏在震驚過後，立刻想到這一點。

沈成嵐迎著三嬸和三姊關切焦慮的眼神，心中一片豁然開朗。「都是王爺的心腹，信得過。」

孟氏大大鬆了口氣，懸著的心終於稍稍落下，又細細將沈成嵐從頭到腳打量一番，喟嘆道：「我是真的一點都沒看出來啊！」

沈聿華也覺得不可思議，既然對方是四妹，再看她就沒有那麼多顧忌了，瞧著她一身男裝眉眼飛揚、英姿爽朗的模樣，眼神裡不經意就流露出欣羨之意。

孟氏察覺到女兒的心思，寬慰地握了握她的手。

沈三爺將她們母女的反應看在眼裡，笑道：「華兒，妳的記帳也學得差不多了，稍後待妳大哥回來，便讓他帶妳去鋪子裡歷練歷練，若是做得好，以後家裡的大帳就交給妳管！」

沈聿華雙眼一亮，驚喜得不能自已。「真的？」

「自然是真的。」沈三爺哈哈大笑。「咱們沈家的姑娘，不比兒郎差！」

沈聿華的目光緩緩遊走了一圈，目光所及都是親人或寵溺或鼓勵或支持的善意微笑，就連祖母也笑著點頭。

「嗯，我會做好的。」她聲音雖不大，卻異常堅篤。

沈成嵐厚著臉皮湊過去，道：「太好啦，以後我要是缺銀子了，誰也不找，就來姊姊這裡打秋風！」

沈聿華彎著眉眼咯咯笑出聲。「好呀，姊姊養妳！」

「養什麼養，敢上門就叫人抬出去！」沈成瀚實在跟她丟不起這個人，起身擰著耳朵將她給拎回來。

沈成嵐佯裝疼得唉唉叫，一屋子的人笑得前仰後合。但凡有沈成嵐在，笑話就少不了。

沈二爺向大兒子使了個眼色，沈成瀚心領神會，拉住沈成嵐要去考校她的功夫。沈聿華最擅長察言觀色，也起身跟著去旁觀。

片刻後房裡就剩下沈老夫人和兩房夫婦。

「這次長房鬧得太不像話，老爺子動了大怒，雖然沒有明說，但是我感覺得到，他是真的動了要廢世子之心。」沈老夫人收斂起適才的笑意，正色道。

沈三爺看向坐在對面的二哥，先一步開口道：「二哥，若是爹真有此意，你就別再推辭了。娘也好，咱們兄弟兩房也罷，這些年該讓的、該退的，也都做夠了。可瞧瞧把那房人恭敬成什麼德行了？狼心狗肺之輩，不過如此。我自己無所謂，可我不能眼看著孩子們也要被他們算計！」

孟氏和許氏無聲相視，都從對方眼中看到贊同之意。

沈二爺垂眸不語，沈思良久，抬眼看向坐在上首的老夫人，神色間似有了決斷。「娘，兒子知道，相較於國公府累世家業，您更看重的是咱們兄弟倆能遠離是非、生活順遂。若是長房能安分守己，兒子再不捨祖宗基業，也不會有絲毫取代之心。可眼下的情形您也看到了，耍心機不擇手段嫁給大皇子不說，還妄圖插手立后，干涉皇族家事，皇上若是打定主意追查到底，景國公府難逃一劫，覆巢之下安有完卵，咱們都要跟著遭罪。禍患已成，為了景國公府，為了您和爹，為了咱們兩房人的性命安危，兒子情願背這個奪位的惡名。」

沈三爺聞言眼中浮上喜色，就連許氏和孟氏也都鬆了口氣。

沈老夫人似乎早就料到這種情景，臉上的表情沒有因為沈二爺的話掀起任何波動。「恩義已經盡到，嫡長子的尊榮也已經給了他，既然他接不住，便與人無尤了。」

老夫人這樣表態，房裡的氣氛頓時輕鬆了下來。

門廊下，沈成嵐對著楊嬤嬤和南溪笑著拱了拱手，扯著大哥和三姊躡手躡腳地撤退。

齊修衍的結案卷宗此時應該已經呈到御前，最後的判定這兩日應該就會公布，在家裡說給大哥和三姊聽並無大礙。另外，沈成嵐還將齊修衍分析的，關於馮祭酒早朝奏請立后的錯綜內情也告訴他們。

沈聿華愣怔片刻，長長嘆了口氣，道：「難怪人家都說一入宮門深似海，人心詭譎不可測，這等殺人無形的心思，當真可怕！」說罷，憂心忡忡地看著沈成嵐。

沈聿華心思細膩敏感，早先從母親和大哥那裡聽說寧王殿下生得軒昂俊朗，對六郎極為關照，六郎也與他極為投契，每次回十王府都要帶去不少東西。現下把六郎的身分換成沈成嵐，沈聿華莫名覺得不安。

她不是看不得沈成嵐好，而是單純對皇子後院的詭譎複雜心有畏懼，唯恐沈成嵐萬一身處其中，會吃虧受苦。

換成沈思清，沈聿華就完全不擔心，一來感情沒那麼親厚，二來沈思清本身就是擅耍心機之人，她不算計別人就不錯了。

沈成嵐難得機靈地讀懂三姊的顧慮和擔憂，默默反省一下自己到底是做了什麼，讓三姊以為她是溫和無害的小綿羊。

「後院的女人多了，自然愛折騰，看長房就知道了。」沈成嵐臉皮再厚，這會兒也不好意思當著大哥和三姊的面明說齊修衍這輩子都不會納妾，就算嫁給他，自己也是獨霸後院，清靜著呢。

沈成瀚不動聲色地盯著她的臉看了一會兒，才幽幽開口道：「嗯，所以，往後妳們兩個找婆家，最重要的就是後院要乾淨。這點做不到，就算是皇親國戚來說親也休想。」

沈成嵐和沈聿華雙雙一陣頭皮發麻。

皇宮中，正與二皇子信步走在宮道上的齊修衍突如其來地重重打了個噴嚏，無聲無息跟在後面的多寶趕忙上前遞一方素淨手帕。

「這次能夠如此迅速查清侵地一案，肅清皇莊蠹蟲，三弟著實功不可沒，只是也要注意自己的身體。」

齊修衍將手帕遞還給多寶，臉上依舊是客氣而不失禮數的微笑。「多謝二哥關心，我會注意的。這次皇莊附近，尤其是寧遠縣的百姓能守住田地不失，多虧二哥仗義出手，幫他們主持公道，否則，也不會得到父皇的重視，這麼快立案審查。」

二皇子擺了擺手。「我不過是舉手之勞罷了，主要還是你無私查辦，沒有因為劉三有和沈貴妃的關係而退避顧忌。」

齊修衍微微垂眸，唇邊浮上一抹淡淡的苦笑。「幸而還有二哥能體諒我的處境……」

貶斥沈貴妃的詔令已經下來了，沈貴妃即日起降為嬪，罰俸三年，宮務交由郭淑妃暫管。

失了掌宮權，又斷了皇莊這個錢袋子，沈貴妃一時間被斷了左膀右臂，連帶著太子那邊也行動掣肘，畢竟這麼多年來，許多門路都是用銀錢鋪就出來的，很多關卡都是用銀錢打通的。

沈嬪和太子不敢對皇上怎樣，只能將怨恨都算到寧王和榮王頭上，尤其是齊修衍，太子本就不將他放在眼裡，這回更是毫不掩飾敵意，之前在御書房外見到，齊修衍向他行禮，他當眾就視而不見地拂袖而去，明擺著讓齊修衍下不來臺。

被太子厭惡，這個消息想來很快就會傳遍皇宮內外，可以預見，齊修衍遭人孤立冷落的未來處境。

「你也別太在意，大皇兄只是一時氣頭上，慢慢就能明白你的難處了。」二皇子寬慰地拍了拍他的肩膀。「日後若是真遇上什麼難事，儘量來找我，別一個人悶不作聲地硬扛著，就算我能力有限，也總能替你在父皇面前說上一、兩句公道話。」

齊修衍微微一愣，很快反應過來連聲道謝。

目送榮王上了馬車離開，多寶收回視線問道：「王爺，咱們現在直接回王府嗎？」

齊修衍轉身走向自家的馬車。「不，先去千機坊。」

千機坊是藏劍山莊設在京城承接訂單的店鋪，齊修衍早在沈成嵐進宮被選為他的伴讀當日，就過來為她量身預訂了一柄寶劍。

誠如齊修衍所料，他被太子當眾下臉面的事還沒天黑就傳遍皇城內外，就連沈成嵐也從祖父那裡聽說了。

「妳呀，能不能長進點，想什麼都寫在臉上了！」飯後回到自家院子，沈成瀚繼續調教不成器的妹妹。

沈成嵐在他旁邊的石凳上側身坐下，斜倚著身後的石桌。「我曉得，這不是在家裡嘛！對了，大哥，你這次休沐幾日？再有五日就是太子的冊封大典了。」

沈成瀚從桌上的托盤裡拿了兩塊甜瓜，稍大的一塊順手遞給沈成嵐。「本來只休沐兩日，爹又出面替我多請了幾日，說是讓我跟著一起去參加大典。」

「祖父有意伺機請旨北上鎮邊，暫離京城，爹是一定要跟著去的，大哥，你怎麼想？」沈成嵐問道。

沈成瀚已經聽祖父和父親提過，自己也有決斷。「戍衛邊關、守土安民一直是我的夙願，有這樣的機會，還是和祖父、父親一起，我當然要去。就是不知道皇上是否會恩准。」

雖有女眷留京，但更穩妥的方法就是將沈成瀚從京軍細柳營調入皇宮禁軍，任御前護衛，昭顯聖恩的同時，也是一種變相制約。各地封疆大吏、總兵、指揮使，皆享有這樣的「恩待」。有人戲言，一磚頭砸倒十個御前侍衛，九個是都督、總兵、指揮使的兒子，還有一個是兵部堂官的兒子。

沈成嵐勾了勾嘴角，神色間完全不擔心。「要是沒有長房之前那通作妖，你這個擔心還真有可能。現在麼，祖父有心另立世子，皇上若想成人之美，定然會給咱們增添籌碼。我覺得，八成能成！」

沈成瀚一口氣解決掉半盤多甜瓜，扯過布巾擦了擦手，聽到沈成嵐篤定的語氣忍不住掀她老底。「我可知道妳的腦子，這些事不是妳自己想的吧？王爺指點妳的？」

「我腦子怎麼了？」沈成嵐怒道：「我腦子好著呢，好多都是我自己想的，殿下只是幫我周詳周詳而已。」

「是嗎？」沈成瀚可沒有元德帝的顧慮，最大的興趣就是把妹妹的老底給戳漏了。「我可是聽祖母說了，王爺現在儼然是妳的專屬軍師，妳可聽人家的話了，什麼都跟人家說。」

事實面前，沈成嵐一時無法反駁，氣鼓鼓地哼了一聲，埋頭狂啃剩下的兩塊甜瓜。動手打不過，動嘴說不過，大哥不愧是她的剋星！

沈大哥滿足地笑瞇了眼，頂著兄友弟恭的笑臉拿了塊甜瓜遞到她手邊。「給，換一塊啃，妳手裡的那塊都要啃穿瓜皮了。」

沈成嵐拿瓜的手一頓，在大哥的奸笑聲中，把手裡剩下的連瓜帶皮哢嚓哢嚓都給吃了。

牧遙就在這個時候送來齊修衍的拜帖。早前收到的那疋鮫綃，許氏請示過老夫人之後，就親自動手縫製兩件中衣，沈成嵐一到家，許氏就派牧遙送到了寧王府。

齊修衍回府後看到東西，碰巧寶劍也拿到手了，就遞了這張有些遲的拜帖。

「正巧我也想找機會拜會王爺，我這就去準備兩罈好酒，明日好好款待王爺。」沈成瀚合上拜帖，嘴邊噙笑地盯著沈成嵐，特親切地問道：「王爺有什麼愛吃的菜？我叮囑廚房去準備。」

出於一母同胞至親血緣的天生羈絆，沈成嵐憑直覺連忙搖頭。「我也不清楚王爺口味，好像沒什麼特別喜歡吃的，也沒有什麼明顯不喜歡的，大哥你看著準備就行！」

「不愧是王爺，深諳克制內斂之道。」沈成瀚喟嘆地點了點頭，忽然又問道：「那我偏愛吃什麼？」

「雞屁股！雞頭！」沈成嵐脫口而出。

臭丫頭，那還不是妳喜歡吃雞，偏偏不吃這兩樣，我是怕扔了可惜才吃的！可又不能明說。

沈成瀚忽然有種搬起石頭砸了自己腳的感覺。

就不該多問這麼一嘴，簡直敗筆！

沈成瀚在內心唾棄了自己一番，起身就走。

沈成嵐見他真往酒窖的方向去了，心裡大覺不妙。

就齊修衍那一杯倒的酒量，明天不會折在大哥手裡吧？

第十七章

齊修衍雖然已經回京，但身上的公差還沒完成，故而還不用去御書院上課，於是一早用過早膳後，帶上準備好的禮物，就帶著齊修明出門了。

這次拜訪，齊修衍是向景國公府二房遞拜帖，走的是跟伴讀沈六的交情，就是為了避免落下結黨營私的話柄。黨派之爭向來是他父皇的心病和逆鱗。

因為侵地案順利結案，齊修衍這次得到不少賞賜，挑著不違制又精巧罕見的物件，齊修衍準備了兩小匣，另還有兩疋鮫綃。

國公府南苑，丫鬟白露匆匆走進繡房，低聲稟道：「寧王已經進府了，還帶著十皇子，準備的禮雖然不多，但很是貴重，竟然有兩疋鮫綃，還有兩個小匣子，裡面裝著什麼不知道，但那匣子卻是剔紅漆盒。」

聽到鮫綃，沈思清的臉色就變了。早先頒詔冊封太子妃和太子良娣，宮中發下賞賜，她收到的那份裡就沒有鮫綃，而陳婉的那份卻有兩疋。

如今，寧王卻送了東苑兩疋，憑什麼！

「替我換支金釵，咱們去東苑給寧王和十皇子請個安。」沈思清絞緊手裡的絲帕沈了沈心神，開口道。

白露應下，親自去取太子贈送的那支點翠鳳釵。

沈思清還沒走出南苑大門，壽安堂裡的沈老夫人就得到消息了。

楊嬤嬤見老夫人遲遲沒指示，開口問道：「要不老奴過去走一趟，把大小姐請回去？」

老國公雖然沒有明說，但言下之意就是讓長房禁足，這才幾天而已，又開始不安分了。

沈老夫人沈著臉，擺了擺手。「不必了，讓她去，我總不能永遠都護著他們，早些放手讓他們歷練也好。」

她的子孫，可以不屑使用陰謀詭計，但不能應付不了陰謀詭計。上一世就是自己照顧得太周到，才讓他們低估了人心的齷齪和卑劣。這一次絕不能再重蹈覆轍。

沈思清心裡也清楚，自己的舉動瞞不過壽安堂，所以，她故意放慢腳步走出大門。直到眼前能看到東苑的院門，也沒人來阻攔她。

沈思清勾唇笑了笑，眼中掠過一絲得意，腳下的步子越發從容悠然起來。

只是這份從容自若卻只維持到了東苑的大門口。

「你們竟然敢阻攔大小姐，讓二夫人知道了還不扒你們的皮！」白露扯開嗓門朝門房當值的小廝高聲嚷嚷，眼珠靈活地往大門裡面瞟。

門房小廝不失禮數地向大小姐行禮，依然固執地把她們攔在門外。「抱歉，大小姐，夫人一早就交代了，王爺今日是私人造訪，概不接見外客，因而閉門一日，還請大小姐見諒。」

沈思清臉色一沈，目光陡然淩厲起來，冷聲質問道：「怎麼，我竟是外客嗎？這是你的想法，還是二嬸交代你的？」

門房小廝頓時漲紅了臉，正糾結著該如何應付，忽地在他身後傳來一道更為清冷的聲音。「對咱們來說，妳或許不是外客，但對王爺來講，妳就是外客。聽說大姊正在跟請來的教養嬤嬤學習禮數，怎麼，還沒學到不請自來算是失禮嗎？」

「六弟何必將話說得如此不講情面，我已受封太子良娣，雖未正式出閣，但與王爺也算有叔嫂之名，豈能算是外客？至於失禮，過府而不見，怕是更失禮吧？」看著隨後出現在門口的齊修衍，沈思清故意將「過府而不見」咬了重音說，暗藏指責之意。

太子當眾羞辱他的事剛傳出來，這位還沒過門的太子小妾跑上門來給自己穿小鞋，齊修衍不知該說她拍馬屁動作太快，還是該說她自視太高看不清自己的位置。

「沈大小姐恐怕有些誤會，論叔嫂之名，有資格這麼說的應該是陳老尚書家的大小姐才是。適才那番話，我就權當沒聽過，還請大小姐謹言，否則傳到父皇面前，不僅妳自己要遭到申敕，令尊、令慈、老國公，甚至是太子，恐怕都要受牽連。」

齊修衍輕飄飄的一番話，聽在沈思清耳朵裡卻如化作一柄柄尖刀插在她心口。

是啊，妻妾有別，就算皇家尊貴，妾室終究是妾室，即使寧王再不受寵，他也是正經的皇子，在他面前，她只是他皇兄的側室，永遠得不到他尊稱一聲皇嫂。

沈思清萬萬沒有想到，寧王會如此不顧情面地替二房出頭，含恨回到南苑繡房後砸了半屋子的擺設。

寧王此舉擺明是將在太子那裡受的氣撒到她的頭上。

沈思清恨得身體微顫，暗暗發誓定要一雪今日的恥辱。

「這回你算是狠狠得罪她了。」沈成嵐目送沈思清鎩羽而歸，對著齊修衍豎起大拇指。「從今天開始你可得小心了，指不定要怎麼報復你呢！」

齊修衍無所謂地笑了笑。「隨她。」

沈成嵐還是頭一次見到沈思清敗得如此灰頭土臉，幸災樂禍不已，正高興得直蹦躂，忽然就見她大哥從一旁閃了出來，臉上帶著道貌岸然的笑。

「多謝王爺出手解圍。」沈成瀚抱了抱拳，側身和走上來的齊修衍並肩而行。

既然王爺都說了是私人造訪，那自己這個主家就不必那麼客氣見外了。

齊修衍上輩子就領教過這位大舅哥的不好惹。別看他表面上對沈成嵐這個妹妹各種嫌棄，實際上護得跟眼珠子似的，完全聽不得旁人說他妹妹半句不好。

「哪裡哪裡，不過是實話實說而已。」

沈成瀚瞥了眼兀自傻笑的妹妹，臉上的微笑多了兩分誠意。「不瞞王爺，您這番實話，也是在下所想，咱們這也算是英雄所見略同吧？哈哈哈！」

沈成嵐。「……」

損人的話罷了，還英雄所見，呵呵！

景國公府距離五軍都督府府衙並不算遠，沈老國公一般會回家用午膳，許氏特意交代正門的門房。

得知老國公回府後，沈二爺和沈成瀚、沈成嵐三人陪著齊修衍兄弟倆到壽安堂走一趟。因齊修衍事先打了招呼，沈成瀚特意知會三房的人在壽安堂等著，因而，就連沈聿華也正式見到寧王殿下。

消息傳到南苑，沈思清又將繡房裡剩下的一半擺設都砸了。

沈二爺剛從建州回來，衙門裡公事繁忙，和齊修衍道了聲歉，將陪吃陪喝的重任交給沈成瀚。

沈成嵐現下還不到允許喝酒的年紀，其實齊修衍只比她大四歲，也不到放開手腳喝酒的年歲，奈何有沈成瀚這尊大佛在，兩人誰也不敢推辭。

幸好她爹還顧著公務，先撤了，不然爹和大哥兩人一同上陣，齊修衍恐怕一輪都撐不過去。

沈成嵐和十皇子坐在一側，咬著筷子看對面兩人行著亂七八糟的酒令，桌上空掉的一罈酒，八成進了沈成瀚的肚子，但其中的兩成也足夠讓一杯倒的齊修衍暈頭轉向了。

齊修明同情三哥的同時，還不忘跟小師傅咬耳朵。「沒想到無所不能的三哥竟然也有力所不及的事？將來長大了，我得好好練練酒量。」

沈成嵐一邊緊張兮兮地關注著齊修衍，一邊恨鐵不成鋼地擰了擰他的耳朵。「出息點，你就不能選個別的超越他？」

齊修明低聲告饒，揉著耳朵仍盯緊自己的三哥，準備在他滑下椅子的瞬間衝上去拯救。

沈成瀚在酒力作用下面色通紅，但意識卻很清醒，不動聲色地將旁邊兩個陪客的反應看在眼裡，恨不得再灌寧王半罈子酒。但想歸想，始終顧及著他令人吃驚的酒量，偷偷地手下留情。

饒是如此，還是把齊修衍給灌趴下了。

許氏狠狠瞪了沈成瀚一眼，讓多寶和牧遙把齊修衍扶到客房歇息。沈成嵐親自到廚房端了碗醒酒湯，餵他喝了。

見齊修衍睡得還算踏實，旁邊又有多寶看著，沈成嵐輕手輕腳退出來，又到廚房端了碗醒酒湯來找她大哥。

沈成瀚倚坐在涼亭的美人靠上，雙眼半睜地看著走上來的妹妹，半調侃半委屈地哼了兩聲，接過醒酒湯一飲而盡。「我還以為妳眼裡只能看見寧王殿下，再也看不到妳大哥了呢！」

擁有二十幾歲靈魂的沈成嵐無奈地嘆氣，心想：你跟一個八歲大的人這麼撒嬌吃醋，真的不幼稚嗎？

話剛出口，沈成瀚也意識到自己矯情了，不等沈成嵐開口就長長嘆了口氣。「非認定他了？」

沈成瀚可能比爹娘還要了解這個妹妹，闖起禍來沒心沒肺，但甚少能對一個人掏心掏肺，再聽到娘親說她一箱箱往寧王府搬東西的時候，他就意識到大事不妙。

沈成嵐放鬆身體倚在美人靠上，兄妹倆的姿勢簡直是一模一樣，也長長嘆了口氣，道：「嗯，就他了。」

許氏總說，沈成嵐是綜合了她二哥的相貌和大哥的脾氣性格。

沈成瀚清楚自己是什麼德行，所以不會因為妹妹的年紀而斷言她的決定只是小孩子的一時興起。哪怕將來她的心意變了，也不能說明她現在的決定草率。

「好吧，妳覺得好就行。」

沈成嵐抬腿踢了踢閉上眼睛的沈成瀚。「要睡回屋睡，小心在外面著涼。」

沈成瀚上下眼皮撐開一條細縫斜睨她。「嘖嘖，有了心上人就是不同，都知道關心人了。」

沈成嵐忍無可忍，咬了咬牙根，一矮身抱住他的雙腿猛地用力挺腰翻轉，隨後撲通一聲，捨身陪著一起翻進身後的池塘裡。

池塘水深不過沈成瀚的胸口，但猛然翻進去還是嗆了兩口水，微醺的醉意登時消散得無影無蹤，定睛看到沈成嵐正蹬著腿像隻青蛙泅水，便欺身上前一把扯住她的一條腿，任她怎樣做也掙脫不開，開懷的笑聲幾乎要把樹上的蟬給震下來。

許氏聞訊趕來，入目就是這幅情景，頓時氣得七竅生煙，拖過一旁的掃帚像趕鴨子似地將兄妹兩人給趕上岸來，追著滿院子揍。

多寶趴在窗櫺上看著外面若隱若現、倉皇逃竄的身影，時不時回頭看了看睡得深沈的主子，心裡偷偷想：公子的家人都很開朗啊，真好！

齊修衍醒來的時候已經日斜西窗，因為酒喝得並不過量，還喝了碗醒酒湯，所以並沒有頭疼之感，反而睡得沈，頭腦格外清爽。

沈成嵐早就洗過澡換了一身新的錦袍，跟同樣換了身衣裳的大哥坐在涼亭裡被親娘訓了半個時辰，見到齊修衍腳步從容穩重地走過來，簡直像看到救星了。

聽說齊修衍要告辭，許氏也不好再挽留，讓人將早就準備好的東西都搬上馬車，直將人送到東門大門口。

之前沒相認的時候，齊修衍還能遊說自己忍耐，尋找合適的機會和沈成嵐接觸，等她慢慢長大。可相認之後，他恨不得天天能和她見面，即使不住在同一個屋子裡，但只要想到她就睡在臨近的房間裡，漫漫長夜便不再難熬，也不會在午夜夢迴時驚醒。

但現在還不是獨占沈成嵐的時候，即使捨不得，齊修衍還是要成全她在家人近前盡孝，享受親情之樂。他缺失的，不想讓沈成嵐也留有遺憾。

目送寧王府的馬車漸行漸遠，沈成嵐沒有錯過齊修衍最後回望那一眼時濃濃的眷戀和不捨。可很快她就要跟著他離開京城了，年底，最遲來年年初，祖父、父親和大哥就很可能要北上鎮邊，現在的團聚時光恐怕在未來數年都會是可貴的回憶，她不能缺席。

沈成瀚縱使不知道沈成嵐和齊修衍多出來的一輩子感情積累，但絲毫不影響他見證這兩人眼下的難捨難分。

這才幾天啊，感情就這麼好？

沈迷武學兵法的沈成瀚實在無法理解，只能將之歸結於鬼迷心竅。

上午沈思清在東苑門口鬧出的笑話自然被傳得滿院皆知，沈老國公在屋裡發了通脾氣，卻沒將長房任何一個人喊來痛罵。戰戰兢兢撐過了一夜，長房為這個結果長吁了一口氣，但老夫人和另外兩房人卻明瞭地意識到，老爺子對長房是徹底失望了。

往日大哥不在家，沈成嵐還可以任性偷懶，睡到日上三竿，這次卻不行了，每日天剛矇矇亮，沈成嵐就被大哥拖起來對打，吃過飯後是兩個時辰的兵法推演，午飯後小憩兩刻鐘，又開始一個時辰的練字和一個時辰的兵法學習，晚飯後是時長不定的過招。

起得比雞早，睡得比豬晚，早晚挨揍，白天裡紙上打敗仗，唯一值得欣慰的是她的字寫得比大哥強那麼一點點了。

就這麼連著被荼毒多日，太子的冊封大典終於到了。

沈成嵐現下還沒有資格參加太子的冊封大典，卻能跟著父兄去參加太子府的晚宴。這是太子作為儲君能夠光明正大宴請群臣的僅有兩次機會之一，另一次則是大婚。

太子冊封儀式並不算繁複，基本上是天壇祭祀天地，太廟拜告祖宗，金鑾寶殿受百官朝拜。

儀式和過程雖然不複雜，但浩浩蕩蕩的一群人要轉戰三個地方，結束差不多就要申時初了。

果然，沈老國公跟兒子們回來的時候已經快申時三刻。

沈敬安身為景國公府世子，又在五城兵馬司掛著指揮副使的虛職，還是太子良娣的父親，自然要參加太子的冊封大典，不僅如此，太子府的晚宴他也是座上貴賓。太子尚未大婚，是以這次晚宴不宴請女眷。景國公府二門的門口，沈老國公和二房父子三人都到齊，等了好一會兒，才看到姍姍來遲的沈大爺。

沈大爺身上穿著和沈老國公一樣由宮中製衣局按照規制特別繡製的蟒袍，而沈二爺和沈成瀚身著的是朝服，沈成嵐則是一襲儒生打扮，符合她儒生和伴讀的身分。

沈大爺的目光從二房的人身上掃過，含義不明地笑了笑，先他們一步跟在老爺子身後。

「這是什麼意思？」沈成嵐一頭霧水，不解地看向父親和大哥。

沈二爺微微沈著臉，邁開腿跟了上去。沈成瀚扯著沈成嵐跟在父親身後，出了二門後指了指自己和她的衣服，又朝前面努了努嘴。

沈成嵐反應過來，撇了撇嘴，心裡暗啐：有毛病！

沈貴妃牽涉皇莊舞弊，後果不僅自己被降位、失去掌宮權，就連原先她舉薦的太子府詹事也遭撤換，如今的詹事徐通則是由皇上親自指派，總領太子府庶務的同時，也有監督太子之意。

今日本應是太子得意之日，但一看到站在大門口恭迎賓客、指揮宮婢們忙碌奔走的徐詹事，眼裡就忍不住籠上一層陰霾。自母妃遭貶斥以來，他因為出面求情遭到父皇三番兩次的斥責，更因為撤換太子府詹事一事提出異議而惹父皇摔了茶盞。相較於做皇子時，父皇對他的管束越發嚴厲，斥責也比以前多了不少。總之，這太子做得比皇子還要戰戰兢兢、壓抑憋悶。如今想在自己府裡鬆口氣恐怕也要顧忌著徐通。

太子心裡不痛快，也見不得別人痛快，尤其是那些以往不被他放在眼裡的人，譬如寧王。

明明沒多久之前還是個乏人關注的隱形人，只因為搭上景國公府，就妄想翻身得意了，簡直是異想天開。

看著寧王滿面春風地和沈老國公站在一處，太子目光一暗，抬腿就走了過去。

沈老國公正和寧王聊著寧遠縣的引水工事，因為是惠及百姓的好事，又有孫兒沈聿懷參與，沈老國公就格外關注幾分。

忽地聽到身側的沈大爺用不算低的聲音提醒道：「爹，太子殿下過來了！」說罷，不等沈老國公反應，自己先行迎上前去行禮參見。

沈老國公是側對著太子走過來的方向，聞言目光沈了沈，眼含歉意地向寧王點了點頭，轉身迎向太子的方向，上前兩步長揖一禮。「老臣參見太子殿下。」

在他身後，沈二爺攜沈成瀚、沈成嵐也恭敬地行禮問安。

齊修衍隨其後也揖了一禮。

太子的目光卻始終徘徊在景國公府幾人身上，抬手都免了他們的禮，卻對一旁的齊修衍置若罔聞、視而不見，周遭的氛圍頓時有些尷尬。

齊修衍卻似早就習慣了一般，臉上連絲毫的異色也無，從容自若地收回手，站直身體。

「原來是三弟啊，我道方才怎麼一直沒見著你，原來只顧著在沈老國公這邊作陪了呀！」太子眼角餘光一掃，彷彿才看到齊修衍，語帶驚訝地拔高兩度嗓音，周遭的人想要裝作聽不到都難。

沈老國公眼皮一跳，不敢恭維地看了太子一眼，濃眉登時微微蹙了起來，可還沒來得及開口，又被長子給搶先。

「太子殿下誤會了，寧王殿下與二弟一房熟識，這才多聊了幾句。」說罷，沈大爺側首掃了沈二爺父子一眼，用半開玩笑的語氣笑道：「說起來，寧王殿下與小姪六郎的確很投契，前幾日還以私人的名義到訪作客來著，今日更是在門口外面就碰到了！」

聽清此話的大臣們紛紛看向寧王，面上不敢過於表露，心裡卻都點燃八卦之魂。

沈成嵐看著孤身而立的齊修衍，心頭騰地燃起的憤懣之火卻在他看過來的平靜目光中奇異地被安撫了。驀地，她後背傳來兩道輕拍。沈成嵐抬眼看向大哥，從他眼裡看到明顯的鼓勵，又看了看父親，從他眼裡也看到同樣的默許。

沈成嵐用力眨了眨眼，將眼底湧上來的濕意抑制回去，輕挪幾步就站到齊修衍身邊，用孩童稚嫩的嗓音說：「大伯不是常說嘛，物以類聚，人以群分，我跟王爺都是憨直的人，這才一見如故。不過，最英明睿智的還是陛下，一早就看透了，所以才會選我做王爺的伴讀吧。小姪不敢辜負陛下的美意，自然要盡心盡力隨侍王爺！」

沈成嵐未經選考就破格被選為寧王的伴讀，這件事早就廣為流傳，現下聽他提起，在場的人不禁恍然。憨直什麼的，眾人皆知這是沈成嵐胡扯的鬼話。景國公府的六少爺性情陰晴不定，出手傷人不是一、兩次了，這種頑劣的性子，縱觀幾位皇子，的確也就性情軟綿隨和的三皇子能夠遷就。為了安撫這頭不知什麼時候就會尥蹶子的小毛驢，寧王殿下與沈二爺夫妻多有接觸也不乏是個明智的迂迴之策。

這樣的想法在眾人腦海中轉了兩圈，再看向寧王的時候目光也大為不同了。

然而太子是知道內情的，當日選擇做老三的伴讀，分明是他自己選的！

齊修衍見太子臉色發沈，面帶縱容的笑意看了看身邊的沈成嵐，先一步開了口。「嗯，父皇英明，能得六公子伴讀左右，確是本王之幸。只是日後長相處難免有齟齬之處，屆時怕少不得煩勞老國公和沈大人從中調和。」

果然如此！拜訪什麼的，其實就是去景國公府鋪後路以備不時之需。

眾人紛紛拖以同情乃至贊同的目光，尤其是家裡子姪曾遭到沈六下過毒手的人，更是感同身受。

沈大爺在父親警告意味十足的目光中縮了縮肩膀，不敢再多言。

太子也察覺到沈老國公的不快，心下略一權衡就決定暫時放過寧王，寒暄了兩句便讓人引著景國公府幾人進殿入座。

齊修衍感激地向沈二爺和沈成瀚點了點頭，輕輕拍了拍沈成嵐的肩膀，寬慰道：

「快和妳爹他們進去吧，不用擔心我。」

沈成嵐饒是再不捨得留他一人，也只能點點頭，抬腿跟上她大哥的腳步。

齊修衍這話其實並非只是讓沈成嵐寬心，誠如他所料，不多時，徐詹事就派人來引他入座，按照長幼秩序，他坐在二皇兄的臨側，整個宴會過程中，一應用具、膳食待遇皆與眾皇子相同，沒有絲毫紕漏。看來，這位徐詹事在太子府站得很穩。

沈成嵐這邊卻有些小情況出現。按規矩，沈大爺身為景國公府的世子，理應和沈老國公及沈二爺他們坐在一處，卻不知和太子說了什麼，竟坐到太子的下首位，席間還時不時與太子敬酒交談，熱絡得分外刺眼。

沈成嵐端起茶盞，藉著遮掩悄悄看向坐在列席中的陳老尚書，只見老頭面不改色，但他身側的中年男人卻已經面有薄怒。就在男人身側，沈成嵐看到了一個不算那麼熟悉的少年身影，他坐得似乎有些不太舒服，時不時就要換一換坐姿，忽地一雙視線射過來，正與沈成嵐的目光短兵相接，帶著毫不掩飾的仇恨。

呵，原來是陳聰。不是說腰折了嗎，怎這麼快就能來參加宴會了？

沈成嵐翻了翻白眼收回視線，心裡嘀咕著，忽然一個大腦袋湊了過來，低聲問：「那小子怎麼看妳跟看仇人似的，得罪過妳？」

按正常邏輯，也該是沈成嵐得罪人家，人家才會用看仇敵的眼光看她好嗎？

可是在沈成瀚這裡，事關他妹妹，就是這麼解讀。

沈成嵐絲毫不覺得她大哥這麼說話有什麼邏輯不通，理直氣壯地點了點頭。「那就是太子妃的親弟弟，之前被太子選為伴讀，在御書院裡想給我下馬威，被我打傷了腰。後來陳家老夫人一狀告到皇上那裡，殿下幫我擔罪，我們就被罰到皇莊思過了。不過，那小子也沒落得啥好處，伴讀的差事也沒了。嘖嘖，不然現在就是太子伴讀了。」

最後這句遺憾話，怎麼聽起來像是幸災樂禍？

沈成瀚眸色一深，眼刀陡然凌厲地擲向陳聰，還沒撐到兩個回合，對方就怯懦地別開了目光，沈成瀚不屑地撇了撇嘴，把盤子裡剝好的蝦擱到沈成嵐的手邊，點評道：「外強中乾的繡花枕頭一個。不過恢復能力倒是挺強，腰傷了都能恢復這麼快。」

沈成嵐很是贊同地點了點頭，拿著勺子舀著一顆顆蝦仁吃，眼睛掃了眼喝得紅光滿面的太子和沈大爺。「哥，你說太子是真糊塗，還是假糊塗？」

場中有樂舞助興，他們兄妹倆輕聲低語，只有對方能聽得清楚。

沈成瀚耷拉著眼皮，戳著沈成嵐盤子裡的水晶餚肉。「不管是真糊塗還是假糊塗，大伯父是真蠢。就是不知道陳家那位大姑娘是何性情。」

「聽說陳大小姐自小就深得陳老大人看重。」沈成嵐眼角餘光掃了眼正襟危坐、氣定神閒、不為外事所擾的陳老頭，目光微動。「我猜應該是位胸中有溝壑的大家閨秀。」

沈成瀚輕笑。「那可真是太子之福。」

太子在晚宴上對沈大爺的禮遇，很快就成了京城百姓街頭巷尾的新談資，太子妃和太子良娣還沒進府，似乎太子妃就被沈良娣壓了一頭。

陳婉依舊如常，深居簡出，陳府也沒傳出什麼憤憤不平的流言，反倒是沈思清這邊，由其母杜氏帶著參加幾次內院女眷的私宴，其中還有長公主府的賞荷宴。只是那日不知出了什麼變故，沈思清竟與長公主的掌上明珠玲瓏郡主發生衝突，不僅挨了郡主一巴掌，還把太子贈送給她的那支點翠金釵給折斷了扔進荷塘裡。

沈成嵐還沒來得及圍觀後續發展，就跟著齊修衍再度啟程前往寧遠縣了。

這次依然帶著十皇子，還有個面白無鬚、看起來不到而立之年的文課師傅，姓薛名珣，翰林院從五品侍講學士，當年的狀元郎。

馬車在距離寧遠縣約三十里的官道岔路口暫停，齊修衍由多寶和李青陪著去寧遠縣巡察工事，沈成嵐則要先把十皇子和薛師傅安全送到東莊。

兩輛馬車在短暫的停駐後分道揚鑣，沈成嵐透過車窗看著外面越來越熟悉的景致，心裡的感受卻與之前完全不同。

現在這東莊，已經是齊修衍的了！

還沒到莊子大門口，遠遠地就看到等候在那裡的一群人影，駛近一看，為首者竟是一身短打的蒼秀才。

馬車一停穩，沈成嵐就打起簾子率先跳下來，待眾人向十皇子行過禮後，她又將薛師傅介紹一番，然後把他們交給丁莊頭夫婦招待，自己則帶著蒼秀才去看隨車帶來的好東西。

沈成嵐這邊跟了十幾輛馬車，車廂裡的桌子、凳子都被拆掉了，擺滿了一盆盆的白疊子和海椒，都是大哥和林七少這些天幫她從各家收集的，其中有四、五車白疊子是沈成嵐厚著臉皮求了祖母，由她帶著進宮跟太后娘娘討來的。

「京城裡的白疊子差不多都被我搜刮來了，應該夠你試驗了吧？」沈成嵐這話可不假，太后娘娘和她家老夫人甚為親近，愛屋及烏，宮裡的白疊子都給沈成嵐搬來了。

蒼郁沒想到沈成嵐竟然能做到如此程度，驚喜得幾乎合不攏嘴。「足夠、足夠，六少，您可真是我蒼郁的大貴人！」

一段時間交往下來，沈成嵐算是發現了，這個蒼秀才全然不像個正經的讀書人，腦筋活絡、口條清晰，有些時候比三叔、三哥還像個生意人。不過，很對她的胃口，越相處越覺得值得深交。

這一次移植白疊子和海椒，蒼郁帶了莊上大半的莊客，分成兩隊，由他和丁莊頭各帶一隊，丁莊頭的隊伍在梯田這邊，蒼郁這一隊則來到後山緩坡處剛剛開墾出來的山地。

沈成嵐發現，蒼郁將帶過來的白疊子都移植在向陽的山地上，而海椒則分出一部分由他親自栽種到山陰這邊。

「這東西在山北邊也行？」沈成嵐上輩子也曾帶兵在邊境屯田，略通稼穡。這海椒若是能在山陰也適合種植，那可供使用的土地就多了。

沈成嵐手上刨坑的動作沒停，問道：「你到現在還沒告訴我呢，這海椒還有那白疊子，到底有什麼用？」

之前她跟著祖母進宮向太后討要白疊子，太后言語間似乎對這東西沒什麼欣賞之意，只說開花尚可看看，但花期不長，而且秋時果實炸開，裡面如柳絮一樣的白絮被風一吹就滿天飛，惱人得很。

蒼郁將最後一株海椒種好，拎過一旁莊客提來的水桶一瓢瓢澆水，眼神溫柔得好像看著心尖上的寶貝。「這海椒的果實可以作調料，成熟後還可以入藥，性熱而散，能祛水濕、治療秋瘧、消宿食、解結氣等等，治療凍瘡也有奇效。若是做調料用，熬成紅辣油，拌麵炒菜打暖鍋，保證吃到停不下來！」

沈成嵐被他形容得險些忍不住嚥口水，拎過另一個水桶也幫著澆水。「那白疊子是不是也能做菜入藥？」

蒼郁站起身直了直腰，遠眺的目光裡浮上淡淡的憧憬和悸動。「六少，白疊子若成功推廣開來，將是功在當代、利在千秋。」

沈成嵐聞言心頭一震，目光灼灼地緊盯著蒼郁。

「這白疊子的果實成熟後裂開，露出的柔軟白絮，可以紡成線織布，也可以簡單處理之後直接用來縫製棉衣、棉被，極為保暖。六少，尋常百姓所求的不過是吃飽、穿暖二事。蒼某只願能有更多地方栽種白疊子，讓更多的百姓有衣穿，不再受凍。」

對於寒冷，沈成嵐有著刻骨的體會，上輩子駐守北境多年，被酷寒奪走性命的士兵年年有之，遑論保暖條件遠不如軍營的普通百姓。

「若真如先生所說，這白疊子有如此重用，在下必傾全力相助！」沈成嵐鄭重地向蒼郁抱了抱拳。

以沈成嵐的身世背景和為人，得她這一諾，蒼郁便覺得自己的千里之行邁出最堅實的一步。

倒是真應了那句「物以類聚，人以群分」，沈成嵐和蒼郁都是正經不過片刻的人，慷慨激盪的情緒沒維持一會兒，兩人又將注意力轉回到眼前的海椒身上，確切地說，是海椒的吃法上。

澆完水後，沈成嵐和蒼郁在小山崗上席地而坐，遠眺夕陽下如畫一般的梯田美景，半是遺憾地感慨道：「哎，最多再有半月，寧遠縣的工事就能完工了，回京後拾掇拾掇，也就差不多要動身南下，你的海椒美食，我恐怕無福享受到啦！」

蒼郁嘴裡叼著根毛草，隨著嘴唇的開合，毛草跟著一顫一顫地抖著。「無妨，海椒最適合曬乾後在冬日裡熬成紅油打暖鍋，等山上這些成熟了，我就派人送過去！」

沈成嵐心滿意足地用力拍了拍蒼秀才依然單薄的小身板。「夠義氣，你有什麼想要的，儘管開口，這次南下路過泉州府，我跟王爺請示請示，多逗留兩日，看看有什麼稀罕的東西捎給你。」

蒼郁雙眼一亮，既然海椒是從泉州府那邊得來的，說不定真能有其他收穫。

「好好好，稍後我就畫本圖冊給您帶著。」

沈成嵐爽快地點了點頭，她見過蒼郁的工筆畫，相當不錯。

「哎，我說，你是從哪兒知道這麼多稀罕東西？」

白疊子也好，海椒也罷，這些東西被養在花園裡也不是兩、三年了，卻從來沒聽說過還有這樣的功用。

蒼郁的目光閃了閃，抿著嘴唇極目遠眺，看似瞧著山與天的交界，實則焦點模糊，沈浸在自己的思緒裡。

沈成嵐見他這般，忽然有些後悔問得唐突，想要開口錯開這個話題，忽然就聽到蒼郁的聲音。

「六少，您相信這世上有還魂奪舍一說嗎？」他的嗓音淡淡的，彷彿還沒從自己的思緒中完全抽離出來。

沈成嵐周身一滯，腦海中蹦出一個念頭：莫非蒼郁跟自己一樣，也是重活一輩子的人？

蒼郁良久沒有聽到沈成嵐的回應，偏頭看過來，見她臉色嚴肅，身體緊繃，自嘲地笑了笑，似喃喃自語。「也是，這麼荒唐的事，怎麼會有人信……」

「古人說，六合之外，聖人不言。」沈成嵐緩緩放鬆身體，將蒼郁蕭索低落的臉色看在眼裡，醞釀了一番繼續道：「但是不說不代表沒有，這世上本來就有很多我們不知道的事，既然有因果輪迴、善惡有報，還魂奪舍什麼的應該也不是不可能。我就是好奇，先生就這麼信任我，不怕我說出去，讓人把你當成怪物綁起來架火上燒了？」

蒼郁始終看著沈成嵐的眼睛，見她沒有絲毫的敷衍和違心，沈鬱的眉眼緩緩舒展開來，整個人如同一株煥發出生機的植物，迎著陽光徐風招搖燦爛著。「六少正直坦率、心懷正氣，怎麼看也不是嘴碎目短的小人。」

沈成嵐翻了翻白眼，起身拍了拍袍襬。「你是還魂也好，奪舍也罷，我認識你的時候你就是現在這個模樣，別的又有什麼關係。喔，不對，你跟我老實講，你該不會是長生不老，一直這麼年輕吧？」

蒼郁忍無可忍，顧不得冒犯不冒犯，當即回了個更大的白眼。「您想太多了，不老不死的那是妖精，我是人！」

「哦，那就好，不然我還得想法子幫你遮掩。」沈成嵐好像省了什麼大麻煩似地鬆了口氣，又恢復那副沒心沒肺的模樣。「那你多畫幾幅好吃的東西啊，咱們種出來放到我三叔的酒樓裡賣，有得吃又能賺他一票，一舉兩得！」

這回，蒼郁連翻白眼的力氣都沒有了。

有薛師傅隨行，十皇子的文課學習步入正軌，相較於御書院的其他皇子，才七歲的他可以說是先行三年。

上午的時間空了下來，沈成嵐一得閒就往寧遠縣跑。

自從孟氏母女知道沈成嵐兄妹倆互換身分之事，此時的沈聿懷也知情了，見面時還不忘佯怒調侃她，不過託她的福，讓他詳細地知道長房又出了什麼么蛾子。

這一日在福來客棧吃午飯，齊修衍因為回京參加太子的大婚而不在場。再有半個多月，就是沈思清出閣的日子了。

沈成嵐問道：「三哥，你準備好送什麼給大姊添箱嗎？」

沈聿懷不甚在意地搖了搖頭，大半注意力都放在眼前的飯菜。「我娘會看著幫我準備，妳也甭操心，二嬸應該也替妳準備了。我瞧著工事再有三、五日便能正式完工，通水後觀察幾日，沒有問題的話，月底之前咱們就能回家了。也不知妳能不能趕上大姊出閣……」

沈聿懷早就知道沈成嵐要跟著寧王南下的事，現下這麼說，重點根本不在沈思清的出嫁上，而是時間越近，越捨不得她離開。這一去，也不知什麼時候能回來。

察覺到三哥話音裡的離情別緒，沈成嵐也有些低落，想到祖父、爹和大哥也離家北上，家裡就只留下三叔和三哥守著了。

「算了，能不能趕上都沒什麼大不了的，趕緊把人嫁過去，咱們府上也能少操些閒心。」沈聿懷甩開突如其來的傷感，振作一下精神，開始商量著買地的事。「我是這麼打算的，藉著妳南下，又有王爺的護衛儀仗，可以放心多帶些銀兩，看到合適的田地就買下來，尤其是江南一帶，臨著屯田的，多多益善，若是銀錢不夠，妳立刻給我消息，我再籌錢。」

所謂近水樓臺先得月，蒼郁提過幾處最適宜種植白疊子的地區，其中就有江南吳縣一帶，而且與他推薦給齊修衍的江南屯田區嘉禾相距不遠。沈聿懷與她意見相合，將買地的主要目標放在吳縣一帶。

沈成嵐點頭。「好，我已經和殿下打過招呼，殿下也已經交代過海公公及外院管事，店鋪和商隊如果需要銀錢過渡的話，你和三叔盡可去跟王府拆借，當然，也不是白借，咱們按照行價給利銀。」

沈聿懷眼波一顫，濃眉頓時微微蹙了起來，詫異、意外、感動雜揉著顯露在臉上，最終卻化作謹慎的保留。「這樣似乎不妥……」

沈成嵐知道他的顧慮，打斷道：「寧王府雖然不像外間傳言的那般拮据，但底子也豐厚，殿下的身分和處境受限，很多生意都不能明著碰，拆借銀錢既能讓咱們抓住先機，又能給王府增加收入，是雙方都受益的好事。」

沈聿懷眉峰鬆了鬆。「互利歸互利，說到底還是要欠很大的人情。」

沈成嵐笑著端起飯碗。「哪來什麼欠人情，我可是給你們保媒牽線的掮客，生意做成了，你們兩邊都要給我佣金。」

「王府真會給妳佣金？」

「真的，海公公都準備好書契了，上面明碼標價寫著給我的佣金呢。」沈成嵐還真沒說謊，她已經看過書契草稿，給的佣金不少。

權當是個轉圜的餘地吧。

沈聿懷心下這麼想著，豪爽大方地表示。「那行，放心，哥哥給妳的佣金保證不比他們少！」

沈成嵐此舉不過是私心作祟，讓他們雙方都能得到些實惠，萬萬想不到日後給她帶來多大的驚訝。

齊修衍在京中並沒有過多停留，太子大婚後第二日就返回，這次沒有直接去寧遠縣，而是回到東莊。

許氏託齊修衍給沈成嵐和沈聿懷帶了不少東西，新做的衣物和鞋子是一定有，其中還有一套鮫綃的中衣，兄妹兩人一人一套，當然也沒落下齊修衍的那份。

「除了東西，三夫人送了個製冰匠，以後就留在莊子上。老夫人還給妳兩大罈梅花酒。」

沈成嵐雀躍不已。「太好啦，明兒有冰了，我替你做雪泡梅花酒，沒有比它更消暑的了！」

齊修衍被她的笑容感染，只覺得幫她捎帶東西這種小事也格外有成就感。

「太子忙著大婚，應該沒為難你吧？」沈成嵐沒被高興衝昏頭腦，問出這兩天一直掛念的事。

齊修衍迎著她專注認真的目光，忍了又忍，終是手癢難耐，順從心意地摸了摸她的腦袋，一開口，連嗓音裡都沁著甜。「瞎想什麼，沒有。這世上除了妳，沒人能為難到我。」

沈成嵐。「……」

這是嫌棄嗎？好吧，聽起來還挺順耳的。

沈成嵐瞇著眼睛主動用腦袋蹭了蹭齊修衍的掌心，這種撒嬌的動作放在上一世她死都做不出來，這輩子卻奇異地做得駕輕就熟，還沒什麼心理負擔，見齊修衍似乎很是受用，眼角都堆滿了笑，一瞬間她好像無師自通發現了讓齊修衍愉悅的法門。

這麼調情一會兒，沈成嵐催著齊修衍去換一身輕便的常服，帶著他將白疊子和海椒巡視一圈，然後站在那日她和蒼秀才閒聊的小山崗上，對著在梯田上跟丁莊頭比劃的蒼秀才揮了揮手，並將那日兩人所說的話娓娓道來。

說完，見齊修衍臉上一點驚訝意外的表情都沒有，沈成嵐這才猛然想起來，蒼秀才本來就是齊修衍讓她去找來的人。

「你早就知道他的底細？」

齊修衍搖了搖頭。「上一世見到他時我已經繼位兩年多，那個時候他是科舉入仕，按名次應該是榜眼，但因為同榜的三人數他模樣最好，最後就點了探花，鹿鳴宴的時候給我遞了條陳。」

沈成嵐怔了怔，就蒼秀才的相貌，竟然還能力壓另外兩位，那科的一甲該多麼有內涵啊……

齊修衍一看就知道她的腦袋裡在想些什麼，無奈地捏了捏她的耳朵。「此後不到十年，他就憑著實打實的功績入了內閣，並在六部之外增設了農商部。他那麼多奇思妙想，我隱隱猜到他應該有不凡的經歷，只是從沒有挑明問而已。」

沈成嵐順著齊修衍的目光看向梯田裡的蒼郁，沈默良久後才感嘆道：「是啊，只要他身端行正，又何必苦究他的來處。」

更難得的是，他身負奇才，卻沒有想著只為自己謀私利，而是將百姓裝在心裡。

「不過，我是真沒想到，他竟然會如此信任妳。」關於這一點，齊修衍是真的有些意外，沈成嵐似乎有種特殊的天賦，很容易讓人信任她。

若是被沈成瀚和沈聿懷聽到他此刻的心聲，一定會糾正他，這不是什麼天賦，只是沒心沒肺而已。對著沒心沒肺的人，就是容易讓人放鬆警惕，跟著缺心眼。

沈成嵐自動將齊修衍的這句感嘆轉化為稱讚，心裡美得直冒泡，晚膳的時候破天荒把自己的那隻雞腿送給蒼秀才。

引水工事在齊修衍回來後的第三天順利完工，通水當天，好幾里地之外都能聽到縣城裡百姓的歡呼聲。隨後巡檢了五、六天，確定整個工事沒有疏漏後，工部派過來的人與寧遠縣縣衙簽訂文書，這條引水工事從此由工部專項撥款、寧遠縣縣衙執行日常維護。

齊修衍功成身退。

第十八章

這次回京，皇上不僅召見齊修衍，連沈成嵐和沈聿懷也受詔一同面聖。不同於沈成嵐，沈聿懷這還是頭一次面聖，饒是平時表現得再老成持重，沈聿懷在走進宮門後，也緊張得走路同手同腳了。

沈成嵐極有手足情地寬慰道：「三哥，你不用這麼緊張，皇上很隨和的，不說第一次見面，就算陳家老夫人告狀那次，皇上都沒冷過臉！」

沈聿懷聞言看向寧王，見到對方臉上一言難盡的表情，頓時有種翻白眼的衝動。就算沒有見過龍顏，但憑那些殺伐果決的詔令，應該怎麼也跟隨和掛不上邊吧……不過好在有比較靠譜的寧王，沈聿懷稍稍寬了寬心，走路不再同手同腳了。

元德帝是在正陽殿的東暖閣召見他們，除了御前侍候的大總管郭公公，房裡沒有旁人，說話也就自在許多。

沈成嵐只在上輩子隨祖父和父親回朝述職的時候，在大殿上遠遠見過皇上兩次，心裡只有威嚴的遙遠感。這一世第一次見面就打破了這種高不可及的距離感，到這次面聖，竟有些久違的欣喜。

沈聿懷趁著皇上和寧王及沈成嵐說話時，飛快地撩起眼皮目睹一眼龍顏，果真如沈成嵐所說，雖然威儀天成，但眉眼是柔和的，嘴角甚至還帶著明顯的笑意。沈聿懷掩在袖子下因為攥得太緊而微微顫抖的雙手漸漸穩了下來。

元德帝其實早就聽工部的人稟報過工事的進程和驗收結果，但還是耐心地聽寧王又說了一遍，並就後續的維護事宜詢問了幾句，聽到他應答有策，很是滿意地點了點頭。

「這次的差事辦得不錯，可有什麼想要的賞賜？」

元德帝的確是賞罰分明，但向來是賞什麼你受什麼，極少像現在這樣先問一句。而這種特殊待遇，沈成嵐卻是第二次享受到了——上一次是元德帝給她選擇做哪位皇子伴讀的殊榮。

「為父皇分憂是兒臣分內之事，不敢求賞。」齊修衍拱手回道，在他身後的沈成嵐和沈聿懷也跟著躬身行禮，口稱不敢。

元德帝擺了擺手，一隻胳膊拄在座椅的扶手上，身體微微前傾，眼裡含著笑看向齊修衍身後的沈成嵐。「沈六啊，妳別跟他們倆學得那麼古板，來，說說，妳想要點什麼封賞？」

沈聿懷頓時冒出一頭冷汗。皇上這語氣、這神態，彷彿那日在御花園選伴讀時的一幕又重現了。

祖宗啊，保佑這丫頭開開竅吧……

沈聿懷在心裡雙手合十、虔誠地呼喚著沈家的列祖列宗。可惜，祖宗們可能耳背，並沒有聽到他的祈求。

「呃，回皇上的話，學生自己現在什麼都不缺，就是我三叔和三哥有點缺銀子。」

聽到沈成嵐這句話，沈聿懷恨不得立刻就暈死過去。

不是被沈成嵐的膽大嚇著，而是覺得太丟臉了。

房內頓時響起元德帝開懷的大笑聲。

「好啊，那朕就直接賞你們銀子。不過，妳能不能說說，妳三叔和妳三哥為什麼缺銀子？老國公捨不得給你們分例？」

沈成嵐一時語塞，後知後覺到自己可能說錯話了。

要怎麼解釋？說缺錢是因為要買地。為什麼買地？是為了種白疊子。白疊子又是什麼？

不知道齊修衍什麼時候向皇上稟明白疊子的事，沈成嵐卡在當下，不知道該怎麼回稟，悄悄瞄了眼齊修衍的後腦勺。

齊修衍不用看也能想像得到，沈成嵐此時急得幾乎要抓耳撓腮的模樣，一定相當有趣，但終是不捨她心焦，上前一步回稟道：「此事請容兒臣稟報。」

隨後，齊修衍便將白疊子和海椒一事詳細地向元德帝稟明。

當說到白疊子的用途時，元德帝敏銳地察覺到此物的重要之處，頓時坐正身體，臉上的神情也變得嚴肅了起來，並就不明之處細細詢問。

待齊修衍稟報完畢，元德帝沈默好一會兒，然後重重地拍了下膝蓋，朗聲道：「好！此事辦得好！郭全，立刻讓人擬旨，寧王督造工事有功，賞……沈聿懷、沈成嵐協辦有功，各賞黃金百兩、白銀五百兩……」

沈成嵐垂手低眉，聽著耳邊迴盪著的聲音，到後來已經聽不清還賞了些什麼東西了，只覺得無數金銀元寶插著翅膀朝自己飛來。

沈聿懷也有些發懵，不過還是緊緊咬著下唇讓自己保持清醒，還不忘偷偷盯著沈成嵐，唯恐她高興得忍不住笑出來。

出了宮門，沈成嵐和沈聿懷兄妹倆還有些暈乎乎，齊修衍無奈，只能多叮囑了牧遙兩句。

兩輛馬車在十王府街的岔路口分開，齊修衍猶不放心地讓車夫停了馬車，打開車簾目送沈成嵐兄妹的馬車穩穩地駛離視線之內方才甘休。

早先一進京城，沈聿懷就派小廝雲陽回府稟報要進宮面聖的消息，現下已經是晚膳時間，沈老國公和沈老夫人卻一直沒有傳膳，在正堂等著，三房人也都在堂上陪著。

沈思成揉了揉空落落的肚子，小聲嘟囔了句「怎麼還不吃飯」，引來沈老國公威嚴的一眼。

「餓了就回去吃飯，不用非等著。」

若非妻女勸著，沈大爺是不願過來的。

面聖又如何，兩個小輩，值得自己這麼放低身段？

是以，聽到沈老國公這麼說，早就等得不耐煩的沈大爺作勢就要起身，卻被坐在他身側的杜氏狠狠扯住衣袖。

就在這時，門外傳來一陣由遠及近的腳步聲，須臾，馮大管家笑吟吟地稟道：「三少爺和六少爺回來啦！」

沈老國公驀地眼睛一亮，坐直身體看向門口。

進了壽安堂的正門，穿過一道穿堂，沿著抄手遊廊走到底就是正堂。這條路沈成嵐沈聿懷兄妹倆不知走了多少次，這次卻覺得格外漫長。

正堂的大門敞開著，一眼就能看到端坐在上座的沈老國公夫婦。沈成嵐心下一喜，腳步就控制不住地想要小跑，卻被沈聿懷扯著胳膊給拽住了。

「跑跑跳跳，成何體統！」

方才面聖時，被沈成嵐嚇出的一身冷汗到現在還沒乾透呢，沈聿懷打定主意，以後必須時時刻刻盯著這丫頭。

許氏見到沈聿懷的小動作，無奈地笑著搖了搖頭。這個禍頭子，真是走到哪兒都需要人盯著。

兩人走進來後恭恭敬敬行過禮，沈成嵐只記得皇上賞了金子和銀子，所以不敢多嘴，怕被笑話，難得乖順地站在一旁聽三哥向祖父稟報面聖的情形。

沈聿懷的心思何等通透，只提了工事完成，因此得了皇上的褒獎，然後將賞賜仔細說了一遍，長房那邊發出幾道低低的抽氣聲。

沈老國公望了眼外面的天色，率先起身道：「趕緊準備接旨吧。」

餘暉尚在，恩賞的旨意應該不會拖到明日。

馮大管家不敢怠慢，忙下去準備。

果然，不到兩刻鐘後，傳旨的太監就上門了，而且來者竟然是御前大總管郭全。

這下子就連沈老國公都被驚訝到了。

一個引水入縣的工事而已，竟勞動了郭公公？

景國公府闔府跪接聖旨，沈成嵐聆聽著郭公公不急不緩地誦讀著內容，越聽越感佩於皇上的英明，領旨謝恩的時候結結實實地叩了個響頭。

「老國公，快快請起。」郭全雙手將聖旨交到沈老國公手裡，順勢躬身扶了一把。

「府上兩位小公子德才兼備，老國公教導有方啊！」

沈老國公謙虛地道了聲「過獎」，臉上的欣慰和驕傲卻是掩飾不住。

送走郭公公，長房眾人的臉色各異。

皇上的賞賜，十之七八竟然指明是賞給二房和三房，餘下的兩、三成也不過是些綾羅綢緞和供人把玩的金石玉器。總之，這麼豐厚的賞賜，長房卻分不到分毫。

晚膳後，長房託詞離開，偏廳裡的氣氛頓時舒緩下來。

沈老國公的眼底閃過一抹黯然，但很快又恢復如常。

沒有外人在，許氏問出心裡的疑惑。「我瞧著郭公公離開前特意看了妳一眼，妳老實交代，是不是又闖禍了？」

沈成嵐喝著祖母特意讓人準備的雪泡梅花酒，心虛地眨了眨眼睛。「哪、哪有，皇上不是還在聖旨裡誇我了嘛！」

許氏一眼就看出她的心虛，轉而問沈聿懷。「三郎，你說說，這丫頭又闖什麼禍了？」

沈聿懷把之前在正堂不方便說的話，言無不盡地稟報一遍，尤其是沈成嵐直言不諱跟皇上討銀子那一段。

許氏聽罷立刻就坐不住椅子，轉著頭尋找廳裡的雞毛撣子放在哪兒。

沈三爺卻忍不住哈哈大笑，將急著逃竄的沈成嵐拉到自己身邊護著。

「皇上的意思，是讓咱們相助寧王？」沈二爺高興之餘，揣測著封賞背後的深意。

沈老國公看了看正襟危坐的沈聿懷，又看了看躲到孟氏和沈聿華身後的沈成嵐，懷著欣慰的同時也正了正臉色，道：「從皇上的旨意來看，應該暫時不想讓人知道白疊子的事，知情人就這麼幾個，皇上賞了銀子又賞了百頃的田地，還都在東莊附近，意思不言而喻。三郎，這件事就交給你去辦吧，需要用銀錢的話就找你祖母支取。」

「皇上的賞銀你也都拿去，不夠的話我這裡還能再湊一些。」許氏也開口道。

沈三爺夫婦也表態支持，就連沈聿華也要拿出自己的私房錢入一份。

沈成嵐算了算自己的小金庫，臉有些苦。為了搜羅白疊子，她最後一點私房錢都被林長源搜刮走了。

沈聿懷沒有拒絕家裡人的鼎力相助，見沈成嵐這一張包子臉委屈巴巴地盯著自己，笑道：「算了，妳出力就行，不用出銀子了。」

「我出力能抵一百兩嗎？」林長源最後刮走的就是一百兩。

沈聿懷無奈地點了點頭，看著沈成嵐瞬間眉開眼笑的臉，暗自操心：一百兩就高興成這樣，以後被人騙了可怎麼辦啊？所以說，就得讓妹妹們多見見銀子，多攢點私房錢。

懷揣著這樣的小心思，沈聿懷陡然燃起賺錢的鬥志。

相較於景國公府的賞賜，寧王府的就顯得薄了不少，但皇上卻破格恩准齊修衍提前入朝觀政，這是多少財帛賞賜都無法比擬的。

選址屯田的事早在朝上廷議過，現下再議，不過是確定最後的人選。齊修衍身著蟒袍靜靜站在列前，聽著朝臣們唇槍舌戰，隱約可見兩個陣營勢均力敵，爭執不下，欽差的人選持續懸空。

三日後，元德帝在朝堂上發怒，隨手一指站在塗閣老前面的齊修衍。

欽差立定，隨意得讓朝臣們一時忘了反駁。

沈成嵐聽說此事以後，笑得直不起腰。

齊修衍上朝觀政，她這個伴讀就盡職盡責地每日去御書院上課，因為要跟著南下，皇上特意恩准她在離京前回家住。

就這麼連著起了近半個月的大早，轉眼來到沈思清出閣的日子。

二房、三房的添箱禮早就送過去了，都是中規中矩的兩疋錦緞、一套金鑲寶石的頭面和幾件金石玉器。不算厚禮，但也挑不出什麼問題。沈聿華的女紅不錯，親自繡了一套被面、枕套送作添箱，後來舒蘭聽長房院裡的小丫頭私下閒聊，說是枕套和被面隨手就被沈思清賞給教養嬤嬤。

目送迎親隊伍走遠，沈聿懷走在回府的人群後面，低聲說：「做事不留餘地，這種性子，進了太子府有她受的。」

沈成嵐頓時嗅到八卦的氣息，好奇地悄聲問：「三哥，你是不是聽到什麼風聲了？」

沈聿懷故意放慢腳步，帶著沈成嵐和沈聿華與前面的人群拉開距離，壓低聲音道：「陳通判最近新收一名義女，我聽人說，那女子其實是揚州瘦馬。」

沈成嵐上輩子在軍營混跡多年，自然知道揚州瘦馬是什麼，沈聿華卻一頭霧水，疑惑問道：「不是女子嗎，怎麼扯到馬了？」

沈成嵐暗暗擰了把自己的大腿，也瞪著懵懂的大眼睛看向三哥求解惑。

沈聿懷耳尖一紅，輕咳了兩聲，敷衍道：「這個……這個妳們就不用知道了，反正就是以色侍人之流。」

沈成嵐可不敢在這個時候打趣三哥，大眼睛轉了轉。「那義女該不會是準備送到太子妃身邊吧？」

不惜推出個瘦馬來與沈思清爭寵，太子妃這一手可真夠狠的。

沈聿懷點了點頭，引頸遠眺太子府的方向，沈聲道：「引狼入室，無異飲鴆止渴。」

沈成嵐和沈聿華默默相視一眼，對三哥的這句感慨還不太能理解。

在沈思清三朝回門的翌日一清早，沈成嵐跟隨齊修衍啟程南下。南城門外十里亭，揮別父親、三叔和三哥，沈成嵐躍上齊修衍的馬車。車輪滾滾向前，將十里亭外送別的人遠遠拋在身後。

直到看不到人影，沈成嵐才依依不捨地收回視線坐正身體，用力克制眼底湧上來的潮氣。

齊修衍遞了一碗雪泡梅花酒到她手裡，眼裡微微噙著笑。「喝吧，這可是老夫人特意讓人送到王府的酒，我都替妳帶上了，路上想家就喝一碗。」

沈成嵐抽了抽鼻子，倒了半碗遞給齊修衍，然後才雙手捧著自己的半碗小口啜飲起來。

景國公府有一大片梅林，每年梅花盛開之際，祖母就會親自帶人釀梅花酒。年節家宴、生辰、添喜、遠行……梅花酒的味道跳躍時空貫穿著沈成嵐兩世的記憶，用它來聊慰思鄉之情，著實再合適不過。

「等這次回去，咱們也在王府裡多種些梅花吧。」沈成嵐其實早就學會祖母釀梅花酒的手藝，就是想蹭老夫人的酒喝罷了。上輩子沒機會，這輩子她忽然很想讓祖母也喝自己親手釀的酒。

齊修衍也學著她小口品著，聞言溫聲道：「嗯，我已經讓海公公闢出梅園了，等咱們回去，應該就能賞花釀酒了。」

這就是齊修衍，你沒想到的，他會替你思慮周全；你想到的，他又已經先一步替你著手做了。

沈成嵐從碗裡微微抬起頭，紅著眼睛小聲道：「你這樣可要把人給慣壞了。」

「慣不壞妳。」

梅花酒再入口，沈成嵐就只能喝出甜味了。

七月流火，中午再熱，早晚也會涼爽下來。齊修衍考慮到沈成嵐和十弟的年紀尚小，隨行的戶部工部官員中也有年紀較大的，便吩咐儀仗早晚趕路，中午熱了就歇息。這麼一路走來，比預計遲了四、五天才趕到洪遠縣渡口。從這裡上船，順水南下，便可直接在嘉禾的渡口登陸。

登船這天難得天晴風微，沈成嵐上輩子都耗在北地，這樣壯闊波瀾的海景還是頭一次見到，跟同樣沒有見識的十皇子興奮地在甲板上流連忘返，齊修衍只管寵著他們，最後還是薛師傅看不下去，出面把兩人給拎了回來。

船上的行程其實挺枯燥的，不像乘馬車，沿途能一覽風景，還能時不時歇歇腳。沿水路走，尤其是走海路，離岸很遠，褪去最初的興奮和新鮮感之後，極目遠眺的海水讓人生出一種每天都是重複的錯覺，唯獨十皇子每日不同的學習內容和飯桌上的飯菜有變化。

齊修衍最大的欣慰是沈成嵐和十弟並沒有出現嚴重的暈船症狀。看來，兩人的體質還不錯。

「稍後船要進港補充淡水，採買些新鮮食材，要不要下去逛逛？」齊修衍走進船艙，見沈成嵐還在練字，心裡有些落忍。

沈成嵐眼睛一亮，但很快斂下眼底的熱切，猶豫道：「會不會耽誤趕路？」

八月，江南各地就要陸續進入秋收，他們要趕在秋收前抵達嘉禾。

「無妨，已經將沿途停靠的時間都算在內了，時間很充裕。」

沈成嵐高興地擱下筆。「那我去叫十皇子。」

船上不得施展，所以武課的時間都改成文課，任憑薛師傅講得再好，齊修明也被悶壞了，一聽到可以下船去逛逛，簡直跟擱淺的魚兒遇到水一樣。

此時，船停靠在青州府轄下浮山縣的東渡口。浮山縣的位置得天獨厚，東渡口可供海路船隻停靠，西渡口臨著永定渠，是河運和海運都可停靠的補給站。

腳踏實地的這一刻，沈成嵐激動得險些不能自已。

縣中的主大街溝通東西渡口，沿街商鋪林立，人流熙攘，熱鬧程度竟不比京城的東市遜色多少。

他們的船在這裡只打算停靠一個時辰左右，齊修衍帶著沈成嵐和齊修明索性放棄了酒樓，就沿著主大街買些特色小吃和玩物，五香豆干、驢肉火燒、煎包、柿餅、小豆腐……

還沒走到一半，多寶和牧遙的雙手就抱得滿滿的。

忽然，前面的人群一陣紛亂，或低促或尖銳的驚叫聲混雜在一處，片刻躲閃出一條通道，一個渾身是血的男人踉踉蹌蹌地出現在齊修衍他們眼前。

男人的一隻手緊緊捂著腹部，整個手掌染滿鮮血，因為失血過多，看起來已經意識不清了，只嘴裡氣弱地低呼著。「救命……救救我……」

就在男人力竭撲向地面的一瞬間，一道身影迎上前穩穩地接住他。

李青人高馬大，輕而易舉就將男人架住，隨行的護衛立刻以齊修衍為中心散開，將李青和受傷的男人也納進防禦範圍之內。

齊修衍向人群深處看了看，沒有見到追擊的人影，眼看圍觀的百姓越來越多，臉色一沈。「回去。」

沈成嵐在看到那個受傷男人的一瞬，就將十皇子拉到齊修衍身邊，緊緊護在他們身側。

「別怕，都跟在我身側。」沈成嵐出聲安慰面無血色的多寶和牧遙，還不忘彎腰撿起掉落的兩包柿餅。

一行人迅速撤回船上，常太醫得到傳召，立刻拎著藥箱趕了過來。

半個多時辰後，船隻緩緩駛離渡口，李青走進船艙稟報，停船附近並沒有發現可疑之人。

看到出現在船艙門口的常太醫，齊修衍先一步抬手免了他的禮，問道：「常太醫，人怎麼樣？」

常太醫沾著血跡的袍子還沒來得及換，稟道：「幸虧救治及時，暫無性命之憂。只是，他身上除了腹部那處最嚴重的刀傷，背部、手臂上還有十餘處傷口，這兩日恐怕要引發高熱。若能熬過這兩夜，才能算真正性命無虞。」

齊修衍面色嚴肅地點了點頭。「儘管用藥。」

常太醫應下，和李青一前一後退出去。

沈成嵐從十皇子那裡出來，找了一圈，最後在甲板上找到齊修衍。

「李青說，並沒有從那個人身上找到路引或其他能證明身分的東西，看來只能等他醒了。」沈成嵐在齊修衍身邊坐下，順著他的目光看向不知多遠處的海天交界。「不過，看他的衣著和氣度，像個讀書人。」

齊修衍點了點頭。「而且，聽他的口音，應該是吳中、餘杭一帶的人。」

沈成嵐訝異。「這你也能聽出來？」

那男人短短的兩句呼救聲氣若游絲，齊修衍的耳朵真是夠靈的。

「朝中不少出身江南的官員，他們說官話時有些習慣我很是熟悉。」齊修衍不方便明說，上輩子力勸他選秀納妃的朝臣中，最頑固的幾個就是江南人，幾乎要把他的耳朵磨出繭子來，想不熟悉這口音都難。

好好的逛街就這麼泡湯了，有些遺憾是一定的，好在救了條人命。

沈成嵐打開手裡那包撿回來的柿餅，拿了一個遞給齊修衍。「嚐嚐？剛才我陪十殿下吃了兩個，味道很不錯。」

齊修衍就著她的手咬了一口柿餅，沙軟香甜，又不過分甜膩，的確不錯。

「十弟還好吧？」齊修衍兩三口解決掉沈成嵐遞過來的柿餅，難得自己動手又拿了一個。

沈成嵐笑得露出一口小白牙。「放心吧，第一次見血有些慌而已，這點小場面十殿下扛得住！」

齊修衍斜眼瞄她，哼哼道：「妳還挺了解他。」

沈成嵐聽著還挺得意。「哪裡哪裡，都是這麼過來的，經驗之談而已。」

齊修衍頓時有種踢到石板上的感覺。

常太醫雖然說那人暫時沒有性命之憂，但渾身都是傷，也不宜移動，因而安排在船尾的客艙。常太醫衣不解帶地照顧兩天，終於，男人熬過高熱，在第三天的傍晚悠悠轉醒。

屏退左右，多寶在船艙門口守著，裡面只有沈成嵐和李青站在齊修衍兩側。

得知齊修衍的身分，男人臉上的防備瞬間被激動取代，掙扎著想要起身，卻被齊修衍虛按著肩膀攔下。

「免禮吧，別著急，慢慢說。」

男人姓鄒，名杭，是上吳縣知縣鄒溯之的長子。上個月初，凌河在上吳縣境內的河段被洪水沖毀，附近三個村子被大水淹沒，縣內近半數田地絕產。大家都以為這是天災，但幾日後，鄒縣令得到鄉民密報，說是洪水破口前一晚，親眼目睹有人影在大堤決口處徘徊。鄒縣令便親自帶人去現場查看，果然發現大壩有被人為損壞的痕跡，於是將實情上報府衙。

「何通判派人來遊說我爹不成，過沒幾日，府衙便突然派兵包圍縣衙，說我爹私開糧倉，即刻羈押到府衙受審，我娘和弟妹也一同被打進府衙大牢。我在書院得到消息，幸得山長援手才逃了出來。我爹分明是接到何通判的官令才開倉放糧，他們這麼做無非就是想殺人滅口，掩蓋淩河決堤的真相。我本想去布政司衙門伸冤，可還沒到衙門門口就發現被人跟蹤，於是我一路北上，想進京擊登聞鼓告御狀，為我父親鳴冤。不料在渡口被他們追上，一路奔逃，幸得王爺出手相救……」

鄒杭多日疲於逃命，又重傷初醒，臉色因失血過多而蒼白削瘦，幾乎要脫相了，嘴唇起皮，嗓音嘶啞，儼然視齊修衍為人生最後一根救命稻草，拚盡最後一絲氣力也要緊緊抓住，因為他身後承載的是一家人的性命。

「求王爺替家父主持公道！」

沈成嵐不忍，示意李青倒盞茶餵他喝下。

「你先安心養傷，此事本王定不會坐視不理，稍後便上書呈報回京。若你所說屬實，必追查到底！」

聽到齊修衍這番話，如弦般緊繃著的鄒杭登時放鬆下來，還沒說完道謝的話就昏了過去。

齊修衍交代李青照看好他，和沈成嵐一前一後走了出來。

「你知道鄒杭的爹？」沈成嵐敏銳地觀察到，當齊修衍聽到鄒杭父親的名字時神色微微一變。

齊修衍沒想到沈成嵐在那個時候還能察覺到自己細微的變化。「剛開始我也不是很確定，但是聽他說到後面淩河決堤、上吳縣縣令私開糧倉的時候，我才和印象中的案子對應上。」

「那……他說的都是真的？」沈成嵐問道。

齊修衍點了點頭。「元德年間，吳中淩河發生多處決堤，轄內近七成桑田受災，導致當年江寧織造的絲綢產量僅有常年的一半。上吳縣，就是其中受災最嚴重的地區之一，縣令鄒溯之也因私開官倉放糧而被問斬。到我登基後，派人肅查江寧織造，才發現了這樁冤案。」

想到上一世自家的遭遇，沈成嵐驀地一陣心悸，生出物傷其類的憤懣和痛恨，卻並沒有讓她失去冷靜的判斷。

「那現在怎麼辦？若是和江寧織造有關，怕是不能輕易打草驚蛇。」

江寧織造的提督太監向來是皇上的心腹，皇帝的內庫，三分之一來自江寧織造。動他，就相當於截斷皇上的錢袋子。早先皇上動皇莊，不過是因為劉三有不是皇上的「自己人」。

以齊修衍現在的位置，想要動江寧織造的確有些困難。而這些人，要麼不動，要動就要一擊必中，讓他們翻不了身，否則打草驚蛇，反要被狠狠咬上一口。

「我再仔細想想。」既然遇上，齊修衍就沒有坐視不理的打算。首要之事，是確定父皇的態度。

齊修衍當即寫一封密報傳回京城，在等待回信的時間裡，他們繼續按計劃順水南下，鄒杭的傷在常太醫的醫治下快速好轉，其間，眾人在船上度過中秋節。隨行的廚娘們早有準備，當晚不僅有月餅吃，甚至還有西域進貢的葡萄酒。

沈成嵐生平第一次在海上賞月，那滿月近得彷彿觸手可及。

第二日一早，船在渡口靠岸，沈成嵐都沒發現鄒杭是什麼時候被偷偷送走的。

渡口外的長亭，不僅嘉禾縣縣令、縣丞和主簿等人都在，就連嘉寧府知府也在接駕之列。

齊修衍一行的儀仗雖陣仗不算大，但加起來也有近百人。齊修衍婉拒了黃縣令的美意，帶著眾人住進驛館。

在驛館安頓下來後，李青立即向齊修衍稟報。「王爺，不出您所料，有人在查探咱們。」

齊修衍渾然不在意地啜了口茶，道：「人可安置好了？」

「安置好了。之前兩次靠岸，屬下也按王爺的吩咐，從護衛中選了身形與他相近之人送下船。」

齊修衍點了點頭。「好，吩咐下去，防守稍微鬆一鬆，他們想探就讓他們探探看。」

李青當即應下。

沈成嵐忽然補充道：「別做得太明顯啊。」

李青失笑，應了一聲退下。

嘉禾縣是嘉寧府轄下有名的窮縣，縣內多灘塗，且沒有水量穩定的大河可供灌溉，聽聞寧王此次是為選址屯田而來，趙知府恨不得把嘉禾縣誇成地上天堂送給寧王殿下。

齊修衍是個極為盡職盡責的聽客，趙知府說得嗓子都啞了、詞窮了，他也矜持得沒有表態。

不說好，也沒說不好。

身繫一府事務，趙知府不能在嘉禾久留，見實在沒辦法在短時間內忽悠住寧王，只得含恨暫時告退。

想到趙知府離開時那幽怨的小眼神，沈成嵐簡直憋笑憋到內傷。

「在這裡屯田，前期恐怕要耗費很大的人力、財力。」說到屯田，沈成嵐也是很有經驗，當年北境六鎮的屯田可都有她的功勞。

確實，眼前的嘉禾縣，隨行的兩部官員都不看好。

齊修衍在桌上展開這些時日親自走訪後繪製的輿圖，同時又打開江南道的輿圖，伸手在圖上指了幾處給沈成嵐看，解釋道：「這裡是淩河最大的支流，距離嘉禾西郊這一大片灘塗不超過五十里，開渠引水灌溉，不僅可以緩解汛期淩河的水量，也能將這一大片灘塗活用。」

沈成嵐驚訝道：「殿下，五十里啊，開渠需要多少銀子、多少人力您算過嗎？皇上想要的屯田是能立竿見影種出糧食的，為了屯田反倒要撥付一大筆銀子也就罷了，哪來那麼多的役工？」

齊修衍嘴角勾了勾，抬手在江南道輿圖上的一處戳了戳。

正是鄒杭的家鄉——吳中府。

「以工代賑！」沈成嵐頓時茅塞頓開，豁然開朗，但很快又意識到另一個現實。「前提是你能掌握到吳中府的賑災款。」

齊修衍在桌前坐下，嘆了口氣。「所以我在等啊。」

「等什麼？」沈成嵐問道。

齊修衍端起茶盞瞧了她一眼，眼裡閃過狡黠。「妳先猜猜看？」

沈成嵐明顯感覺到了，從寧遠縣開始，齊修衍似乎就在引導她看一些東西、學一些東西。從沒給她必須學會的壓力，但也見縫插針、潛移默化地帶著她走。

「等皇上把吳中府賑災的差事交給你……等皇上收到你的密函，知道吳中府水災或有內情……等皇上懷疑江寧織造很可能與吳中府相互勾結……」沈成嵐從齊修衍的目的開始往回推導，最後的一環正好落在鄒杭父子身上。

「皇上知道，鄒杭在你手上，你有能力送他到京城敲響登聞鼓為父鳴冤。只要登聞鼓敲響，皇上就不得不親審鄒縣令私開官倉放糧，進而揭發出上吳縣河堤決口的內情。上吳縣的內情被揭發出來，吳中府就難逃關係，往上攀扯，勢必就要揪出江寧織造。皇上想要保住江寧織造，就要將禍水截止在吳中府！」沈成嵐目光灼灼地看向齊修衍。

「而能精準把握住利害關係的人，只有你！」

沈成嵐忽然有些心慌。「你這樣算計皇上，不怕惹皇上不快嗎？」

逼皇上為了保住江寧織造而讓步，以皇上乾綱獨斷的性情，無異於觸犯逆鱗。

齊修衍眼含欣慰地看著沈成嵐，實在是感動於她的進步。「不錯不錯，孺子可教。」

沈成嵐見他還有閒心打趣自己，沒好氣地哼了一聲。「現在不是討論我可不可教的時候，惹怒皇上怎麼辦？」

「惹怒父皇的可不是我。」齊修衍老神在在地將身體後傾靠在椅背上。「妳也說了，我有把握將鄒杭送到京城，但有把握不代表一定會做。只要父皇不想讓他進京，只需要給我一個隱晦的口諭就足夠了。」

沈成嵐一點也沒被寬慰道：「一邊是公道正義良心，一邊是利益和平衡，你這麼做看著像是把選擇全權交給皇上，其實還不是讓皇上兩難？」

「但這個兩難的局面追根究柢不是我造成的。」齊修衍看著沈成嵐，生平第一次吐露為君者的苦楚。「坐在那個位置上，十之五六都是兩難之事，這一件其實算不得什麼。」

沈成嵐忽地心口一痛，傾身上前緊緊握住他的手，鼻子一陣酸澀。這一刻，她忽然很想任性地說一句，那個位置如此艱難，那就不要坐好了。

然而，這也只是一閃而逝的任性念頭而已。經歷了上一世，再意識不到奪嫡的殘酷，她就真的白死一回了。

「難就難吧，反正你也有一輩子的經驗了，這輩子我再陪你難個幾十年。」

齊修衍被她獨特的安慰逗笑了，反手握住她的手輕柔地捏了又捏。「好啊，就這麼說定了。」

沈成嵐佯裝破罐子破摔地點了點頭，目光卻柔和地一寸寸描摹著齊修衍的眉眼，似乎要把他現在的模樣深深鐫刻在心尖上。

這輩子，我要為了你好好保護自己，長長久久地陪著你，哪怕是高處不勝寒之地，也能有一雙溫熱的手供你取暖。

沈成嵐正被自己的想法感動著，忽然聽到齊修衍這麼問：「聽說，沈良娣回門那天，讓妳給她行半禮了？」

「啊？啊！」沈成嵐回過神，臉上的紅暈一閃而逝，輕咳了兩聲。「除了祖母，我們都沒她品級高，可不得回來耀武揚威一下嘛，沒什麼的。」

齊修衍贊同地點了點頭。「嗯，確實沒什麼，只要咱們一大婚，她再見到妳就得向妳行禮了。」

王妃的品級隨夫君，是超品，而太子良娣只是正三品，尊卑立現。

「別，我寧可不受她的禮，只願少見面。」提到大婚，沈成嵐本該害羞，可一想到和沈思清碰面的情形，就渾身直掉雞皮疙瘩。後院女人間的這些彎彎繞繞，她是真的避之唯恐不及。

齊修衍見她這副模樣，竟然沒心沒肺地笑起來。「放心吧，就算妳想見她，她也未必有時間和心情見妳。」

沈成嵐一臉不解。

「妳還不知道吧？」齊修衍難得如此明顯地表現出幸災樂禍。「咱們啟程離京的前一天，太子妃在府中舉辦茶會招待娘家姊妹小聚，不料她的義妹在賞荷時意外落水，幸而被途經的太子所救，據說，兩人一見如故……」

「不會吧，這情形怎麼聽著如此熟悉？」

齊修衍大笑。「妳忘了，蒼先生的好幾卷話本裡都用過類似的橋段。」

沈成嵐恍然一拍手。「對對對，除此之外，喝醉酒走錯房間、下藥迷昏之後擺成同床而眠的假象也是他常用的段子！」

呃，難怪蒼秀才總說什麼藝術來源於生活，這麼一想確實挺有道理的。

「以後還是少看他的話本吧！」齊修衍懷疑沈成嵐看過蒼郁的所有話本，而且還不止看了一遍。

沈成嵐很是痛快地點頭。「蒼秀才說他現在衣食無憂，就不用寫話本了，而且，他有更重要的事要忙。」

說罷，沈成嵐還有點遺憾地嘆了口氣。「以後就是想看也沒得看嘍！」

齊修衍聞言暗暗決定，稍後就寫信回去給蒼郁漲工錢，務必保證他長長久久地衣食無憂。

趙知府離開後，齊修衍帶著沈成嵐在嘉禾縣走訪，有時還會帶上齊修明，前提是薛師傅證明他完成功課了。

黃縣令將衙門事務暫時都交給縣丞，自己則全程陪同，誓要完成知府大人的殷殷叮囑。

終於，在八月的最後一日守得雲開見月明。

聖旨八百里加急送到嘉寧府嘉禾縣驛館，命寧王即刻前往吳中府主持賑災事宜。齊修衍領旨，動身前將隨行兩部官員留在嘉禾縣，明確表示選此地屯田，並著手準備開渠引淩河支流曲水入嘉禾縣。

第十九章

金陵城，江寧織造衙門內院。

彭一平雙手一顫，薄薄的一張紙從他手中飄忽脫離，跌落在地。

「乾爹！」王桓生趕忙上前扶住搖搖欲墜的彭一平，見他臉上瞬間失了血色，惶然不安地問道：「乾爹，您這是怎麼了？」

彭一平跌坐在圈椅中，面色如土，雙唇微微顫抖地翕合著，手臂半抬地指了指躺在地上的信。

王桓生這才敢躬身拾信，急不可待地看了一遍。這一看，整個人如遭雷擊般，臉上血色瞬間抽離，惶恐的模樣與彭一平相比有過之而無不及。

「乾……乾爹，皇上這是何意？」王桓生顫顫巍巍把手上如千斤重的信雙手放到桌面，整個人都輕微地打著擺子。

彭一平沒有回答，緊閉雙目，牙關緊緊咬合著，灰敗的臉色隨著腦海中不斷運轉的想法漸漸趨於緩和。

王桓生跟隨彭一平多年，知他正在思索對策，絲毫不敢打擾，屏息守在一旁。

足有兩盞茶的時間，彭一平才睜開眼睛，似掙扎後認命一般重重嘆了口氣，道：「立刻對外宣布，就說我突發中風之症，病情沈重，需閉門靜養，不便任何人探望！」

王桓生雙膝一軟跪伏在地，神色哀慟之間夾雜著不甘和隱隱的瘋狂。「乾爹，此事也並非全然沒有轉圜之地，萬歲爺既然事先給您這封手諭，證明心裡還是惦記著您的！只要咱們現在先一步下手……」

「糊塗！」彭一平低喝打斷他。「就是因為萬歲爺還顧念著這麼些年的主僕恩義，才給咱們留下一條生路。收起你的妄想，按我說的去做！」

王桓生怔怔地看著坐在椅子裡的彭一平，心裡殘存的僥倖一點點流逝，眼中最後的微光如風中殘燭，掙動地閃了兩閃，倏地滅了。

見他如此，彭一平放心似地長嘆了口氣。

不多時，彭一平中風昏迷的消息就傳出來了，前來探望的客人如同海浪，一波接著一波，卻都被委婉但堅定地攔下來。

齊修衍將隨行的兩部官員扔在嘉禾縣，自己帶著沈成嵐他們和半數儀仗，輕車簡從地趕到吳中府府城平江時，距離彭一平「中風」已經過去五日。

江南道的督撫衙門設在江寧府，布政司衙門卻在平江，齊修衍的儀仗剛到城郊十里亭，就看到布政使劉伯正率領平江城一眾官員迎候在此。

能在江南富庶之地穩坐一方權臣，背景都不簡單。劉伯正面對齊修衍時不經意流露出的輕忽、傲慢，沈成嵐都默默地看在眼裡，又不動聲色地將那幾個有資格露臉的官員仔細打量了一圈。

待一眾官員都拜見完畢後，劉伯正便開口迎寧王入城。「王爺一路辛苦，還請入城休息。」

身為欽差，為了方便辦公，通常都住在布政司衙門後院或驛館。

齊修衍卻笑著擺了擺手。「不必了，我和十弟還是暫住在行宮吧。」

江南道建有四處行宮，其中一處就在平江城的西南郊，白雲山山腳。

劉伯正眼神微動，隨即斂眸躬身應下，命衙門差役先行明鑼開路，而後率著一眾官員將寧王儀仗送到行宮。

將近兩個時辰之後，沈成嵐終於在行宮側殿的一間廂房裡安頓下來，簡單梳洗換了身衣袍，沈成嵐帶著一肚子的疑問來找齊修衍，一進門卻被滿滿一桌子色香味俱全的菜驚到了。

「行宮平時也準備這麼齊全的食材？還有，你怎麼突然要住到行宮這邊來？」沈成嵐在桌邊坐下，不解地問道。

齊修衍是臨時決定住到行宮這邊，就連她事先都不知情，行宮膳房更加不會提前知道。

齊修衍使了個眼色，多寶屏退廳上眾人後，自己也緩步退了下去，還不忘把門從外面闔上。

房內就剩下他們三人。

齊修衍提筷，示意沈成嵐和齊修明也趕緊動筷，不急不緩地給沈成嵐解惑。「偌大的行宮，備這麼一桌子菜不算什麼，更何況，有人一早就有兩手準備。」

沈成嵐一聽感覺更迷糊了。「什麼兩手準備？誰？」

正奮力跟眼前那盤魚丸較勁的齊修明忽然開口道：「有人想要藉住處試探三哥，是那個布政使嗎？」

後半句顯然是問齊修衍的。

沈成嵐瞪大眼睛看了看頭也不抬的十皇子，隨即求證一般看向齊修衍，見他臉上贊許地淺笑，頓時心情很複雜。

這兄弟倆，都是吃什麼長大的呀？

「這次負責押送賑災銀的戶部江南清吏司郎中詹澧，是布政使劉伯正的門生。說起來也巧，這個詹澧和薛師傅是同科，不過是三甲同進士出身，最後卻進了戶部，之後的仕途也一路順遂，想來是得到不少指點和提攜。」齊修衍的話鋒忽然一轉，笑著催促他們。「咱們快點吃，吃完了去爬山、看日落！我曾聽母妃提過這裡的行宮，說當年陪父皇出宮南巡，印象最深刻的就是這兒了。」

沈成嵐前一刻還在琢磨著齊修衍提及詹灃的用意，後一刻就被轉移了注意力，一時腦子有些不夠用。不過，既然齊修衍暫時不想說透，那便跟著他走就是。

齊修明從飯碗裡抬起頭，看了眼輕而易舉被三哥牽著鼻子走的小師傅，無奈地在心裡嘆了口氣。

小師傅人仗義，功夫也不錯，性情也爽朗可愛，什麼都好，就是一碰上三哥腦子便不大好使，愁人啊……

吃過飯，齊修衍當真帶著他們去爬山。選了一條最緩的山路拾級而上，走了大概小半個時辰，來到一處視野較為開闊的崖臺，頓時被眼前的萬丈紅霞迷住眼，移不開腳步。

「古諺有云：『朝霞不出門，晚霞行千里。』看來明日是個大晴天。」齊修衍憑欄遠眺，滿眼的歡喜。「咱們這次來得正是時候，趁著秋高氣爽，便好好賞一賞白雲山的十八奇景！」

賑濟災民刻不容緩，齊修衍卻要遊山玩水？

沈成嵐縱使心裡有千般疑問，卻出於對齊修衍的信任而選擇配合地表現出贊同與雀躍。

齊修明到底是年少，臉上明顯表露出不認同，可還沒來得及出口，就被齊修衍用眼神給鎮壓下來。

當晚，行宮內私下一傳十、十傳百，大家都知道寧王和十皇子兄弟倆大吵一架，隨後幾天，寧王帶著伴讀日日出去遊山玩水，十皇子卻負氣似地一次也沒有同行。

平江城，布政司衙門。

參政歐陽仲剛從行宮回來，劉伯正聽完他的稟報後臉色看起來依然不輕鬆，眉宇間甚至還籠著一團薄薄的愁鬱，沈著嗓音問道：「還是沒見到寧王？」

「是的，邢總管說，王爺這幾日都是早早用過膳就出門遊玩，最遲也要傍晚才會回來。送過去的文書也一直放在書房，似乎沒怎麼動過。」歐陽仲道。

劉伯正含義不明地「嗯」了聲，又仔細詢問寧王這幾日的行程。

坐在下首的詹灃始終保持沈默，直到歐陽仲退出去，才開口道：「老師，您是不是多慮了？」

一個年少且不被重視的皇子，至於如此忌憚？

「學生私以為，皇上讓寧王前來主持賑災，就是不想節外生枝，保住江南官場的穩定。」

雖然還沒有找到人，但基本上已經可以確定，鄒杭是被寧王所救。上吳縣的爛攤子極有可能已經由寧王上達天聽。劉伯正戰戰兢兢等著欽差下來，心裡無數次後悔沒有早點除掉鄒溯之。在聽到彭一平中風的消息，他立即奔赴江寧但探病不得見之後，這種惶然的心悸到達頂峰，折磨得他整夜不成眠。

可就在此時，皇上派來的欽差竟然是寧王！

他不是沒想過詹灃的揣度，畢竟他們江南每年上繳內府庫和國庫的銀子，單是江寧織造就有白銀一千二百萬兩，鹽稅近六百萬兩，幾乎占了全部鹽稅的一半。江南的官場若是亂了，兩庫首當其衝受損。

「你說得也有道理，只是……」劉伯正始終對一件事耿耿於懷。「彭公公這病，來得未免太過巧合了……」

詹灃眼裡閃過一絲不屑。「那個老泥鰍，向來是拿錢的時候比誰都痛快，遇上事又比誰溜得都快。」

裝病什麼的，也的確不是第一次了。

劉伯正的手指貼著茶盞緩緩摩挲著，詹灃知道這是他思考時的小習慣，故而沒有出聲打擾。

約莫一刻鐘後，劉伯正才再度開口。「既然這樣，那咱們就再試探一步，明日你走一趟行宮，將東西送過去。」

詹澧等的就是老師這句話，拱手道：「老師放心，學生定不負所望。」

當詹澧的拜帖送到行宮的時候，比往日回來得早一些的齊修衍和沈成嵐正在吃晚膳。

九月團臍，十月尖。現在正是吃蟹最好的時節，又在大閘蟹的產地，行宮的餐桌上自然少不了大閘蟹的身影。相較於那些工序繁複又耗時的精細吃法，沈成嵐更喜歡清蒸。雖然拆蟹麻煩了些，但是有齊修衍在呀！

「真沒想到會有這樣的日子。」沈成嵐一邊嚼著蟹腿，一邊心情複雜地感嘆。「我以前總想著哪天能放開肚皮吃螃蟹吃到飽，沒想到是在這種情況下實現了。」

想到受災的百姓正在食不果腹地挨餓，清蒸大螃蟹的美味就大打折扣。

齊修衍看了眼放在桌角的拜帖，繼續手上的拆蟹動作。「再忍忍，大魚馬上就要上鉤了。」

不知道是不是這幾日遊山玩水給人的印象太深刻，第二日一早辰時不到，詹澧就在前殿等著召見。

齊修衍看了眼吃飯速度明顯變快的齊修明。「不用著急，讓他多等一會兒也沒什麼。」

齊修明依言，放慢了咀嚼的速度，問道：「三哥，我今日還要跟你賭氣嗎？」

齊修衍故作驚訝地「咦」了一聲。「跟著薛師傅爬山賞景不好嗎？」

「好是好啦。」齊修明嘴上說著好，心裡卻像喝了苦瓜汁似的。「就是薛師傅太盡職盡責了，每到一處都要引經據典講解一番，比在書房裡留的功課還要多。」

說起這位薛師傅，不愧是狀元之才，授課從不像御書院的那些老學究一般講求「書讀百遍其義自見」，而是與實際相結合，極富指導意義，沈成嵐聽過兩次之後也忍不住一有空就去蹭聽。

但齊修明到底還是個孩子，再生動的授課也有敗給玩心的時候。

「哦？那我稍後和薛師傅說，請他給你減少些功課。」齊修衍一副無原則寵溺的語氣。

齊修明卻想也不想地攔下。「別，薛師傅心裡有數的，他給我的課業我都能完成，並不累。」

從長福宮脫身，又有薛師傅這樣的老師教導，這樣的生活是他以前想都不敢想的。

齊修衍豈會看不透弟弟想撒嬌的小心思，只不過是故意開玩笑罷了。

「從今日開始就不用再跟我生悶氣啦，稍後去和薛師傅告個假，我有重要的事情要你去做。」

齊修明的臉色瞬間一亮，心滿意足地繼續吃飯。

前殿會客廳，詹灃極有耐心地等了將近半個時辰，聽到門口傳來的通報聲，起身時心裡又安定兩分。

等得越久，說明寧王越想倚仗身分給他立威。因為除了身分，再無所倚仗。

「臣戶部江南清吏司郎中詹灃，參見王爺！」詹灃早早起身，一見到門口出現的來人就長揖行禮。

齊修衍緊著快走兩步，又想到了什麼似地放緩下來，端著聲音抬手道：「詹大人免禮，這一路押送賑災銀而來，大人辛苦了。」

說罷，齊修衍抬手示意他入座。

詹灃拱手謙詞兩句，順著寧王的意思落坐，可還沒等他坐穩，就聽到寧王出聲問道：「詹大人，不知你這次押了多少賑災銀兩過來？行宮的銀庫堅固寬敞，本王覺得也很適合存賑災銀，你覺得呢？」

既然受命賑災欽差之職，豈會不知朝廷撥付多少賑災糧款。而且，細聽寧王的問話，也很是耐人尋味。他問的不是朝廷撥付了多少賑災銀，而是問押送來多少……

詹灃抬頭迎上寧王的目光，果然從中看出不言而喻之意，為了試探所預備的腹稿頓時都不用了。

「稟王爺，下官此次押送賑災銀二十萬兩，米糧一百石，草藥十五車。鄰近四府的賑災糧和草藥也會陸續運達，請王爺放心。」

沈成嵐和十皇子站在內室聽到詹灃的話，兩人相視一眼，掩在衣袖下的手都倏地捏緊了。朝廷分明撥付白銀六十五萬兩、米糧三百石賑災，另外又從鄰近四府分別徵調了三百石米糧，到了詹灃這裡就只剩下三分之一，好貪的胃口！

齊修衍的面色微變，不過沒等他開口，詹灃就起身將他帶來的那只雕漆方匣呈上來，笑意虔誠地說：「王爺身兼二職，百忙中從嘉禾抽身趕來主持賑災，勞苦功高，臣雖不才，願竭盡所能，為王爺分憂……」

齊修衍臉上的遲疑與不安頓時消散，眼裡喜色閃爍，接過方匣打開來看了看，眼中的驚喜一閃而逝。「詹大人這麼說，本王就放心了。」

詹灃沒有忽略寧王眼中的驚喜，徹底放下心來的同時，也不免暗暗生出幾分譏誚。皇家貴胄又如何，還不是區區幾萬兩銀子就買通了！

「既然賑災銀糧已經就位，本王也該去布政司衙門和劉大人商量具體的賑災細則了，詹大人不如一起？」齊修衍道。

詹澧忙跟著站起身應下。

他們前腳一走，沈成嵐就帶著十皇子後腳跟出去，不過，雖然都是離開行宮，他們的目的地卻不同。

沈成嵐懷裡揣著齊修衍的帖子，和十皇子一路車馬疾行趕往江寧，午後才到達按察司衙門的側門。

遞上齊修衍的摺子，不到一刻鐘的時間，他們就被請進衙門的內堂，順利見到按察使于存光，彼此表明身分見禮自不必提。

上吳縣縣令鄒溯之為官清正，頗受百姓愛戴，自從他犯案被羈押後，不少百姓替他鳴冤，甚至有縣上富戶為其奔走。于存光聽說此事，想要私下稍微了解，奇怪的是，在府城裡竟找不到一個替鄒縣令打抱不平的人。恰因如此，于存光才覺得此事有蹊蹺，奈何鄒溯之的案子被扣在督撫衙門，他幾次提出移交按察司都未果。

直到此刻見到沈成嵐和十皇子，遠遠超出他想像的事實幾乎讓他憤怒。

「王爺會盡力穩住他們的注意力，還望大人能盡快調配好人手，時機一到，我定會將人平安送到大人面前。」沈成嵐保證道。

于存光站起身，拋卻之前因為年齡而抱有的偏見，鄭而重之地拱手道：「請代為轉稟王爺，下官縱使粉身碎骨，亦不負所望！」

沈成嵐忙起身虛扶一把，感激地拱手回禮。

出了江寧城，齊修明挑開馬車窗簾朝外看了看，發現馬車走的似乎並不是回平江行宮的官道。「小師傅，咱們不回行宮？」

沈成嵐順著他的目光也看向窗外，農曆九月，江南的秋收已經拉開序幕，卻因為凌河的多處決堤而化作漫天陰霾壓在數萬百姓的頭頂。若是天災，尚還能用「人力所不能及」的藉口來自我安慰，可若讓百姓們知道這是人禍……

沈成嵐只覺得渾身每一個毛孔都冒著冷氣，不敢想像後果。

「嗯，咱們先去上吳縣看看。」

「薛師傅說，此次賑災若處理不當，極容易引發大禍。禍根，便在上吳縣。」

薛師傅深得皇上信重，與其猜測他是不是皇上安插在他們身邊的眼線，齊修衍索性什麼都不瞞著他。薛師傅更是個妙人，除了日常教授十皇子聖賢百家之學，還會花費不少時間帶著他分析齊修衍面臨的處境，卻又將分寸拿捏得十分到位，只分析而不給分毫建議。

沈成嵐雖然相信齊修衍最終能處理好這次危機，但過程中的艱險也能想像一二。只這一二，就足夠她提心吊膽了。

「與其在行宮束手無策，還有可能拖後腿，咱們不如做點力所能及的事。」

齊修明臉上一副受驚的模樣。「小師傅該不會是剛剛心血來潮，突然想到的吧？」

「在你心裡我是這麼不靠譜的人？」沈成嵐險些一個沒忍住翻白眼，從馬車方桌的暗格裡抱出一個兩尺方、看著平凡無奇的木匣子，隨手從衣襟裡掏出一把鑰匙打開上面最常用的鎖頭，裡面塞得滿滿當當的銀票頓時暴露在空氣中，險些閃瞎齊修明和小林子的雙眼。牧遙雖然已經被閃過一次了，現下再看到還是覺得有些眼暈。

齊修明努力克制著手抖將匣蓋子合上，深表同情地看了眼車外負責護衛他們的李青等人，悄聲問：「李侍衛知道小師傅帶了這麼多銀票嗎？」

沈成嵐抬手將鎖頭搭上，啰噠一聲鎖了，隨手又塞回到桌膛裡，咧嘴露齒一笑，意思不言而喻。

齊修明忽然有點羨慕李青。

「小師傅，帶這麼多銀票做什麼？難道和你說的力所能及的事有關？開粥棚施粥、贈藥？難道要直接發銀子？」

如果她的徒弟不是皇子，沈成嵐保證，一定會慷慨大方地用這裝滿銀票的匣子，將愚蠢砸出他的腦子。然而，這個念頭在殘酷的現實面前只能在腦海中一閃而過。

就是因為年少幼稚，才能體現師傅的必要嘛！

沈成嵐反覆如此自我安慰了幾輪，方才平心靜氣、面帶微笑地開口道：「這種敗家式援助他們的做法非常不可取，其下場就和涸澤而漁沒什麼區別。授人以魚不如授人以漁，真正的救助應該是扶著他們自己站起來。」

薛師傅前些日子的確講過授人以漁這道理，不過，十皇子還沒學會熟練地應用到現實生活裡，然而勝在他有一顆不恥下問的心。

「那怎麼個扶法？」

「嘿嘿，山人自有妙計，稍後你就知道了！」沈成嵐故意賣個關子。

都說除卻生死無大事，即使沈成嵐上輩子無數次率軍抗敵，也不敢說見慣生死。她始終認為，對於一個將領來說，見慣生死是件很可怕的事，那代表著心被麻木了。一個在生死面前麻木內心的將領，他能看到的只是流於表面的勝負輸贏。對於一個官員，尤其是一方父母官而言，亦是如此。

是以，退一萬步來講，即使鄒縣令真的是私開官倉、放糧賑災，沈成嵐也打從心裡敬重他，會為他周全身後事。更何況，事實遠非如此。能有這麼一位縣令大人，上吳縣的百姓們是有福的。

沈成嵐走這一趟，雖和齊修明口口聲聲講什麼「授人以魚不如授人以漁」之類的大道理，實則心底還是有愧，畢竟她還兼顧著自家的小利，在鄒縣令跟前相形見絀。

朱武是上吳縣頗為有名的掮客，一聽說沈成嵐他們的來意，臉色頓時就沈下來，看向中間人夏主簿，道：「大人，這幾日咱們縣城中可是來了不少人要買田……」

每每天災之時，便會出現地方富豪乘機兼併農戶手中田地的情況，可官府又不能明令禁止農戶們賣田活命。這一現象綿亙歷朝歷代，至今仍是無法徹底解決的難題。

以沈成嵐的腦子，自然也沒法解決，於是她打算繞個彎走。

以受災前的三成價錢購買田地，限期三年。期限內，該田地可以由賣家佃種，但種什麼由買家說了算，佃戶交七留三，地租由主家負責。到期後，田地無償返還。

此消息一出，沈成嵐就成了上吳縣農戶的救命菩薩，同時也成了競爭買地之人口中的大傻瓜。

「沈公子，今兒有十幾位里長來同我說，願意將田價再降一降，只要您能把他們的田地一併收了。」

朱武這幾日忙得腳不沾地，整個人眼見著瘦了一圈，但精神十足，沈成嵐每次見了，都忍不住覺得這人看自己像是在看一頭肥羊。

可惜她只是一頭虛胖的羔羊，不過短短五天，一匣銀票就花掉大半。

「可都是上吳縣的田？」

朱武面帶愧色道：「……不盡是。」

沈成嵐心裡雖能理解朱武為什麼會開這個口，卻不得不狠心拒絕。「誠如我一開始所說，我在上吳縣買地並不是什麼突發的善舉，而是一早就有打算在這裡買地。朱牙郎，你不會不懂升米恩斗米仇的道理，恕我不能破例。」

興起這個她認為是一舉兩得之法的念頭後，沈成嵐就仔細驗證一番這麼做的可行性。上吳縣的田地近四成掌握在大戶手中，在沈成嵐買的範圍之外，餘下的六成，除掉未受災、受災不甚嚴重以及不願賣地的，真正能落到賣地書契上的，估計是縣內田地的十之二三。

可是，只這十之二三就足夠讓沈成嵐敗掉三叔的最高預算了。

另外，她選擇上吳縣，除了原本就計劃在此買地之外，還有兩個原因，一是這次上吳縣的受災情況最嚴重，二是全了鄒縣令愛民護民之心。

「是小人一時迷障了，還請公子見諒！」朱武羞愧地長揖一禮。

大災之際，可憐者眾，沈公子若是今日應下他，開了先例，只會惹來源源不斷的麻煩。

沈成嵐接受他的道歉，問道：「那些原本準備買地的人都走了？」

朱武忙回道：「還沒，其中幾位東家還託小人捎個話，說是公子若方便的話，想請您吃個飯，當面向您賠罪。」

這世上總是有些人，你想與他講理的時候，他跟你耍橫，你亮出胳膊狠揍他一頓之後，他又貼上來跟你攀人情。欺軟怕硬的行徑只能用「賤」之一字形容。
換成上輩子，她與這種人定要涇渭分明，不能見一次揍一次，也要有多遠離多遠。可這些時日跟在齊修衍身邊，她的想法也有一些轉變。
「俗話說，冤家宜解不宜結，幾位東家有心，我若是推脫的話反而小氣。這樣吧，還是由我來擺這一桌，就明日午時，雲來居。」
朱武忙不迭應下，又長揖一禮方才退下。
門外的腳步聲一消失，齊修明馬上從內室轉了出來，在沈成嵐另一側的官帽椅上坐下，臉色有些不快，問道：「不過是些蠅營狗苟之徒，小師傅何必屈身與他們周旋！」
呵，這眼神、這語氣，活脫脫是蒼秀才話本裡的酸腐秀才。
「俗人易用啊！你現在還小，等再歷練幾年就會明白了。」沈成嵐也是活到現在才明白，喔，確切地說，是到現在才肯接受這個現實。
有齊修衍這個兄長潛移默化，又有薛師傅悉心教導，本就天資聰慧的十皇子一定比她更精通處世、用人之道。
「你還小」這種藉口是大人們詞窮時慣常用的搪塞之語，突然從沈成嵐嘴裡聽到，齊修明忍不住腹誹，心想：小師傅也就比我虛長幾個月吧！
為了方便與各地管事、掌櫃們聯繫，沈三爺自己馴養不少信鴿，沈成嵐離家時特意帶了兩隻，現下正好派上用場，晚間就收到三叔的回信，說是後續的銀錢已經轉入萬通錢莊，稍後江寧分號的掌櫃就會派人將銀票送到她手裡。

開錢莊最講究一個信字，且三叔與萬通錢莊的大東家素有私交，故而為安全考量，紙條裡三叔並沒有說明具體銀票數額。

沈成嵐思忖：定不會少就是了。

當日下晌路過雲來居，沈成嵐果然派牧遙去預訂一桌席面。

沈成嵐如今在上吳縣不說人盡皆知也是大半個縣都知道的名人，尤其是在縣城，雲來居的齊東家見過沈成嵐不止一次，故而人一出現，齊東家認出來了，拍著胸脯將這桌席打對折。

沈成嵐聽了哭笑不得，現下她在街上走一圈，若是被人認出來，不拘青菜、河鮮、竹編等總能收到兩手拎不下。沈成嵐不忍拒絕鄉民好意卻也不肯白收，給的銀錢比行價還要多，幾番下來，鄉民便不好意思再給了。

受災嚴重之地的鄉民向縣城靠攏，縣衙在四面城門外搭起賑棚，每日派粥派藥，每處還安排兩名大夫輪班坐鎮，據說這是寧王的主意。

城外住著流民，雖然讓城中百姓有些不安，但迄今沒有湧進城，也沒聽說賑棚那邊有什麼亂子，是以街道上的景象雖不如之前那般繁榮，也還算安穩有序。

沈成嵐趕到城南賑棚的時候，正巧碰上前來巡察的梁縣丞，短短幾日，寥寥幾次見面，沈成嵐發現這位梁縣丞每次見了都比上一次清減。

「縣丞大人，受累了。」沈成嵐雖和梁縣丞只有數面之緣，但對他的印象頗好。一個不管公務多麼繁忙也要擠出時間每天巡察一遍四方賑棚，這樣踏實盡責的父母官，沈成嵐由衷佩服。

梁縣丞如今代管一縣政務，忙得恨不得一天有二十四個時辰，加之臨危受命，想到災民安置管理及後續重建等事宜，更是整宿睡不著覺，臉頰、眼窩都深陷下去了，直到沈成嵐出現，才讓他肩上的千斤重擔卸下兩分。

「沈公子客氣，大災之前，在下還不敢說累。」梁縣丞對沈成嵐心懷感恩，越看越覺得眼前的少年精緻的眉宇間泛著慈悲的光暈。「實不相瞞，現下四方城門外的賑棚還是縣令大人當初置下的，在下不過照常維繫而已……」

沈成嵐並沒有藏著掖著自己出自景國公府的身分，連齊修明刻意遮掩的皇子身分，這兩日恐怕已經被人扒出來，這才有了之前由朱武傳話，幾個東家要請她吃飯示好。

見梁縣丞幾次欲言又止，沈成嵐也猜到他在糾結什麼。

「縣丞大人儘管放寬心處理縣務，這世上總有水落石出、善惡有報的時候。」

或許，沈成嵐這話只是客套的安慰，梁縣丞卻固執地認為是話中有話，離開時挺直的腰背一掃連日來的微頹。

「這個梁縣丞，倒真是個不錯的。」目送梁縣丞走遠，牧遙低低感慨道。「以鄒縣令現在的情形，與他相識的人，不說避之唯恐不及，也是要三緘其口、明哲保身，梁縣丞非但不貪他的功勞，還替他表功，真是難得。」

沈成嵐亦心有感慨，嘆道：「天下父母官，不盡是唐繼那等貪權謀利、尸位素餐之徒啊！」

盛世的河清海晏、物阜民豐之象，除了明君能臣，很大程度上還有賴於鄒縣令、梁縣丞這樣清正廉明、心繫百姓的父母官。

為了避免被小人乘機鑽空子，沈成嵐買地一律走紅契，田地如果是紅契，可以優先買賣。此時的她怎麼也想不到，就因為這一求穩的做法，使得上吳縣，甚至江南一帶的百姓對紅契格外注重，從而帶動這一地區的契稅收入遠高於其他地區。

上吳縣縣衙對沈成嵐買地一事極為重視，全縣發公文廣而告知的同時，夏主簿還派了兩名書吏專門替沈成嵐購買的田地換紅契。

沈成嵐本打算再另派兩隊人去偏遠一些的村裡辦理買地手續，卻被夏主簿悄悄攔下了。他告訴沈成嵐，縣衙的公文已經一村不落地通知了，偏遠或者不便自己來的，可以由村長或者里長代辦，唯有一點，必須到縣裡來辦買賣手續。

不以惡意度人，但也不能全以善意待人。多加官府這一層威懾總是好的。

對於夏主簿這種小心駛得萬年船的想法，沈成嵐甚為贊同，派人下去的念頭就此打住。

辦理買賣田地的臨時窩棚就設在賑棚附近，四個城門依次輪換，沈成嵐每日藉著巡視窩棚的機會順便看看賑棚的情形，時間充裕的話還會往城外走走，發現縣內的寺廟、道觀都開了粥棚和藥棚，有公家的，也有富戶私人開設的。難得的是，縣城城門外的賑棚也好，寺廟道觀也罷，公家的米糧、藥材都供應得十分到位。沈成嵐猜測，應該是齊修衍那邊施加了什麼壓力。

上吳縣的賑災情況比沈成嵐預想的好很多，但她知道，這也只是暫時的。賑災款從國庫到府庫，這麼一到手就被抽走三分之二，就算賑災糧顆粒不動，按現在的施粥標準，最多撐上月餘。

沈成嵐的擔心恰好也是參政歐陽仲的憂心之處。

「大人，若是繼續按照王爺的意思辦，就算鄰近幾府的賑災糧如期送到，頂多也就只能維持兩個月，到時沒了米糧，恐怕要出大亂子！」

詹澧欺寧王年少，遊說布政使大人下狠手剋扣賑災銀，歐陽仲心裡十分不贊同。他總覺得詹澧這次的舉動似乎並不只是斂財這麼簡單，只是礙於他與布政使大人的師生之情不好明說。

劉伯正全無擔憂之色，閒閒地把玩著手裡剛得的端硯。「出了亂子又如何，左右有寧王這個主持賑災的欽差在，咱們不過都是聽命行事而已。你呀，怎越來越沈不住氣了！」

歐陽仲張了張嘴，見劉伯正的神色中已經隱隱顯露不耐煩之意，只得乖覺地將到嘴邊的話又嚥了回去。

「何紹那邊怎麼樣了？鄒澥之那個逃跑的兒子還沒有解決？」相較於賑災，劉伯正更關心這件事。

歐陽仲回道：「聽說王爺已經下令，不日就會將鄒杭暗中押解回府城。」

劉伯正心中譏誚，只要銀子使足了，王爺又如何？

「告訴何紹，這是最後一次機會，再出什麼紕漏就讓他自己看著辦！」

歐陽仲垂眸掩下眼底的厭惡，應下，想到下晌收到的消息，又問道：「沈公子在上吳縣買地的動靜鬧得越來越大，當真就這麼由著他？」

劉伯正哂笑。「由他去，動靜鬧得越大越好，有必要的話，和上吳縣的那幾家大戶通個話，幫著沈伴讀盡快花光五萬兩。」

「大人的意思是……」

劉伯正幾不可察地點了點頭，心裡譏諷寧王見錢眼開的同時，也有些瞧不上他的婦人之仁。以沈成嵐在上吳縣開出的價錢，甭說買三年，就算徹底買過來也不是難事。

貪財又圖名，寧王當真是好大的胃口！

第二十章

一輛青篷馬車不急不緩地行駛在平江府通往上吳縣的官道上，夕陽尚未完全落下，挾著微涼秋風的餘暉照拂著路上衣衫襤褸、形容悽苦的逃荒災民。

「還有多遠到上吳縣縣城？」齊修衍身著石青色細布常服，傾身撩開車簾問道。

車夫回道還有十來里路。

齊修衍聞言下令停車，讓路上走不動的老人和孩童上了馬車，自己帶著多寶和兩名侍衛換作步行趕往上吳縣縣城。

一行四人，就算腳力最不濟的多寶，走八里、十里的官道也不算什麼難事。兩刻鐘後，當他們隨著逃荒災民的隊伍出現在上吳縣西城門外時，看到回城的沈成嵐。

在多寶熟悉且帶著歡欣雀躍的呼喚聲裡，沈成嵐抬眼望去瞬間呆愣得彷彿被定格在時光裡，片刻後，她臉色彷彿被點亮一般，歡欣雀躍地奔赴上前。

沈成嵐是真沒想到會在這個時候看到齊修衍，三步併作兩步跑到他面前，喜色盈盈道：「你怎麼來了？」

齊修衍見她明顯削尖的下頜，遠比自己掉肉還難受，上前兩步低聲道：「大戲差不多要開場了，我一個戲外人也沒有登臺的機會，不如來妳這裡幫忙。」

沈成嵐眸光一轉，和齊修衍交換了一個彼此心知肚明的眼神。

齊修衍來時所乘的那輛青篷馬車，一路走走停停地撿人，也不知落後了多久，最後主僕倆被沈成嵐撿上馬車，兩名隨行侍衛留在這裡等車。

「今晚讓你嚐嚐我的手藝！」沈成嵐的馬車看著其貌不揚，但在縣城的大街上一走極為受禮遇。

這不，經過三元橋晚市的時候就被人塞了一車轅的蔬果，甚至還有兩條大鯽魚。

齊修衍懷著犧牲小我的精神點了點頭。

忽地，馬車戛然停下，車廂外傳來一道恭敬的男聲。

「請問，車內可是沈公子？」

雲來居，二樓東廂最裡間。

因為張君珄這個不速之客，沈成嵐錯失讓齊修衍見識自己廚藝見長的機會，遺憾雖有，但好奇心最終占據上風。

江南自來是富庶地，本朝雖頒布賤商令，但實際上卻是「賤而不限」，使得南北商貿展現繁盛之象，而民間也出現不少豪富商人，僅以江南為例，就有「四象八牛七十二金狗」之說。

張君珄，便是江南四象之一，張家的嫡系子孫，在他這一輩行七，人稱張七少。

「瀾少，請。」

進了包廂，張君珄伸手將沈成嵐讓到主位。

張君珄未及弱冠，一身淺青色錦袍，腰間束著銀白暗紋寬腰帶勾勒出偏瘦的腰身，容貌稱不上俊俏，勝在面龐白皙清透，竟隱約得見幾番江南才子的溫潤端柔。

沈成嵐對他的印象可以說挺不錯，故而謙遜地讓開主位，在一旁落坐。

張君珄將沈成嵐的示好看在眼裡，眉眼越發柔和兩分，待茶水送上來後就屏退隨從，將此行的目的坦言相告。

「七少的意思是，想要與我合作？」沈成嵐毫不掩飾自己的意外。

「沒錯，不過，是在下想和瀾少合作，而不是潯州張家。」張君珄的臉上露出些微赧意。

「實不相瞞，我雖出身嫡系長房，但上面有六位能幹的兄長，於家族生意實在是人微言輕，故而想自己出來闖闖。」

想到自己武力超群的大哥、文采斐然的二哥和特別能賺錢的三哥，沈成嵐這一刻非常能理解張七少的處境和心情。

「不一味依賴祖蔭，自己建功立業才是真本事，君珄兄有此志向讓小弟佩服！而且，多幾個有本事的兄長是大好事。」

後半句可是肺腑之言，雖然身為老么免不了被哥哥們蹂躪，但走出家門那都是堅強的後盾。

「瀾弟這席話，真說到了我心底，相見恨晚啊！」這種痛並快樂著的體驗瞬間拉近兩人的距離，若非沈六年少，張君珄真恨不得拉著他痛飲一番，如今只能以茶代酒，聊表心緒。

沈成嵐沒想到張君珄看著文弱，拋卻拘束後還有豪爽的一面，心裡不由得更欣賞兩分，言語間也少兩分顧忌，問道：「君珄兄怎會想到要跟我合作？」

飲罷杯中茶，張君珄嘴角含笑地深深看了一眼。「不瞞瀾弟，我其實早幾日就已經到縣上了，說來慚愧，本也是和廣來客棧那些人打著同樣的主意，雖然出價比他們高了些，但終究沒什麼不同。」

張君珄嘆息了一聲，微斂起羞愧，繼續道：「初聞瀾弟出手，我心裡猜測你應當是奉寧王殿下之命行事，於是暗中觀察幾日，漸漸發現我似乎猜想有誤，此事，應該就是瀾弟的構想。」

不愧是四象之家培養出來的子弟，洞察力非同一般人。

沈成嵐笑了笑。「想法幼稚，幸而得王爺和家裡人縱容。」

沈成嵐沒隱瞞家裡的支持，張君珄雖然聲明這次是他自己的生意，但說到底，和潯州張家斷不開關係，如果能透過他讓三叔和張家接觸上，即使不知道未來如何，多條門路總是好的。

張君珄聞弦知雅意，眼裡的愣怔一閃而過，隨之笑意加深，道：「坦白講，做法乍聽起來的確是有些異想天開，但是細想，這世上有多少事不是從異想天開開始的？追名圖利容易，秉持赤子之心難，更難得是兩者能兼顧。如今得遇這樣的機會，哪怕瀾弟笑我唐突，我也要厚著臉皮湊上來。」

「赤子之心什麼的，七哥，你也太抬舉我了，老實講，我本來就有打算在上吳縣買田，現在不過是綜合各方考量，得出一個自認為最好的法子罷了。」沈成嵐被誇得臉上有些燒得慌，對張君珄的印象更好上兩分，爽快道：「實不瞞七哥，小弟之所以只在上吳縣買田，就是因為手裡的銀錢吃緊。我白天裡剛接到消息，廣來客棧的那幾位有意跟我聊聊，我便託大將飯局定在明日，七哥可願意助小弟一臂之力？整個江南道咱們可能做不到，但只要七哥肯幫忙，小弟有信心，給吳中府受災的百姓守住命田，咱們還是能辦到的！」

她早摸清了廣來客棧那十多個買家的底細，若能成功拉攏，再加上張君珄，沈成嵐的計劃就有更大的成算。

張君珄被沈成嵐的目標驚到，但很快化作躍躍欲試的興奮。「好，我定竭盡全力，不負瀾弟信任！」

「那我便以茶代酒，多謝七哥，也預祝咱們能馬到功成！」沈成嵐替兩人續上茶，隔空碰了碰杯，一飲而盡，而後抹了抹嘴，將自己的打算詳細說與張君珄。

隔壁包廂，聽牆根的兄弟二人組神色複雜地坐回桌邊。

齊修明提起筷子糾結了一會兒，又放了下來，看著他三哥問道：「剛見面就這樣，真的沒事？」

宮中生存，歷來是看七步走一步，人心試探了再試探，才敢有保留地交付。沈成嵐這種性情和行事作風，在宮裡恐怕活不過三天。

「白首如新，傾蓋如故。敢於信任人也是種天賦，這是你我這輩子都學不會的。」齊修衍微微苦笑。

何止是這輩子，他兩輩子都沒有這種天賦。

齊修明想到自己初見小師傅時的心境，眼底的憂慮和猶豫漸漸斂去，重新又提起筷子，稚嫩的眉宇間竟露出頓悟的灑脫。「他這樣就很好，左右將來有咱們護著。」

齊修衍聞言暖暖一笑，抬手替他盛了碗湯。桌上的兩菜一湯是沈成嵐替他們點的，蟹黃汪豆腐、栗子燉雞和魚頭豆腐湯。

齊修衍看著湯勺舀上來的奶白色魚湯，突然好奇地問：「這幾日真的都是你小師傅在做菜？」

沈成嵐的廚藝在王府時不是沒展現過，怎麼說呢？除了涼拌小菜，其他的只能說是相當一般。

齊修明捏著筷子的手抽了抽，臉上卻一絲異樣也沒表現出來，淡定地「嗯」了一聲，回道：「刀工是很好的，也都弄熟了，味道什麼的，我覺得會越來越好。」

齊修衍。「……」

好吧，終於知道沈成嵐對她自己的廚藝充滿信心的原因了。

齊家兄弟倆用完飯，又喝了壺茶，隔壁的包廂才傳來開門聲，不多時，他們的房門被敲響，張君珄禮數得當地見過禮後告辭。由始到終，即使心裡清楚，他都沒有說透齊修衍的身分。

是個有眼色的人。

一般來說，能跟沈成嵐一見如故的人，齊修衍都要高看兩眼。物以類聚，人以群分，很多時候是有道理的。

「上吳縣的情況比我想像的要好很多。」回沈成嵐租住的小院途中，齊修衍透過馬車車窗看著外面不算太冷清的街景。「縣裡又恢復宵禁了？」

沈成嵐點了點頭。「雖說城門外的災民安置得還算妥當，但為了預防不軌之徒乘機作亂，縣裡暫時又恢復宵禁。」

換作往常，沈成嵐定要拉著他閒晃著走回去，現下卻不敢冒險。

為了便宜行事，沈成嵐在縣衙後街臨時租了一進的小院，正房並兩側廂房，再加上倒座房，有十多間屋子，住起來綽綽有餘。

洗漱過後，沈成嵐拖著半濕的頭髮來敲門。

齊修衍將她迎進屋裡，看著她的頭髮皺起了眉，讓多寶拿來一條乾爽的布巾親自動手替她擦頭髮。

江南的九月還有些熱，房裡開著窗，微涼的夜風吹進來十分舒爽，沈成嵐大馬金刀地坐著，嘴裡不甚在意地道：「我已經擦過了，坐在窗邊再吹吹風，很快就乾了，何必這麼費事？」

齊修衍本就蹙著的眉又緊了兩分。「妳再這般胡鬧，我就去告訴老夫人和妳娘。」

沈成嵐瞪大眼睛轉過頭來看著他，臉上帶著難以置信的表情。「齊修衍，你這是要告小狀？」

齊修衍難得蠻橫地把她的臉轉回去，態度很無賴，手上的動作卻異常輕柔。「沒錯，我是拿妳沒辦法，思來想去就只能勞駕老夫人和妳娘了。」

不得不說，齊修衍是摸準她的命門，祖母沈著的臉和親娘的眼淚是克制她的不二法寶。

沈成嵐乖乖投降，安分地任憑齊修衍將她的頭髮用幾條布巾揉搓得一滴水珠都沒剩。不過，她嘴上也沒閒著，將自己的打算詳細說給齊修衍聽。

齊修衍將最後一塊布巾交給多寶，自己在沈成嵐身邊坐下，面上沒什麼表情，這是他私下想事情時不設防的表現。

沈成嵐也不打擾他，自己拽過茶壺慢悠悠地喝著茶。自從來了上吳縣，她每日裡不是四處奔波，就是和老鄉們解釋賣地的事，一遍遍不厭其煩，不知什麼時候就落下這個總覺得口渴的毛病。

足足過了一刻鐘，齊修衍才鬆開蹙著的眉心，抬起手端起茶盞。

沈成嵐知道他是想完了，有些小忐忑地問：「怎麼樣，我的想法還可行？」

「不用出錢，只需出點小力，就能安撫民心避免後患，此等好事官府自然巴不得。只是——」齊修衍看著沈成嵐。「這份條陳還得由妳親自書寫上呈父皇。」

沈成嵐聞言，頓時皺著一張臉。

「我寫條陳？」沈成嵐扒著椅子扶手往齊修衍身邊湊了湊，半耍賴半撒嬌地道：「你知道我最怕寫這些東西了，你幫我寫嘛！」

齊修衍心裡恨不得對她百依百順、有求必應，可一看到她明顯瘦了一圈的臉頰，還是咬咬牙心狠地搖頭。「不行，這次一定要妳自己寫，主意是妳想出來的，沒人比妳更了解。」

擺明是要給她立功的機會，可沈成嵐對皇上的感情很複雜，雖然沒有上一世那麼疏離敬畏，但越是接觸越覺得讓人捉摸不透，如果有可能，她是不太想主動接觸。其實她心底是怕極朝堂上的詭譎，對於惹不起的人，最直觀的想法就是惹不起卻躲得起。然而，躲就真的能躲得過嗎？想想上一世的淒慘結局，再想想這一世守護家人的志向，沈成嵐不得不在齊修衍的拖拽下邁出這一步。

目送沈成嵐離開，蔫頭耷腦的背影一消失在門口，齊修衍原本潤著暖意的雙眸瞬間抽離所有的溫度，冰冷，無波，猶如嵌著兩汪寒潭。他知道，沈成嵐對皇上的心裡排斥並非敬畏這麼簡單，她心裡其實是有怨有恨的，只因為那是皇上，所以不敢怨恨，也無法怨恨罷了。

「父皇，哪怕在你的權謀裡，我是最終的受益者，我卻到死也無法認同你的做法。」齊修衍心中喃喃自語，記憶深處那漫長無期的錦衾孤寒，如同細長的絲線將他的心密密纏繞，稍稍一顫，就被勒得無法呼吸，遍體生寒。

這種漫長而椎心蝕骨的酷刑，再來一次，他是定然承受不了。所以，即使沈成嵐的心裡再恐懼、再抗拒，他也不得不逼著她跟著自己一起踏進爭寵的漩渦。

帝王，向來是這個世上最自私、最貪婪的人。

他齊修衍亦是。

多寶提著一顆心站在門口，他已經大致習慣主子這種翻臉如翻書的現象，但依然忍不住心生憂慮。他打從心底喜歡沈六少，是因為只有六少在的時候，自家主子才會有人氣。

可惜的是，沈成嵐自己並沒有意識到這一點，而且她現在也無暇旁顧。

「少爺，天色不早了，還是早點歇吧。」牧遙見窗邊的燭光一直亮著，皺著眉敲了敲門勸道。

這些日子忙得腳不沾地，主子明顯清減了，若是被老夫人和夫人瞧見，非責怪他沒有將人照顧好不可。

沈成嵐的腳邊七零八落地躺著好幾個被抓得皺巴巴的紙團，隱約可見稀疏的墨跡，應該是剛提筆寫沒兩個字就被遺棄了。

「好好好，我這就上床睡覺！」

沈成嵐對著門口回應一聲，卻沒聽到牧遙離開的腳步聲，知他不放心，索性放棄地擱筆，熄滅燭火摸上床榻。

果不其然，沒一會兒就聽到牧遙離開的輕緩腳步聲。

條陳的草稿還沒寫出來一半，沈成嵐以為自己會輾轉反側、夜不成寐，不承想躺上床沒翻兩個身就沈沈睡了過去，一夜無夢。

沐浴著大亮的天光爬起床，沈成嵐都為自己的沒心沒肺感到羞愧。

看到昨夜字斟句酌才憋出個開頭的條陳草稿，沈成嵐醍醐灌頂般想通了。

稍晚，先到一步的齊修衍正坐在桌邊等著沈成嵐開飯，見她精神奕奕地走進來對自己打招呼，心裡有點意外。「昨晚睡得還不錯？」

沈成嵐在他身側坐下，小院裡沒有廚娘，早膳是牧遙和多寶熬的粥，包子和小菜是從早餐鋪上買的。

「不僅睡得不錯，早上起來我還把條陳都寫好了，吃完飯你幫我看看。」

齊修衍微微挑了挑眉，眼裡湧上暖融的笑意，將自己面前溫著的粥碗隨手遞到她面前。「好啊，先吃飯。」

沈成嵐習以為常地捧起齊修衍遞給她的粥碗就開始吃，在食物面前的專注讓她絲毫沒有察覺到桌上另一個人的異樣。

儘管已經不是第一次，但是每次見到三哥在飯桌上親自動手照顧小師傅吃東西，齊修明都覺得不可思議。感喟之際，忽然察覺到三哥看過來的目光，齊修明連忙扯回發散的思緒專心吃飯。

沒有內侍宮女布菜服侍，就這麼親近地圍桌而坐，喝著一個鍋裡的粥，吃著同一個盤子裡的菜，不同以往的體驗讓齊修明對吃飯這件事極為嚮往和眷戀，是他印象中對家及家人最初的概念。而這個概念，是他在三哥和小師傅身邊朦朧形成的，日後對他的影響相當深遠。

不過，此時的齊修明是意識不到的。

沈成嵐之所以帶著十皇子一起來上吳縣，就是存心讓他多了解民生疾苦，這些日子除了必要的功課，她都盡可能帶著他。但想到如今上吳縣四方城門外都有災民在，沈成嵐又有不少事要忙，安全起見，飯後趁著齊修明去做功課的空隙，她和齊修衍商量，想讓他離開的時候把齊修明一起帶走。

「安全是一回事，更主要的是，該看的差不多也看到了，回到薛師傅身邊，我覺得會有更多的指導。」在真正的學士薛師傅面前，沈成嵐的態度一直都很謙恭尊敬，她可以帶著十皇子看更多的民情、見更多的人世百態，但更高層次的解惑和引導卻要依賴齊修衍和薛師傅。

齊修衍沈吟片刻，認同地點了點頭。「這次回去，鄒杭也差不多該現身了，正好讓他跟我去見識見識。等此案了結，咱們再一起去趟江寧。」

沈成嵐聽齊修衍說得輕鬆，心裡卻深知鄒縣令一案一經開審，將會掀起多大的動盪，而且還要將這些動盪控制在表面的平靜之下。

「不在開審前去江寧嗎？」

引洪毀田這等喪盡天良、膽大包天的罪行，吳中府通判何紹就是吞了熊心豹子膽，也不可能一個人操控。

吳中府知府方居義、江南道布政使劉伯正、江寧織造府提督太監彭一平，乃至江南道總督、巡撫，還有多少人站在何紹背後？萬一其中有人鋌而走險、孤注一擲……

齊修衍看著她越來越難看的臉色就知道她在想什麼，無奈地拿著手裡的奏摺拍了拍她的腦袋。「瞎想什麼呢？放心吧，父皇那邊已經給了提點，這次的事件縱然不能從根本上肅清江南官場，但能保下鄒溯之這樣的能臣，又能盡快賑濟災民，總算不白忙一場。」

「是啊，盡力而為，就沒什麼好遺憾的了。」

所謂窮則獨善其身，達則兼濟天下。齊修衍和她現在雖然說不上窮，但距離「達」

的程度還有很遠的距離，順勢而為、量力而行，才有徐徐圖之的機會。沈成嵐活了兩輩子，還是懂這個道理的。

「對了，你看我這條陳寫得如何？」拋卻心底的那點不自在，沈成嵐回歸眼前事，盯著被齊修衍拿在手裡的奏摺問道。

齊修衍想到條陳的內容，眼底浮現顯而易見的笑意。「不錯，行文流暢、條理清晰，該說的都說明白了，只是，妳真要自己掏銀子買螃蟹送給父皇？」

沈成嵐鄭重點頭。「若是不趕巧便罷了，可咱們這次來得正當時，怎麼也得孝敬孝敬。反正吳中府衙也要進奉貢品，順便幫咱們捎帶一些應該也不是難事，大不了咱們自己補貼些路資。」

齊修衍的目光有些複雜。「妳確定？」

沈成嵐十分確定地點了點頭。「縣郊就有賣蟹的漁船，我已經看過了，雖然不如陽澄湖出產的蟹王，但也非常不錯，我尋思著順路也給家裡捎兩大簍。」

祖母甚為喜歡蟹黃粥、蟹黃包，沈成嵐特意到湖邊的捕蟹船打聽過行價，除了陽澄湖的蟹王價錢不菲，一般的螃蟹比京中賣得便宜多了。

「妳願意就好，午宴後我陪妳去漁船看看。」齊修衍其實已經預定一些陽澄湖的蟹王，宮裡一份，景國公府一份。礙於價錢，他暫時沒打算跟沈成嵐坦白，免得她睡不著覺。

雲來居的包廂是昨日就預訂好的，沈成嵐的馬車剛在門口停穩，張君珄就從一樓大堂裡迎出來，身邊還跟著一個身形微胖的中年男人，正是這雲來居的東家，姓常名雲德，是江南四象之首常家的旁支。

張君珄走在前，笑容滿面地拱著手打招呼。「三爺，十爺，瀾弟！」

沈成嵐笑著也拱了拱手。「勞張七哥久等了。」

「哪裡，我也是剛到。」張君珄雖然有些拘謹，但好在有沈成嵐在，故而表現得還算自若，隨後將常雲德介紹給他們認識。

張家自祖上開始經營的是貨通南北，而常家卻是數代鹽商，現任常家家主是江南道的總商，據說常家的家產富可敵國。

沈成嵐在上吳縣折騰這齣，眾人一致認定是受命於寧王，這也是有心買地的幾家沒敢輕舉妄動的最大原因。

常雲德也是這麼認為，現下看到眼前被張君珄稱為三爺、十爺的兩位，那通身和年齡無關的氣派讓他一下子就猜到是誰，頓時雙股發顫、額頭冒汗，肢體動作僵硬地長揖一禮。「見過二位爺，見過沈公子，小店招呼不周，還請見諒！」

齊修衍頗為客氣地拱了拱手。「常東家客氣。」

常雲德名下產業不止雲來居一處，達官貴人也見過不少，但在寧王面前仍忍不住覺得受寵若驚，忙將他們親自引到二樓包廂。

兩間緊挨著的包廂，其中一間已經聞訊敞開房門，站在門口附近的幾人正好行注目禮似地目送齊修衍兄弟倆施施然走進隔壁的包廂。

站得最接近門口的龔海鴻急於求證地看向張君珄，見他微微點頭，心裡頓時一陣激盪，好一會兒才勉力穩住心神，不至於在沈成嵐面前失了禮數。

然而，寧王此時現身，足以表示對沈成嵐的重視。接下來該怎麼談，龔海鴻幾人暗中交換了個眼神，心裡飛速盤算著。

沈成嵐既是請客的東家，又被公認為是寧王的代表，自然被讓到上座，張君珄自然要坐在她身側，另一側空出個位置，然後依次是龔海鴻幾人。沈成嵐特意讓店裡用大圓桌，而不是一人一几，目的就是營造這種便於套近乎的氛圍。

一番自報家門之後，沈成嵐以茶代酒大方地寒暄一番，而後毫不贅言地直入主題。

「今日既然有機會和各位東家齊聚一堂，咱們不妨暢所欲言，有什麼話攤到桌面上來說。我知道，我在上吳縣弄出來的這個買地法子阻了諸位的財路，說實話，我可是一直等著你們來找我算帳呢！」

沈成嵐半開玩笑的話配上她稚嫩的面容，讓在座的人不禁失笑，氣氛也大為緩和。

「沈少爺，不瞞您說，您這一手的確是讓咱們措手不及。」龔海鴻顯然是幾人之中的出頭人，笑著道：「咱們也不是不能理解您的用心良苦，若能為受災的百姓盡一分力，咱們也義不容辭。然則，在商言商，您給的價錢和年限，著實不夠咱們折騰一遭。」

龔海鴻這話其實也不算虛，受災的田地要等水退之後才能平整重建，現下已經是九月中下旬了，種麥子肯定是來不及，只能種些青菜曬成菜乾販賣。而且，江南這一代本就頻發水患，若是接下來的三年間再遇上水災，買地的錢可就要打水漂了。風險這麼大，就算只用正常田價的一成買三年期限，也不划算。

單是凌河在江南道轄區內的河道，朝廷兩年前就撥付了一百萬兩白銀清淤加固，此後每年的維護也有三、四十萬兩，龔海鴻等人不知道這次洪災的真正原因，有這樣的顧慮實屬正常。

龔海鴻說罷為難之處，在座的其他人紛紛附和。

沈成嵐待他們的附和聲淡下來後才再度開口，道：「諸位的擔憂在理，但還請撥冗聽聽我的肺腑之言。在商言商，這話不假。但言商的同時，咱們是不是也該摸著良心談公平道義？諸位之前開出的價錢，我也是知道的，老實講，對那些受災的鄉民們來說，就那麼把田賣了，無異於飲鴆止渴！或許你們會說，歷來都是如此。可歷來如此就是對的嗎？就應該繼續如此下去嗎？時移世易，福禍相轉，誰能保證咱們將來沒有落難的一天？或許你們會覺得我少不更事、想法天真幼稚，但我還是想說，做人多結些善緣總是好的，最不濟，晚上睡覺也能睡得踏實！」

龔海鴻等人聽她這番話，心下微動，可想到那短短的三年之期，善念和風險擺在天平兩端搖曳不定。

沈成嵐見狀心頭一喜，和身側的張君玶交換一個眼神。

「不瞞各位東家，在下已經決定和瀾弟合作了。」張君玶在眾人驚訝的目光中施施然開口。這些人極為關注沈成嵐的行蹤，那麼昨天他們見面的事想來也不是什麼秘密了。「瀾弟敢下這麼大的手筆，必然不會輕易拿著自家的銀子打水漂。」

自己家的銀子？

在座眾人齊刷刷看向沈成嵐，彷彿在求證這句話的真實性。

沈成嵐發現，在自己點頭的一剎那，房裡的氣氛明顯變了。

「還請沈少爺指點迷津。」龔海鴻受不了眾人的眼神暗示，只好硬著頭皮強出頭。其實，這已經算得上是經商機密了，沈成嵐並沒有告知的義務，這一問實屬僭越。

沈成嵐卻沒有絲毫的為難，目光坦誠、面色豁達，在眾人微微發赧的神情中朗然笑道：「指點迷津什麼的實在不敢當，不過小道消息我倒是有一些。」

此話一出，眾人不自覺正襟危坐，身體微微前傾，湊向沈成嵐的方向，動作整齊得讓沈成嵐想起家中後院那棵老槐樹上一窩等著投餵的小家雀。

狠狠摳了摳放在桌下的雙手掌心，沈成嵐才忍住沒笑出聲。

「其一麼，就是王爺已經選定在嘉禾縣開墾屯田，並且會開渠引凌河最大的支流曲水進嘉禾縣灌溉。此渠一通，凌河的水量將會得到很大程度的調節。其二麼，據我所知，王爺已經上呈條陳，要以工代賑的方式重新清淤加固凌河河堤。至於其三麼……」

沈成嵐故意賣個關子，見眾人的好奇心都被撩撥起來，淺笑道：「其三，我確是有點不一樣的想法，想在上吳縣試一試。」

張君珄也來了興趣，目光不動聲色地梭巡一圈，溫聲開口問道：「若是達成合作，不知吾等能否有幸也跟著試試？」

在座的不說都是商場上打滾的老油條，也算得上半個老手，沈成嵐提到不一樣的想法，經他們解讀，就是新奇物、稀缺物，就是賺錢的先機。

這一刻，他們才恍然，開場那番情懷什麼的，不過是沈成嵐給他們的開胃菜而已，真正的大菜就是這個不一樣的想法。

「既然是合作關係，那當然是可以共用的。」沈成嵐先兵後禮。「不過，我這人喜歡把醜話先說在前頭，我這想法是不錯，但也不是一點風險也沒有。利弊得失，還得考慮清楚。」

這天下哪有穩賺不賠的買賣，在座眾人可都不是天真的人。

龔海鴻眉心微蹙，沈吟了片刻，最後還是帶著愧意繼續問道：「不知可否方便稍稍透露一些消息，這樣我們大家也好權衡決斷。」

沈成嵐故意看了眼牆壁，一牆之隔，那邊就是齊修衍所在的包廂。

竟和寧王有關嗎？

眾人從沈成嵐的動作中讀出這層深意，心裡的天平不由得發生傾斜。

其實在沈成嵐看來，他們的要求一點也不過分，換作是自己，也不會稀裡糊塗地單憑一個人的身分而盲目掏出一大筆銀子。

「我的計劃是在上吳縣種植一種新的作物，不是糧食，但價值毫不遜色。生長期和水稻基本相當，畝產大概在三擔至四擔之間，秋收後由我收購，每斤承諾不低於二十文。」沈成嵐的話音在眾人或驚或喜的目光中頓了頓，她淺淺一笑，繼續補充道：「當然，這種待遇只限於合作期限之內。」

每畝地最少能賺六兩銀子，按照沈成嵐的買地書契，就算佃農拿走三分之一，每畝地還能剩下四兩二錢。這樣的收益，就算是精心侍弄的上等稻田也達不到。

「瀾弟，莫怪為兄小人之心，合作期限內，收購可簽書契？」張君珄替在座之人問出最關心的一點。這也是昨天他們仔細商量過的。

沈成嵐毫不遲疑地點頭。「這是當然。」

這下子，眾人眼裡都浮上喜色。不過，在座的一部分自己是東家，可以拍板作主，但還有一多半只是管事，具體如何還得和東家商量。

眾人低聲商議了一番，決定三日後統一給她回覆。

沈成嵐沒有透露具體是什麼作物，擺明此事尚在保密之中，在座這些都是人精，自然不用浪費唇舌叮囑，餘下的時間裡縱情吃喝，氣氛倒也熱絡。

茶足飯飽，沈成嵐先行一步離開，礙於隔壁包廂的那兩位尊駕，眾人只將沈成嵐送到門口，本想和沈成嵐一起離開的張君珪卻被挽留下來。

沈成嵐藉著拱手告別的時機，和張君珪交換了個眼神，而後施施然離開。經過隔壁包廂門口時，房門應聲打開，齊修明露出含著狡黠笑意的眼睛。

「剩下就看蒼先生和我三叔的商隊了。」

沈成嵐坐下，看著齊修衍遞上來的茶搖了搖頭，讓她灌茶還不如灌酒，寡淡得沒滋沒味，沒勁！

齊修衍無奈地搖了搖頭，道：「種子的事妳盡可放心，父皇那邊也會幫忙。」

沈成嵐聽了，靠進椅背裡，長長吁了口氣。「蒼先生說了，一朵白疊子就能有十來顆種子，待來年吳中府的白疊子成熟了，就能擴種到整個江南道！」

齊修衍難得也有幾分雀躍。

三人離開包廂時，特意關注一下隔壁，房門緊閉著，整個二樓靜悄悄的，只在樓梯口站著兩個家僕，想來應該是把整個二樓都包下來了。

第二十一章

出了雲來居，齊修明回院子做功課，齊修衍則履行諾言，陪著沈成嵐去買螃蟹。

「希望能有個好結果。」靠在馬車車壁上，沈成嵐幽幽嘆了口氣。

原本只是靈光乍現的一個念頭，在齊修衍的鼓勵和支持下，竟然演變至現在的程度，實在太出乎她預料了。

「人心總是不滿足，當初我只想著能在上吳縣內略盡綿薄之力就很好了，現下卻忍不住貪念，想著整個吳中府，搞不好過幾天又要妄想整個江南道了。」沈成嵐苦笑。

齊修衍很能理解地撫上她的頭頂。「像妳這般貪心，百姓們可就有福了。」

沈成嵐本來還有點小憂鬱來著，被他這麼一摸一說，瞬間就消散無蹤了。「哪有你說得這麼大公無私，別忘了，我也是抱著賺錢的心思呢！若是這事能成，咱們就要發財啦！」

一箭多鵰的事，沈成嵐這錢賺得踏實許多，欣喜也跟著翻倍，還不忘扳著手指頭，掐算自己身邊哪些人能拉攏過來跟著沾光。

聽到沈成嵐自言自語似地念叨著一家又一家，忽然聽到個熟悉的名字，齊修衍眼皮一聳拉，不冷不熱地開口道：「妳倒是很惦記著林長源。」

沈成嵐絲毫沒有察覺出齊修衍語氣的異樣，聽他這麼說還猛點頭。「這種發財的機會我可得惦記著他，不然我好不容易賺到手的銀子說不準什麼時候又要被他劫走了。也因為他，我才知道，原來在江湖上做大俠比在侯府裡當少爺還要費錢……」

話匣子一打開，聽眾又是齊修衍，沈成嵐的碎碎唸就像開閘的河水，滔滔不絕，就連三、四歲時林七少把她堵在牆角，拿走她項圈上鑲著的紅寶石這種陳年舊帳都翻出來。

齊修衍心頭的那點微醋，隨著沈成嵐翻舊帳的碎碎唸轉眼就蒸發掉了，反而越聽越覺得有趣，最後忍不住感慨。「聽妳這麼一說，林七當真是有大俠之風。」

沈成嵐忍不住翻了個白眼。

自己過得摳門不說，還打劫至親摯友，這樣的大俠真心是誰家攤上了誰家糟心。

晴天的午後還有些燥熱，但越接近湖邊越覺得涼爽。上吳縣的這片湖被稱為東溪湖，湖中盛產清水蟹、清水蝦和鰱魚等湖鮮。

沈成嵐和齊修衍來得趕巧，正好有一艘滿載的漁船靠岸，不僅螃蟹不錯，大蝦也特別好。心情大好的沈成嵐手一揮，奢侈地買下四竹簍肥蟹和兩簍鮮活的大蝦。

臨走前，因為還惦記著給人補運資的事，沈成嵐便多嘴詢問漁家。

回程的路上，沈成嵐的一張臉皺得堪比苦瓜，等到了縣郊的官用碼頭，心痛地掏出自己的錢袋。

江南的螃蟹到了京城就身價倍增，其中原因，沈成嵐總算切切實實明白了。等回到京城，一定要建議蒼先生和丁莊頭在莊子裡闢出幾個池塘養蝦蟹，保准能賺到銀子。

聽到沈成嵐的想法，齊修衍完全沒有反對的理由，不過，他對沈成嵐癡迷賺錢的行為很是好奇。「沈大人和夫人應該沒在銀錢上虧待過妳吧？」

否則哪有那麼多餘錢被林七少劫富濟貧？

沈成嵐的神情閃過片刻的凍結，而後眼底緩緩瀰漫上一層濃重的悲傷，就連嗓音似乎也沾染上沈重。「知道戰場上的將士們最懼怕的是什麼嗎？不是死，而是殘。因為死了一了百了，家裡還能多得二兩撫恤銀，殘了，廢人一個，回去幾乎就是等死。我曾不止一次眼睜睜看著重傷的將士在戰場上自戕。畏生不畏死，說到底是可悲的。」

景國公府累世家財，實際上家庫裡除了那些御賜不能隨意變賣的物品，真金白銀並沒有多少，將近半數都被歷任家主填補到軍中。

言傳身教，沈成嵐潛移默化中也繼承沈家的如斯家風。不同的是，因為受母親許氏的影響，她並不滿足於只依靠家財。

追根究柢，還是國庫太窮了。都說皇帝富有四海，實際上，最窮的就是皇帝，因為四海都要跟他討預算。軍費、官俸、工程文教……到處都是需要用銀子去堵的窟窿，入不敷出簡直就是國庫的常態。

齊修衍是做過窮皇帝的人，未來挺長的一段時間內又不是他當家作主，所以安慰沈成嵐的話說了也是蒼白無力，還不如務實一點，幫著她賺錢。於是，趕在晚飯前，齊修衍修書一封，飛鴿傳往皇城。

沈成嵐的負面情緒來得快去得也快，齊修衍見她晚飯的飯量正常發揮，心裡鬆了口氣，又在上吳縣逗留兩天，巡察一番四方城門外的賑棚，然後帶著齊修明動身回平江，不過卻執意將李青留給她。

就在齊修衍離開的第二天，沈成嵐就接到龔海鴻等人的聯名請帖，長長一串的名字，明顯不止那日午宴上露臉的幾人。

更讓她意外的是，竟然還有兩張請帖，一張是張君珏親自替他大哥送來的，另一張是雲來居的常東家替潯州主家送來的。

沈成嵐將三張請帖攤在桌上，遠超意料的收穫讓她覺得有些飄忽。前兩天剛和齊修衍說人心是不知足的，得了上吳縣便妄想吳中府，得了吳中府說不準就要惦記整個江南道了。現在可好，江南四象一下子來了兩個，這算是瞌睡來了就有人遞枕頭嗎？

沈成嵐這邊摩拳擦掌，暗暗發誓要將江南二象拉上自己的小船，不遠之外的江寧，一個形銷骨立但神色堅定的青年敲響了按察司衙門的鳴冤鼓。

遠在平江的劉伯正等人得到消息的時候為時已晚，鄒杭已經被按察司嚴密保護起來。

參劾寧王私吞賑災銀的八百里加急奏摺在通政司就被人攔截下來，不多時，詹澧收到京中岳丈的緊急家書，洋洋灑灑十幾頁，滿是毫不客氣的斥責，還連帶著劉伯正的分兒。

翌日，劉伯正和詹澧雙雙現身行宮拜見寧王，以專款專用之名，將餘下的賑災款一分不差地押運過來。

齊修衍佯裝推辭兩次，在劉伯正二人的勸說下才「無奈」將銀兩收入宮庫，並從自己先前收下的那五萬兩裡，抽出二萬兩「犒勞」府內參與賑災的官員兵役。

劉伯正和詹澧是真的推辭不下，只好在離開的時候將二萬兩犒勞銀子一併帶走，後來，這筆銀子當真實打實地發到參與賑災的官員兵役手裡，一時間稱讚寧王賑災得力的聲音在下層官員和百姓中廣泛傳播。

鄒杭擊鼓鳴冤之後，其父鄒縣令的案子很快轉到按察司，按察使于存光親審，人證物證很快俱全。

鄒溯之的公開堂審被定在他嘔心瀝血治理的上吳縣，堂審當日，將近半個縣的百姓都聚到縣衙門口。

沈成嵐也來了，她讓李青將馬車停在人群外的小巷口，和全縣百姓等著鄒縣令洗刷冤屈、得正清名的時刻。

當人群如水沸般響起鼓掌和歡呼聲，沈成嵐忽然眼底一熱，彷彿自己上一世的冤屈也隨之被蕩清一分。

這世上，總有公平正義存在。

當群情熱烈的百姓們退去，一場不公開的堂審隨後悄無聲息地在吳中府府城平江開始了，剛剛洗刷冤屈的縣令鄒瀨之這一次成為強而有力的證人。

從鄒瀨之的堂審到吳中府通判何紹的不公開審問，齊修衍始終坐在旁聽的位置，過程中未置一詞，只在何紹以貪墨水利銀之名被定罪後，將鄒家父子請到行宮促膝長談一番。

當鄒縣令官復原職重新回縣衙主持政務的時候，沈成嵐終於成功將江南二象以三年為期綁到自己的船上。

有了張君珄的助力，上吳縣的災田很快完成轉契，吳中府乃至江南道的其他受災區也開始轟轟烈烈的限期買地風潮，書契均按照沈成嵐在上吳縣簽訂的那份。

賑災款如數按期到位，隨後的賑災變得順暢起來，吳中府、嘉禾縣兩處工事同時開工，滯留在城門外的男人們陸續有序地被安排去處，不多時洪水退去，賑棚裡的女人、老人和孩子也分批被護送回鄉。

在此期間，齊修衍收到一封匿名書信，信封裡裝著兩張藥方，一張是預防，一張是醫治。齊修衍立刻請來平江幾位名醫共同驗證這兩張藥方，翌日交付有司按照藥方上的方法開始大範圍防疫。

沈成嵐和齊修衍兩人，一個在上吳縣忙得興高采烈，一個在平江有條不紊地掌控全城，而遠在千里之外的京城，肥蟹鮮蝦如期送到皇宮和景國公府。

沈成嵐的條陳幾日前就已經送抵御前，元德帝和幾位閣臣仔細議論過幾輪，打算再潤色潤色，這兩日就正式下詔。

「啟稟陛下，御膳房適才收到兩簍河蟹和大蝦，說是景國公府的六少爺特意進奉給您和太后娘娘的。」小小的人兒給皇上送禮，郭全也覺得有意思，恭敬地把隨蝦蟹一起運過來的書信呈上來。

元德帝剛被沈成嵐在上吳縣的「異想天開」驚豔到，現下聽聞她還給自己送禮，好奇心起，接過書信兩三下拆開來。

片刻後，元德帝神情有異地吩咐郭全，讓御膳房將沈成嵐送來的蝦蟹拿過來。

河蟹相對來說比較好保存，還鮮活著，按照大小品相分別裝在三個小木桶裡，加在一起滿打滿算，似乎也就不滿二十隻。鮮蝦離開水活不了幾天，索性一上船就用碎冰鎮著，眼下雖然已經死了，卻也最大限度保持新鮮。

只是……

元德帝看著盛放在碎冰托盤上的二、三十隻蝦，按照大小依次排列，最大的竟然只有六隻！

忽然，書信裡洋洋灑灑的碎碎唸彷彿化作沈成嵐獨有的嗓音縈繞在耳際，哭訴著從江南到京城的運費是多麼昂貴，她是多麼窮，以至於只能薄禮聊表心意，諸如此意等等。

不多時，房裡響起元德帝爽朗的大笑聲。

沈小摳兒之名從皇上口裡傳出來，很快就弄得人盡皆知。只是每每提及，總讓人忍不住暗地心生羨慕，畢竟是皇上給取的綽號。

沈成嵐遠在江南，還不知道自己送禮還送出個綽號來，這會兒花銀子的心疼還沒過呢！

上吳縣的事大致告一段落，幾輪飯局過後，和張家、常家及龔海鴻等人的書契也都簽字蓋印了，沈成嵐毫不棧戀地打包行裝，啟程回行宮和齊修衍會合。

邁進十月，白雲山上的楓樹林已經開始染紅，不用半個月就會燒出一片紅雲，景象一定非常壯觀。

「咱們從江寧直接去嘉禾嗎？」看著眼前壯美瑰麗的晚霞盛景，沈成嵐心裡再度湧上生而渺小的敬畏。這樣的磅礴美景，恐怕是再難有機會得見了。

相較於霞光，齊修衍更喜歡看身邊這人被染紅的臉頰。「怎麼，捨不得走？」

沈成嵐誠懇地搖了搖頭。「捨不得倒不至於，天下山川大河，有你陪著，處處都是美景。只是回想這段時間，突然有些感慨罷了。」

齊修衍的嘴角不受控制地往上勾，這些時日殫精竭慮的疲累瞬間消散，只餘心頭一捧溫熱悸動。

齊修明已經離他們幾丈遠了，但觀景臺上就他們幾個人，靜悄悄的，都不用豎耳朵，這兩人的對話自動往耳朵裡鑽。看著三哥在霞光下溫柔得滴出水來的側臉，齊修明狠狠打了個冷顫，原先朦朧的感知在這一刻忽然清晰明確起來。

蒼天大地山川大河啊，這兩人該不會來真的吧！

「時候不早了，明日就要動身去江寧，咱們還是早點回去吧。」儘管齊修衍刻意隱藏，沈成嵐還是敏銳地察覺到他的疲憊。

齊修衍知道她這是心疼自己，哪有不同意的道理，招呼了齊修明一聲，兩人率先並肩往山下走，絲毫沒有察覺到落在他們身後、神色有些恍惚的齊修明。

「劉伯正和詹澧，是京裡哪一邊的人？」拾級而下，兩旁是鬱鬱蔥蔥的古木樹林，身後是值得信任的心腹，說話反而比在行宮裡還要方便。

齊修衍含笑挑眉。「妳怎麼知道他們在京裡站了邊？」

沈成嵐撇了撇嘴。「那個詹澧，第一次登門的時候恨不得眼睛長在頭頂上，五萬兩銀子給得像是施捨，可鄒杭在江寧一擊鼓鳴冤，沒幾天他就跟著劉伯正上門來求見，還把賑災銀一文不少地送過來，擺明是背後有人提點。」

至於江南道的曹總督和魯巡撫，自從他們來到吳中府，除了一封禮貌性的請安帖，這兩人再沒有任何別的動作，顯然是要置身事外。

「嗯，那個詹澧，的確是個名不副實的。」齊修衍笑得頗有些玩味。「二皇兄看重他，眼光的確還很稚嫩。」

表面精明，實則內心孤傲且自負，這樣的人，用得不好反而會拖後腿。

跟在後面的齊修明聽到這句話，瞬間從胡思亂想裡扯回注意力，因為努力壓抑驚訝而圓瞪著眼睛，活像一隻炸毛的貓。

相較之下，沈成嵐就淡定多了，歷來奪嫡，拚威望，拚人脈，更拚財力。太子也好，皇子也罷，只靠年俸是遠遠不夠的。賑災銀從國庫到府庫，轉手間就被抽走三分之二，其中大部分會落到誰的腰包裡不言而喻。

二皇子對外打著賢名，這種賢法當真是諷刺。只是……

沈成嵐有些顧慮。「二皇子能甘心吃虧？」

「甘不甘心，那就是他和徐閣老之間的事了。劉伯正和詹灃以為用五萬兩銀子就能挾制我，可參劾我的奏摺剛到通政司就被徐閣老截下來。如果我猜得不錯，提點劉伯正和詹灃的人應該就是徐閣老。二皇兄就是心有不滿，頭一個遷怒的也不會是我。」

這下子沈成嵐也不那麼淡定了。「沒想到，二皇子現在就有徐閣老這樣的助力了……」

難怪上一世能那般左右局勢攪動風雲。

齊修衍目光沈了沈，聲音很輕，語氣卻極為篤定。「放心，我不會讓他們再有機會。」

沈成嵐點點頭，垂在身體兩側的手緊緊握了握。相較於驕縱魯莽的太子，二皇子的虛偽陰狠更讓她忌憚。

齊修衍將沈成嵐的不安和憂慮看在眼裡，卻沒有再寬慰她。心裡懷著這分忌憚，才能時時打起警惕和防備之心，對現在的沈成嵐來說是利大於弊。縱使心疼，他也得忍著。

回到行宮偏殿，暮色已經暗下來，沈成嵐已經回房去了。

齊修衍看著亦步亦趨跟在自己身後一臉欲言又止的十弟，終於不再為難他，問道：「怎麼，有話想問？」

齊修明點了點頭，眼神示意小林子先退下，又猶豫地看了眼多寶，多寶會意，極有眼色地告退了。

「好啦，現在可以說了吧？」

齊修明糾結得恨不得抓耳撓腮，好一番斟酌也沒斟酌出恰當的用詞，索性放棄糾結直白問道：「三哥，你和小師傅，你們……你們該不會是有那樣的心思吧？」

當事人面不改色，他自己倒是憋得臉紅脖子粗。

齊修衍見狀挑了挑眉梢，好整以暇地開口道：「那樣的心思是什麼心思？」

「就……」齊修明感覺自己的臉都被憋大了一圈，才憋出後半句。「就相好的心思！」

齊修衍的眉梢越發上揚兩分。「有又怎樣，你要反對？要因此不認我們？」

「當然不會啊！」齊修明急得眼睛都要冒水了。「三哥，有句話我想問問，但是，你千萬別生氣。」

齊修衍點了點頭。「儘管問，我保證不生氣。」

齊修明艱難地吞嚥一下，微微仰頭盯著三哥的臉色，試探地問道：「小師傅也有同樣的心思嗎？自願的？」

齊修衍險些失笑，緊咬著下唇肉才克制住，好一會兒才在齊修明急切的目光中點了點頭。「嗯，自願的。」

齊修明忽地小小鬆了口氣，但很快又蹙緊眉頭，心中似乎在劇烈地掙扎。

齊修明也不催他，施施然在桌邊坐下，單手撐著桌子托腮，瞧他臉上豐富多彩的變化。

足有一刻鐘的時間，齊修明臉上的情緒才漸漸收斂起來，大致恢復往日裡與年紀不相符的早熟，眼神堅定明澈，顯然是已經有了決斷。「既然如此，那好吧，希望三哥能善待小師傅，莫要……」

齊修明想說，莫要辜負他，可三哥身為皇子，娶妻生子是必然的，甚至連娶誰都不由自己作主，不辜負小師傅，可能嗎？

齊修衍見他臉上竟露出淒然之色，心中不忍，招手讓他在自己身邊坐下，坦言道：「我不會負她，這輩子，我是要跟她白頭到老的。」

齊修明瞪大的眼睛裡寫滿「那怎麼可能」，還沒開口質疑，齊修衍便先一步將沈成嵐的老底給掀開了。

如果不是椅子有靠背，齊修明早就跌在地上，最後他連自己怎麼回到屋子都不甚清楚，迷迷糊糊作了一晚上的夢，夢裡被穿著織錦羅裙的小師傅滿院子追殺。早上他被小林子喚醒的時候，還恍惚著好一會兒分不清夢境現實。

沈成嵐雷打不動地打了兩套拳，轉身看到頂著兩隻烏青眼、三魂不穩七魄不固的齊修明嚇了一大跳。「你這是怎麼搞的？鬼壓床了？」

齊修明腳下一個虛浮，險些原地跌了個狗啃泥，穩住身形的同時小心翼翼打量著沈成嵐的臉，沒發現有什麼異常，試探著問道：「三哥還沒告訴妳？」

沈成嵐一頭霧水。「告訴我什麼？」

齊修明擺了擺手，讓小林子和牧遙他們先退下，又做賊似地伸著脖子四周打量一圈，掐著嗓音道：「就三哥已經把妳的身分都告訴我的事啊……」

沈成嵐今兒起得比往常早，到現在還沒見到齊修衍，想到昨晚齊修明沒和自己一道離開，心裡就猜了個大概。「哦，終於跟你說啦！我早打算告訴你來著，但是殿下說要等到合適的時機。看來昨晚就是合適的時機。」

說著，沈成嵐忽然很好奇。「昨晚怎麼忽然提到這件事了？是殿下先和你說的，還是你先問的？難道是我的偽裝被你看出來了？不會呀，至今我還沒露出過馬腳……」

被告知的人戰戰兢兢，當事人卻完全不在意自己的身分暴露，如此差距讓齊修明頓時覺得身心無力，氣若游絲地擺了擺手。「不是妳露餡啦，是我以為妳和三哥有相好之意，偷偷問了三哥，三哥這才告訴我的。」

聽到不是自己露餡，沈成嵐大大鬆了口氣，湊到愛徒面前覷著眼睛打量他，笑得不懷好意。「小小年紀，你知道得還不少嘛！說，誰告訴你分桃斷袖這種事的？」

齊修明看著她的笑臉下意識往後退兩步，漲紅著臉磕磕巴巴道：「哪……哪用聽誰說，父皇就豢養面首啊！」

沈成嵐。「……」

好吧，她把這事情給忘了。言傳身教果然很重要。

得知沈成嵐的真實身分後的第一天晨練，十皇子齊修明的夢境反映現實，被沈成嵐追得滿院子逃竄，唯一的出入就是她沒穿裙子。

早飯桌上，齊修明看著前一刻還在虐著自己的小師傅，這一刻就在三哥面前笑得跟朵花似的。為了避免腹誹師傅兼三嫂而犯下大不敬遭雷劈，他心裡頭默默唸著：這是師傅也是未來嫂嫂，這是師傅也是未來嫂嫂……

齊修衍不動聲色地看了眼埋頭吃飯的弟弟，再看看依舊精神抖擻的沈成嵐，飛快勾了勾嘴角。

知道沈成嵐的身分之後，齊修明便不再糾結眼前這兩人之間的曖昧氣氛，心裡甚至暗暗竊喜，小師傅和其他名門貴女相比雖然跳脫了些，但無論是性情還是眼界都和三哥極為相配，再加上她的出身和相貌，將來論及婚嫁想來也會少些阻礙。在那之前，自己能做的就是盡力幫她隱藏好身分。

齊修明一個小小的少年郎，為了眼前這兩人的事恨不得操碎心，沈成嵐倒好，抓著他之前的烏龍想法，時不時就要打趣一番。看著弟弟在沈成嵐調笑的目光中像被踩到尾巴的貓一樣炸毛，齊修衍無奈伸出手遮上她的眼睛。

途中暫停歇息，齊修明鑽回自己的馬車，免得再被荼毒。

齊修衍的儀仗基本都是護軍，一路行進得不慢，第二日午後就進了江寧的地界，還沒到十里亭就看到迎接的隊伍，總督曹昆、巡撫魯孟聞皆在列。

下車後，沈成嵐站在齊修衍身後不動聲色地打量一圈，江寧織造也派人過來，卻不是提督太監彭一平。

這一次，齊修衍沒有拒絕江寧一眾官員的接風宴。

今上三次南巡，皆居住在江寧織造府，因而，江寧織造府特意取址擴建，作為行宮。接風宴後，齊修衍就住進行宮。

入夜，寧王入住的偏殿依然燭火不熄，彷彿在等著什麼人。果不其然，亥時三刻剛過，對外宣稱中風下不來床的彭一平就前來求見。

沈成嵐和齊修明躲在內室，多寶將彭一平迎進來，自己退到門外守著。

「漏液來訪，還請王爺恕罪！」在寧王的示意下入座，彭一平背脊微躬拱手致歉。

不過短短兩月，謊稱有病的他竟已瘦得顴骨突出，乍一看倒真像是大病初癒的模樣。

齊修衍抬了抬手。「彭總管不必客氣，本王這次南下原是奉命選址屯田，臨行前父皇還私下交代，說是讓本王途經江寧時定要代他來見見彭總管。近幾年國政繁忙，父皇無暇離宮，對彭總管你甚為掛念。」

彭一平想到皇上的那封手諭，頓時心頭一澀，連忙起身跪伏在地，以頭抵地悲聲道：「老奴有罪，愧對皇上的信任，實在是沒臉再見皇上！」說罷，竟嚶嚶低泣了起來，情真意切，不似裝假。

彭一平是今上年少時的近侍，從內宮到潛邸再到乾清殿，伴君三十餘載，深得今上信重，否則也不會將江寧織造府全權交由他打理，甚至為了保他不惜徇了私情。

齊修衍深深看了他一眼，沈默片刻後重重嘆了口氣，起身上前兩步虛扶他一把，沈聲道：「你的事，父皇一早便給我傳了手諭，這次來，除了交付賑災的後續事宜，還有就是代父皇傳句話給你。」

彭一平身體一僵，再度伏身叩首。「老奴恭聆聖訓！」

「父皇說，總管這些年來為了辦差鞠躬盡瘁、勞苦功高，現在也是時候回鄉榮養、享享清福了，還特意叮囑我備了些薄賞，讓你不要推辭。另外，父皇還說，待他日南巡，定會再與總管你品茗敘舊。」

「老奴，叩謝皇上恩典！」彭一平嗓音微顫著三叩首，額頭抵著地磚，秋夜的寒意穿透皮膚刺進腦海裡，全身的血液都隨之流動減緩。

彭一平緩緩直起身，從衣襟內掏出兩封信恭敬地雙手舉過頭奉上。「老奴已將織造府日常事務交由副使梁澤代理，此人性情剛直，對府中事務甚為熟稔，可當一用。老奴有負聖恩，本應以死謝罪，皇上寬待，老奴餘生定青燈相伴，日省己身，為皇上、為大昭、為天下百姓祈福。臨行前，有兩個心願望請殿下成全！」

齊修衍接過他呈上來的兩封信，一封是皇上親啟，另一封竟然是給他的。齊修衍垂眸看了眼跪在原地的彭一平，當即打開那封沒有封漆的信，裡面只有一張薄薄的紙，寫了個位址，並標注壁龕上的一處機關。

齊修衍目光沈了沈，轉念就想到這是什麼意思，反手將信塞回信封，將兩封信貼身放好，再度虛扶彭一平一把，道：「彭總管請放心，本王定會將你的心意轉呈父皇。」

彭一平連聲道謝，退下時步履蹣跚，背影看起來頗為淒涼孤寂。

「怎麼，覺得彭一平可憐？」齊修衍看著從內室出來、定定看著彭一平離開的方向一言不發的齊修明，問道。

齊修明回過神，撇了撇嘴。「他若可憐，受他荼毒的無辜百姓又該如何？我只是在回想他剛剛的那些話，口口聲聲都是有負皇恩，半句沒有提愧對百姓，想來是沒有絲毫悔意，這樣的人值得父皇網開一面嗎？若縱他回鄉，也不知會不會坑害另一方百姓。」

沈成嵐聞言和他相視一眼，眼中除了讚許，還閃過明顯的殺意。

齊修衍正色地瞪著他們二人，警告道：「儘早息了你們的心思。父皇想要保的人，無論如何咱們也不能碰，記住了嗎？」

齊修明向來聽三哥的話，心裡雖不服氣，但還是立刻就應承下來。沈成嵐就沒那麼好打發，藉著齊修衍的字眼鑽空子，厚著臉皮問道：「咱們不能碰，別人總可以吧？聽說彭一平的老家在洪城，這一去山高路遠的，他年紀也不小了，說不準有個什麼意外，是吧？」

齊修明眼神一亮，微仰著小臉期待地看著三哥。

齊修衍被兩雙亮閃閃的眼睛盯著，想到這兩位上輩子都是殺伐狠厲的主兒，腦袋不由得發脹，但還是耐著性子跟這兩尊未來殺神講道理。「父皇對彭一平網開一面，看似念在舊情，實則用意深厚。一來，這次的凌河決堤釀成水害，表面上只處理吳中府通判何紹和江寧織造彭一平，實則是給江南道的全體官員狠狠敲響警鐘，若能像彭一平這樣識時務，起碼還能保住一條命。」

說罷，齊修衍將彭一平交給自己的那封信拿出來遞給沈成嵐，繼續道：「二來，留彭一平一條命，不僅能穩住江南道的官場，更能讓父皇信任的那些人安心。所以，短期內，彭一平活著，比死了作用大。」

不過也只是短期之內而已。好利者最是善忘，一年、兩年或許還有人記得前江寧織造，三年、五年之後呢？

「這是……彭一平的私庫？」沈成嵐將手裡的信紙遞給身邊的齊修明。

齊修衍點了點頭。「狡兔三窟，當然不可能是他的全部財產，但也應該是大部分。」

齊修明捏著手上的紙沈思片刻，忽然覺得有些明白父皇這麼做的深意。貪官污吏要懲治，但要把危害降到最低，把損失最大限度地追討回來……

此時，不僅是沈成嵐，就連齊修衍也沒想到，今天的這番點撥對齊修明造成怎樣的影響。

不管怎樣，彭一平的性命暫時是無虞了。

第二十二章

翌日，齊修衍正大光明地打著探病的旗號去看望病榻上的彭一平，見他「果真病情沈重」，便請出皇上手諭，恩准彭一平卸下江寧織造的職務回鄉靜養。

彭一平躺在床榻上受迎皇上的口諭，三天後就讓人抬著上馬車，踏上回鄉之路。

江寧官員們默默旁觀，心中掀起何等驚濤駭浪，沈成嵐是一點也不在乎，當晚就跟著齊修衍去彭一平的別院搬私庫。

寧王一來，彭一平就告老還鄉，江寧大大小小的衙門將注意力都聚焦在寧王身上。齊修衍雖然選在晚上過去，但動靜並不小，放任尾巴們綴在身後，帶著兩隊侍衛大搖大擺地奔赴彭一平的別院。

這是城北的一處僻靜巷尾，兩扇大門黑漆銅環，再尋常不過。推開門就是一進的小庭院、三間正房，兩側各綴一間耳房，東西廂房各三間，樸實無華，遊廊的柱子甚至都有些掉漆。

江寧百姓誰人能想到，就是這麼一處疏於修繕打理的偏僻院子。在它的壁龕密道下面竟別有洞天。

兩隊護衛二十四人，用了整整一夜的時間，才將密室裡的金銀珠寶絲毫不差地轉移到齊修衍所住的行宮偏殿。

一個小小江寧織造，貪墨之數竟如此龐大，齊修衍縱然早有心理準備，但當裝放著金銀珠寶的箱子堆在眼前，依然震驚不已。

「不知道皇上看到這些贓款會有如何感想，會不會後悔網開一面？」沈成嵐兩輩子加一起，還是頭一次見到這麼多的現銀和珠寶珍玩，單是白銀恐怕就足以供西北三十萬大軍一年的糧餉。

齊修衍的臉色也不好看，換作上輩子他在位的時候，這樣的人早腰斬了。

「咱們的計劃可能要變一變，稍等兩天再走。」

沈成嵐見他盯著眼前的箱子目露忌憚，腦海裡的念頭飛速轉了轉，忽地壓低聲音問道：「你是擔心，有人會對這些東西暗中下手？」

「江寧到京城，這一路也是山高路遠，如妳之前所說，發生點什麼意外也不奇怪。」齊修衍道。

沈成嵐蹙眉。「要不然，我帶著一隊護衛親自押送這些贓款回京？」

齊修衍當即不贊同地搖了搖頭。「不必，押送的話，有現成的人選。咱們只需拖上兩天，讓李青安全離開江南道轄內即可。」

慎重起見，彭一平呈給皇上的密函和他貪墨的財物，只能連夜處理成明細交給李青，讓他喬裝上路，回京面呈給皇上。

於是，天一亮，行宮就傳出消息，十皇子昨夜偶感風寒，病倒了，寧王擔心皇弟的病情，推遲啟程的日期。

江寧各路官員聞言紛紛遞上拜帖探病，都被寧王身邊頗受重視的沈伴讀給委婉攔下來。此後三日，據說寧王衣不解帶地近身照顧，十皇子的病情卻始終未見起色。

偏殿內室，空氣中瀰漫著一股不算過於濃郁的藥味，床榻上放著炕几，正在「病中」的十皇子端坐著習字，礙於某種原因，這幾日的武課暫停，薛師傅乘機多布置幾篇大字讓他練習。

「三哥，我什麼時候能病好啊？」自從拜了沈成嵐為師，齊修明習武從未喊過苦累，漸漸已經習慣了，這兩天不被小師傅鬆散筋骨，反而覺得渾身都不舒服。

齊修衍正拉著沈成嵐坐在窗邊下棋，還沒開口，門外傳來多寶的稟報聲。「爺，門房來報，說是大門口來了一位道長，口稱能治好十殿下的病，還讓人呈上來一件東西，說是公子見了就會知道。」

沈成嵐從棋盤上抬起頭，好奇地看向走進來的多寶，待看清他手上的那塊白玉腰珮立刻變了臉色。「這、這是我二哥的玉珮！莫非……」

越想越覺得可能，沈成嵐騰地站起來就要往外跑，還沒到門口又停下來，原地徘徊了兩圈，喃喃道：「不行，我還不方便露面。」

齊修衍見狀，吩咐多寶親自將人迎到會客廳，然後起身拉住在原地打轉的沈成嵐。「咱們先去會客廳等著。」

沈成嵐的激動稍稍平復，和床榻上的十皇子打了聲招呼，就跟著齊修衍走出去。

齊修明心裡也很好奇，但轉念一想稍後總會見到，這才穩了心神繼續練字。

且說會客室這邊，沈成嵐進門就坐不住，站在門口徘徊張望，心口鼓動著急不可待的雀躍。終於，遠遠地看到從穿堂走出來的人影。

來人越走越近，在前頭引路的是多寶，身後跟著一高一矮兩個人，都是束髮盤髻、一身青藍道袍，高個兒的頭戴一頂扁平的混元帽手執拂塵，矮個兒的戴著南華巾。

沈成嵐的目光緊盯著那個矮個子的少年，隨著距離越來越近，慢慢看清少年的臉。那是一張極為普通的臉，出現在人群中絲毫不會引人注意，但那雙眼睛和血脈共鳴產生的熟悉親近感，讓沈成嵐立刻就認出他。

偏殿內當值的人雖然都是齊修衍帶來的護衛，但出於謹慎考慮，沈成嵐強忍著沒有迎出門。

不知何時，齊修衍也站在沈成嵐身後。

那名道長見到寧王竟站在門口相迎，又看了看他身前熟悉的面容，眼裡閃過笑意。

「貧道雲清，攜弟子成陽見過寧王殿下。」

齊修衍拱手回禮，將雲清道長二人請進廳內。

沈成嵐也向雲清道長拱手見禮，落後兩步緊緊跟著身著道袍、易了容貌的哥哥。

沈成瀾見她這副模樣著實心疼，腳步頓了一下，下一刻就被緊跟著他的沈成嵐給踩掉了鞋。

沈成嵐臉上一燒，急忙蹲下身又幫他把鞋給提上了。

沈成瀾被她弄得又感動又想笑，眼裡含著歉意向寧王躬了躬身，反手將妹妹給拉起來，低聲笑道：「這才幾日沒見，怎越發毛躁了！」

沈成嵐一聽到二哥的聲音終於沒忍住，珠子般的眼淚頓時滾落下來，憋著哭腔顫聲道：「好多日沒見了……」

好似受了多大的委屈一般。

沈成瀾發現，自從他們從鬼門關走過一趟後，妹妹哭的次數比生病前幾年加起來還要多。而且，說哭就哭，都不用醞釀。

「好啦，我這不是好好的嘛，別哭了，不然王爺和師父要笑話妳了。」

沈成瀾話音未落，剛剛落坐的雲清道長一甩手裡的拂塵笑得中氣十足。「無妨，為師可不會笑話。貧道就是喜歡小公子這種真性情。」

頭一次見面就在二哥的師父面前哭鼻子，沈成嵐臉皮再厚也覺得丟臉。「晚輩一時失狀，多謝道長體諒。」

眼前的少年雙頰雖帶著紅暈，舉止卻落落大方，雙目清澈，眉宇疏闊，小小年紀就帶著疏朗大氣，當真是讓人一見就歡喜。

「常常聽成陽提起妳，今日一見，果然名不虛傳，不知可有師從？」

還不等沈成嵐搖頭，沈成瀾忙拉住她的胳膊，搶先開口道：「王爺，師父，我和小妹許久未見，可否讓我們先下去敘敘家常？」

齊修衍當即應允，唯恐這個老道士忽悠他家嵐兒。

沈成嵐幾乎是被二哥拖出來的，長這麼大，她還是第一次見到二哥這麼著急。

「二哥，你沒事吧，怎突然這麼著急？」

「再待下去，妳就要被那老道士騙去行走江湖了！」沈成瀾無奈地搖頭。「他的話妳聽聽就好，別太當真了。」

沈成嵐臉色一正。「那老道士這麼不靠譜？」

見她一抖眉毛，沈成瀾就知道她在想什麼，解釋道：「倒也不是不靠譜，就是碰上喜歡的人，就想收了做徒弟。」

嗄？

沈成嵐半口怒氣卡在胸口，一時有些堵得慌。「還有這種愛好的人啊？那他不是有很多徒弟？」

沈成瀾有她帶著往住處走，目光又恢復如常的淡然自若。「那倒不是，老頭眼光高，能入得了他的眼的人還真不多。」

聽二哥稱呼他老頭，原本還有些擔心的沈成嵐忽然釋然，能讓二哥這般特殊對待的人，應該是真正重視的人。

「嘿嘿，這麼說來，我還挺出類拔萃的嘛！」

「那是，我的妹妹怎麼會差。」沈成瀾面不改色，話說得理直氣壯，卻讓沈成嵐震驚了。

雲清那個老道士果然不凡，這才多久啊，就把自己溫謙恭謹的二哥影響成這樣！

說話間，兄妹倆回到沈成嵐暫住的廂房，牧遙到廚房通知多加了幾道菜，這會兒也趕回來，見到少爺歡喜得腳步輕快，忙著沏壺好茶送上來，自己退到門口守著，讓他們兄妹方便說話。

「牧遙跟著妳老練了不少，以前做什麼都要即墨指點。」沈成瀾言語間很是欣慰。

沈成嵐點了點頭。「這些時日他又要照顧我，又要幫我遮掩身分，確是辛苦。對了，即墨怎沒和你一起？」

「青雲觀其實離平江城並不遠，我和師父這次來，是為了獻藥方防疫病，順便見見妳，就沒讓他跟著。」

沈成嵐恍然。「原來給殿下獻藥方的就是你們啊！」

沈成瀾笑著點頭。「老頭雖然有些地方不靠譜，但真本事不少，尤其是醫術。這兩年他正在嘗試預防痘症的法子，前陣子有很大的進展，應該很快就能找到最終的方法。師父這次專程下山給王爺獻藥方，其實是為了尋求王爺的幫助。」

「是需要銀子？還是稀有的藥材？」沈成嵐道。「如果真能預防痘症，那可是造福萬民的大好事，有什麼需要的，二哥你儘管說。」

沈成瀾聽她如此大包大攬，不由得失笑。「怎麼，妳已經能替王爺拿主意了？」

早前剛跟家裡取得聯繫，他就知道妹妹進王府沒幾天就跟王爺交代老底的事。

「二哥，你怎麼也要取笑我！」沈成嵐竭力克制，但還是紅了耳尖雙頰，清了清嗓子強扯回話題。「殿下向來務實，只要是有利於社稷民生，他一向不辭勞苦。二哥這個忙，能力之內，殿下定然會幫。」

沈成瀾雖然和寧王只是初次見面，但之前就有救命之恩，後來又有引山泉水入寧遠縣惠及百姓、查處侵地案和吳中府通判貪墨案、行之有效地賑災等事蹟，對他的印象甚好，沈成嵐這麼誇他也算屬實，正是因為如此，他才會說服師父來向寧王尋求幫助。

「需要的不是銀子，也不是藥材，而是自願幫助試藥的人。」沈成瀾說道。「這法子需要沒發過痘症的人配合使用，青雲觀裡符合條件的人都已經試過了，效果比預想的好，但是還需要更多的人試用，尤其是不同年紀的孩子。」

沈成嵐微微蹙眉。「用藥後可會有什麼不適？」

事關孩子，就不得不更加謹慎。

沈成瀾眼中閃過讚賞之色，據實相告道：「根據個人體質，剛開始會有程度不同的發熱，輕微的一、兩天就能恢復，嚴重的，目前是持續四天，不過熱度並不算高。但是，這僅是目前試用的結果，試藥的都是成人，孩子用後具體是什麼情形還不能確定，風險必須要事先說明，也必須是本人自願才行。」

試藥存在不可不免的風險，懵懂孩兒即使他們自己願意，也要徵詢父母的首肯，但誰家父母會心甘情願讓自己的孩子以身試藥呢？想也知道，必是為生活所迫的貧苦人家。預防痘症這麼大的一件功績，若是所託非人，原本的好事很可能會成為某些百姓的災難。

「哥哥放心，我敢用性命保證，殿下只要答應了就一定會謹慎對待。」沈成嵐鄭重地替寧王擔保。「只是，以殿下如今的處境，暫時恐怕無法做到。」

這次賑災看似進展順利，實際上是因為皇上一早出手震懾住上面的官員，替齊修衍擋下大部分的阻力。從結果上也能看出來，除了何紹那枚被拋棄的棄子，就連彭一平都全身而退了，可以說絲毫沒有觸動江南官場的根本。在江南百官的眼裡，寧王不過是充當一次皇上的傀儡罷了。

沈成瀾聽她這麼說絲毫不意外。「師父早就想到了，這件事並不著急，緩上三、五年也可，現下我跟妳說，不過是提前打個招呼，若是王爺有意相助，也好早做準備。」

沈成嵐心中一喜。「這樣的話就太好啦！」

「妳對王爺倒是很有信心。」沈成瀾呷了口茶，舉止依然是在家時那般慢條斯理，但語氣裡的調侃明顯讓沈成嵐紅了臉。

沈成瀾終究不是大哥，欺負妹妹有分寸多了，不會一直把人給惹毛，見好就收地將話題轉到家裡其他人身上，馬上就打開沈成嵐的話匣子。

從景國公府到十王府，再到皇莊東莊，又從寧遠縣到江寧府，沈成嵐恨不得把家裡和自己的經歷都詳細說給二哥聽，絲毫沒注意到時間的流逝，直到牧遙在門外提醒用膳，沈成嵐才恍然回過神來，發現外面竟然已經餘暉將盡了。

「二哥，真的不能多留兩天嗎？」走往飯廳的路上，沈成嵐聽說二哥明日一早就要離開，眷戀不捨地挽留。

沈成瀾心裡也捨不得，但最終還是搖了搖頭。「我和師父還要到各處去看看防疫的情形，然後要去拜訪東霖先生。」

況且，寧王現下備受關注，他和師父著實不方便久留。

想到不日也要跟著齊修衍離開江寧去嘉禾，沈成嵐也知道這次不是相聚的好時機，只得遺憾作罷。

席間，沈成嵐破天荒對滿桌珍饈興趣缺缺，坐在二哥身邊像隻忙碌的蜜蜂，布菜盛湯，恨不得將沈成瀾面前的菜碟堆出一座小山。

齊修衍一下午和雲清道長相談甚歡，尤其是開席前聽沈成瀾提及預防痘症的事後，更是對雲清道長刮目相看，不僅當即應下，還與之詳細商議試藥的細節。可即使如此，仍時不時用眼角餘光打量忙著搬菜的沈成嵐。只要她處在視線範圍之內，隨時掌握她的動向，彷彿成了齊修衍下意識的習慣。

沈成瀾將寧王的小動作看在眼裡，垂眸掩下眼底的笑意，抬手將面前碟子裡的「菜山」撥一半到沈成嵐的碟子裡，並在沈成嵐舉著筷子傻笑看過來的時候回以暖暖一笑。

聽大哥說，小妹對寧王甚是上心，連親哥哥都要扔一邊，嗯，這種風氣可不能助長。

一餐下來，試藥的事已經初步討論出大致輪廓，具體如何操作，只等時機成熟時再詳細安排即可。

最大的心事有了著落，雲清道長心喜，與齊修衍對飲幾杯素酒，沒想到也是個酒量淺的人，散席時微醺著被沈成瀾扶走。

齊修衍這次學精明了，讓多寶備了小酒盅，看著陪雲清道長喝了幾杯，實際上並沒有喝多少酒，加之素酒的濃度本就不高，故而一點醉意也無。第一次見大舅哥時被灌倒了，吃一塹長一智，總不能在二舅哥面前再醉了。

沈成嵐陪著二哥將雲清道長送回房，又聊一會兒，再出來的時候夜已深，回房途中路過齊修衍的正房，發現正堂裡的燈竟然還大亮著。

「殿下，怎麼還沒睡？」沈成嵐沒讓門口的護衛通報，自己放輕手腳走進去，看到坐在堂上的齊修衍正在翻看手摺。

齊修衍從手摺上抬起頭，對她招了招手。「我見妳晚上沒吃多少東西，讓膳房備了些鮮蝦粥，現下要不要用些？」

沈成嵐忙不迭點頭，多寶旋即下去傳膳。

「殿下在看什麼？」沈成嵐跟著齊修衍走進東暖閣，在臨窗的桌邊坐下，看了眼被他放在一邊的手摺。

齊修衍把手摺推到她手邊。「是嘉寧衛指揮使傅懷遠呈上來的手摺，屯田那邊嘉禾衛已經做好準備接管，待我回去後完成交接，咱們就可以繼續往下走了。」

屯田歷來歸衛所直管，但嘉禾屯田畢竟牽扯到開渠引水和災民以工代賑，沈成嵐有些放心不下。「不用等開渠工事完工後再走嗎？」

齊修衍端起茶碗，雙眼含笑看著她。「放心吧，經過這次賑災，江南官場總能安分兩年。」

自古以來就是上有政策下有對策，江南官場積弊已久，不說積重難返，整肅起來也是要傷筋動骨，如今國庫虛空，四方邊境又不是太穩，皇上底氣不夠足，這才會將維穩放在首位。否則以今上的鐵血手段，斷不會這麼睜隻眼閉隻眼。

說到底，皇上手裡沒銀子，是一切癥結所在。

「頭一批的屯田都打算選在南方嗎？」沈成嵐看過蒼秀才呈給齊修衍的屯田手劄，裡面有五處屯田之地，其中三處在南方。

齊修衍點了點頭。「北方的關中和遼東府兩處暫時還不合時機，渝州毗鄰南詔，在播州徹底收復之前也不宜動作。」

如此一來，除了嘉禾，剩下的便只有福州。而福州，恰好位於齊修衍的封地嶺南境內。

再回想之前他所說的離京暫避鋒芒，沈成嵐暗暗吃了一驚，隨即為難地皺眉。「提前就藩恐怕沒那麼容易……」

本朝雖然也有提前就藩的先例，但也是屈指可數，無不是情況特殊，齊修衍想要如願，怕是沒那麼簡單。

然而，在齊修衍的臉上卻看不到絲毫為難，沈成嵐心念一動，被勾起好奇心，微微傾身上前問道：「你已經有主意了？」

齊修衍從茶碗中抬起頭看著她，眼裡閃爍著狡黠的笑意。「稍後妳就知道了。」

兩人際遇特殊，雖說對世事走向不是瞭若指掌，卻總比旁人超然幾分。有些事，沈成嵐沒問，齊修衍也不會主動全盤托出，一來時移世易，上輩子的事態走向並不一定會全盤遵循原來的軌跡，抱著先入為主的想法反而更危險，二來也有些吊著沈成嵐的胃口勾她上趕著來問的惡趣味。

偏偏沈成嵐就是不上他的當，觀他眼角眉梢舒展著，心想這人應該是成竹在胸，索性掐滅心裡殘存的那點小火苗，自顧自地吃喝，一副灑脫不得了的模樣。

齊修衍愛極沈成嵐吃東西時的模樣，專注而投入，就算是一碗白米粥也能喝出充實美滿的境界。

「自從來了江南，也沒時間陪妳出去走走，這兩日得空，咱們四處逛逛。」下次再有這樣的機會，還不知何年何月。

沈成嵐大喜。「詩裡描繪江南總說什麼綠水人家繞，我早就想看看了。」之前住在行宮，見識白雲山的瑰麗，萬丈紅霞、奇峰疊翠也是醉人心魄，但提及江南，沈成嵐最嚮往的還是詩人筆下小橋流水的溫婉寧和。

越是久經戰火淬鍊的人，越是對平靜寧和格外嚮往。沈成嵐亦如此。

齊修衍兩輩子的柔情都放在沈成嵐身上，上輩子抱著那點可憐的回憶苦苦守著，這輩子大活人就在眼前，自然恨不得要把自己能給的都給她。是以，再惦記嘉禾的屯田工事，也忙裡偷閒地帶著沈成嵐在吳中府玩了幾天，最後反倒是沈成嵐過意不去，七日後催著齊修衍啟程前往嘉禾。

離開時田間禾稻尚帶青色，現下卻已經收割入倉，留著整齊根茬的田地裡偶爾可見三三兩兩結伴拾穗的孩童。

「嘉寧府一帶雖未遭受水災，但雨水較往年多不少，尤其是收割前那場大風雨，致使大片禾稻倒伏，府內各縣均出現了程度不同的減產……」黃縣令陪同寧王巡視開渠河道，心中對寧王在吳中賑災之舉欽佩不已，如今再次見到莫名覺得親切，不知不覺就暴露了碎碎唸的本性。

隨行在側的梁主簿一邊暗地去扯縣令大人的衣袖，一邊小心翼翼地打量寧王殿下的臉色，見王爺尚顯稚嫩的俊朗臉龐全無半點不耐煩之色，心神微晃後默默地收回手。

齊修衍是個善於傾聽之人，巡察管道的同時間或結合實際情況點撥兩下，黃縣令每每豁然開朗，對寧王越發心生親近仰慕之意。

沈成嵐瞧著黃縣令和梁主簿看向齊修衍的目光越發碎光盈動，險些沒控制住嘴角的抽動。

不愧是上一世的奪嫡贏家，俘獲人心的能力果然不凡。

江南地區雖然冬日土地不上凍，卻也下雪，只是大多落地即化，氣溫明明遠比北方暖和，奈何冬雨霏霏、濕冷入骨，險些將自詡抗凍無人可及的沈成嵐撂倒。終於，在纏纏綿綿連著下了七天的細雨後，嘉寧府終於迎來冬日暖陽，寧王的儀仗也正式啟程，繼續南下前往福州。

第二十三章

元德三十年，初冬。

舟馬相繼，作別四季常青的福州，穿過冬雨漸涼的江南，當踏上覆蓋著殘雪的官道上時，沈成嵐裹緊身上的玄色大氅，忽地生出陣陣真切的近鄉情怯。

同樣身披玄色大氅的齊修衍，發現身側的一人一馬忽地落後了，當即勒了勒手裡的韁繩，待到兩馬齊頭並進，也不急著開口勸慰，反而就這麼放慢速度並駕前行。

春風六綠宮牆柳，齊修衍其間還有兩次回京述職的經歷，沈成嵐卻是闊別六年才再次得見京城冬雪。

「咱們應該比我爹他們先到吧？」眼前隱約可見的十里亭勾起記憶裡的熟悉感，沈成嵐低低吁了口氣，雀躍壓過情怯，眼裡也恢復往日的光彩。

福州港口經三年建成，又經過三年使用，基本進入穩定期，皇上便一紙詔令將寧王齊修衍召回京城。沈成嵐身為伴讀，終於也能回家了。

令人欣喜的是，鎮守在遼東府的祖父、父親和大哥也得到皇命，年底回京述職。對沈成嵐來說，這可是再世為人以來，第一個真正意義上的闔家團圓。

齊修衍也被沈成嵐由心底散發出來的雀躍所感染，眼角暈開淺淺笑意，篤定地嗯了一聲，道：「福州雖遠，但咱們動身早，這會兒沈老將軍他們許是才剛剛啓程。」

真巴不得一回府就能看到父親他們！

微微側首看了眼行駛在身後的馬車，沈成嵐稍顯紊亂的情緒漸漸穩定下來。

將她的轉變看在眼裡的齊修衍，默默嘆了口氣。對於未來二舅兄的影響力，他是認識得再透徹不過。再想到不久後就要見到的大舅哥，齊修衍忽然有種珍寶就要被人奪走的不妙預感。

此番回京，寧王率親衛先行，福州港今歲稅銀及貢品隨後由衛軍押運。這兩年來，福州港的稅貢每每刷新朝臣們的認知，或驚嘆、或豔羨、或嫉妒、或眼熱……不管怎樣，每到年底，來自福州港押送稅銀的隊伍都極受關注，今年因為寧王的關係更是備受矚目。

不過，得知太子親自來迎接，齊修衍還是小小意外了一把。

在抵達南城門外十里亭之前，沈成嵐已經和二哥調換坐回馬車，車廂隨著行進微微搖晃，沈成嵐透過芳苓打起來的車窗簾子，看了眼前面陣仗不小的迎接隊伍，清亮的雙眸陡然暗了暗。

天子腳下，繁華富庶，卻也最是危機四伏。

前來迎接的隊伍中除了太子，京中的兄弟們竟幾乎盡數到場，齊修衍看著以太子和榮王兩人為中心明顯形成兩大陣營的場面，臉上神情不動，心裡卻對父皇召自己回京有了更深一番思量。

十里亭終究不是敘舊的好地方，當然，在場除了早兩年回京的十皇子齊修明，其他人和齊修衍也沒什麼舊好敘。

宮中已經備下洗塵宴，一眾皇子們在護衛隊的嚴防警戒下被簇擁著向皇宮行進。進城後，身為伴讀的沈成瀾自然要跟著寧王進宮面聖，而沈成嵐則按照原計劃直接回景國公府。

沈成嵐早在啟程前就向家裡遞消息，馮大管家更是一大早就親自跟著馬車在南城門外候著，只是礙於盛大的皇家迎接隊伍不便靠近。這不，沈成嵐的馬車一脫身，他就急忙迎了上來，明顯增加魚尾紋的眼睛蓄著血絲，雙唇翕合著好一會兒才將將喚了聲「四小姐」。

沈成嵐也是一陣眼熱，礙於大街上說話不便，隔著車窗招了招手，馮大管家咧了咧嘴，動作迅捷地躥坐上另一側轅座。

沈成嵐心裡湧上來的傷感瞬間被馮大管矯捷的動作沖淡。

唔，六年不見，大管家面皮上看著是老了點，但身子骨依然不減當年啊！

進城後，牧遙就頂替寧王親衛駕駛馬車，看著馬車兩側的街景越發熟悉，尤其是一拐上景國公府所在的大街，不自覺地就加快驅車的速度。

馮大管家發現後當即出聲規勸，牧遙羞赧地拍了拍腦袋，放慢車速。沈成嵐聽到車外兩人的低語聲欣慰地挑了挑嘴角。

看來，這些年祖母對府中的約束甚嚴。

不管當初用了什麼由頭，沈家四姑娘當年離家之事也被街頭巷尾熱議許久，為了盡可能減少供人消遣的談資，沈成嵐本意是保持低調從東苑的側門進府。然而，還沒等牧遙甩鞭子，馮大管家就先一步開口阻攔，說老夫人已經帶著家裡人在正門等著了。

馬車將將停穩，沈成嵐就迫不及待地打開車簾子率先跳下來。

家中正門大開，先一步得到消息的祖母在眾人的簇擁下站在高高的門檻內，笑意盈盈地望著她。

邁步時繁複的裙裾阻力讓沈成嵐意識到自己現在的身分，縱然胸中的熱切幾乎要噴薄而出，腳下的步子卻越邁越穩。

「祖母，娘，我回來了！」沈成嵐輕撩裙襬，跪在祖母和娘親面前恭恭敬敬地行大禮。

許氏聽她開口的剎那就忍不住目光模糊了，堅忍如沈老夫人也是雙唇微微顫抖著，待她行完禮後，忙上前兩步將人給緊緊拽住拉了起來，再不捨鬆手。

沈成嵐此時也是淚眼漣漣，起身後習慣地一抬胳膊就用袖子蹭臉，剛蹭掉半張臉的眼淚，忽然暗道了聲「不妙」，再想去掏袖兜裡的絲帕已經晚了，下意識就藉著衣袖的遮掩偷偷瞄向娘親，心虛得像隻打翻油瓶的貓兒。

站在許氏身後的沈聿懷一個沒忍住輕笑出聲，緊接著眾人也跟著笑了起來。

被許氏佯怒瞪了兩眼，沈成嵐索性破罐子破摔，迅速將另半張臉的眼淚抹掉，熱絡地給三房和長房的長輩們問安。

沈三爺一房齊齊整整都來了，長房這邊卻只來了杜氏和庶長子沈思明一家。杜氏向來不待見院子裡的庶子庶女們，今兒能帶著沈思明一家算是難得了。

「妳大伯父帶著妳四哥、五哥進宮去了，正好能照應六郎。妳大姊昨兒還派人來打聽你們的行程，說是過兩日就要跟太子殿下討個賞，在太子府設宴讓姊妹們聚一聚……」

一路上只聽杜氏滔滔不絕地說著，尤其是話頭一扯到沈思清身上，大有綿綿不絕的架勢，話裡話外炫耀之意再明顯不過。

許氏緊抿著雙唇眼裡浮現不悅，就連沈老夫人的臉色也有些發沈。

沈成嵐扶著祖母手臂的手緊了緊，又扯了扯母親的衣袖，面上笑容不減地時不時捧著杜氏兩句。

進了二門，走過兩道穿堂，沈老夫人終還是不堪杜氏的喋喋不休，開口道：「好啦，嵐丫頭這一路也辛苦了，且先隨妳娘回去歇息吧，待晚膳的時候咱們再詳聊。」

許氏順勢應下，帶著沈成嵐告別眾人走向東苑。

二房母女一走，沈老夫人也免了另兩房人跟著，由楊嬤嬤和南溪侍候著返回壽安堂。

「大嫂，那我們也先回去了。」沈三爺同杜氏打了聲招呼，轉頭也帶著自己一房人離開。

前一刻還熙熙攘攘一群人，轉眼就散的散、走的走，杜氏站在原地臉色變了又變，最後剜了眼垂眸不語、站在原地的沈思明夫妻倆，甩手冷著臉走向南苑的方向。

姚嬤嬤在門房交代些事情，落後許氏和沈成嵐幾步，正好目睹大夫人甩臉子的過程，又默不作聲地打量了站在原地逆來順受的大少爺夫妻倆後，才穩步走往東苑。

這些年來沈成嵐的家書雖然從沒斷過，但終究隔了漫長的六年才得以重見，許氏方才在人前極力克制著，現下回自家院子，終於還是忍不住拉著女兒的手落下淚來。

沈成嵐向來最怕她娘掉眼淚，急忙在一旁溫言軟語地勸慰著，沒想到越勸眼淚越多，手足無措間見到姚嬤嬤從外面走進來，頓覺見到救星，一個勁兒地擠眉弄眼求助，破壞了姚嬤嬤也要暢哭一場的心情，就連許氏也被她這副模樣逗得破涕為笑，笑罵著將人趕去梳洗小憩。

回到家放鬆下來，疲乏頓時湧上來，沈成嵐草草洗漱一番就窩上床沈沈睡去，一覺就睡到傍晚，最後還是被姚嬤嬤給喊起來。

「哥哥可回來了？」沈成嵐睡意猶存地舒展著手臂，任由姚嬤嬤和舒蘭伺候著穿衣。

姚嬤嬤笑著回道：「回來有些時候了，現正在壽安堂陪著老夫人呢！」

說罷，見沈成嵐倏地瞪大眼睛睡意盡消，姚嬤嬤又忙著寬慰道：「姑娘莫著急，夫人替妳掐著時辰呢，老夫人也讓人傳話過來，說是開膳前過去就成，讓妳多睡會兒。」

沈成嵐又放鬆下來，正好看到舒蘭提著一件湖藍色的小襖往自己身上套，隨手捏了捏。「這襖子裡縫的就是蒼先生所說的棉花吧？」

這些年和蒼郁的書信往來從未斷過，他將白疊子改稱棉花並協助擴大規模種植的事，她是一早就知道，也見識過棉花縫製的被褥，但這棉花做成女孩的衣裳還是頭一次穿上身。

沈成嵐伸著胳膊活動了幾下，笑道：「輕暖又隨身，甚好！」

姚嬤嬤替她捋了捋衣角。「夫人可是做了好幾件呢，姑娘若是喜歡可以天天換著穿。」

沈成嵐輕柔地一遍遍撫摸著袖口細密的針腳，連連點頭。娘親這手女紅，即使她騎著汗血寶馬也追趕不上。

這些年來，魂牽夢縈牽掛著的一雙兒女安全歸來，許氏先後哭了兩場，這會兒眼睛還微微腫著，精氣神卻前所未有的飽滿，破天荒換了一件蜜合色繡金妝花褙子，就連壓箱底的那支嵌寶石金簪也戴上了，好不高調。

「娘，您這樣可真好看唷！」沈成嵐眼前一亮，三兩步竄上前去圍著母親轉了兩圈，作勢就要往人身上黏。

許氏眼疾手快將她抵在一臂之外，低低斥道：「哪個把妳慣得這般無狀，連親娘也敢調笑，還不快快隨我去見老夫人！」

沈成嵐饒是臉皮再厚，也覺得有些不好意思，只得笑嘻嘻地將腦袋靠在娘親肩上蹭了又蹭。

許氏被她弄得半點脾氣也沒，拉著人就往老夫人那邊去，剛走過穿堂進到壽安堂內院，遠遠地就聽到大夫人杜氏的聲音。

「……這些年你們都不在家，獨留妳娘一個人孤零零守著偌大東苑，尤其是逢著年節的時候，看著就讓人心疼，盼著你們能回來一、兩個……」

東暖閣裡，杜氏坐在老夫人下首一側，一邊說著一邊揑起帕子按按眼尾，眼神時不時打量著坐在老夫人身邊被緊緊抓著手的沈成瀾，越看心頭越酸。

聽說寧王殿下為了十皇子的學業，三顧茅廬將隱士大儒東霖先生請進福州寧王府，再加上十皇子身邊的侍講學士薛珣，這樣的良師不知讓多少學子心羨嚮往，二房的六小子可是跟著沾了大光，瞧瞧這通身的氣派，哪裡還有六年前荒唐不羈的影子！

想到這兒，杜氏的眼角餘光就不由得掃到那些庶子身上，心口越發覺得堵得慌，到嘴邊的話也跟著酸了幾分。

剛要再開口的時候門簾子就掀了起來，只見沈成嵐挽著母親的手臂施施然走進來，薄施粉黛的小臉淺笑嫣然，一開口嗓音俐落清脆。「大伯母所言極是，雖說忠孝兩全難，但不能承歡於母親膝下盡子女的本分，的確是我們兄妹三人不孝。幸而王爺寬和仁善，准許哥哥這次回京後就留在家中安心讀書。」

聽到這個消息，沈老夫人和坐在下首另一側的三房眾人俱是滿臉高興。

沈三爺朗然笑道：「這可太好了，國子監的梁祭酒甫上任那會兒，父親就已經打過招呼了，離京前還向皇上討了三個監生的名額，可惜妳三哥是個不爭氣的，險些平白浪費了一個。」

像景國公府這樣頗有功勛的股肱重臣之家，朝廷會恩賞其子孫監生的名額，但數量也不會多，景國公厚著臉皮討來三個，一開始就講好了，三房一家一個。二房只有兩個嫡子，沈成瀚自幼從武，這個名額自然是留給沈成瀾。三房只有沈聿懷一個，他又無心功名，院試後就幫著三老爺打理庶務，監生的名額也就一直閒置著。長房的哥兒不少，但嫡子就沈思成一個，奈何他反反覆覆考了五、六次，今年上半年才勉勉強強過了童生試，沈大爺可不敢奢望他能在院試中出人頭地，早早讓他頂了蔭生的名頭進了國子監。

三叔雖然這麼說，沈成嵐卻聽得出他並沒什麼遺憾，笑哈哈道：「三哥志不在此，真一頭扎在書堆裡反而才是浪費。」

「還是四妹懂我！」沈聿懷托著茶碗對她舉了舉，眼角眉梢盡是疏朗的笑意。這些年，他們兄妹之間書信從未斷過，沈成嵐對府中情形知之甚詳，其中最大的功勞當屬於他。

自從當年沈成嵐被選為三皇子的伴讀，二房和三房之間就越發親近起來，只是這些年來二房院子虛空，三房也無甚出色之事，故而長房還沒覺得怎樣，現下隨著沈成嵐兩兄妹歸家，沈成瀾更是在福州隨學期間連奪兩元。

眼見著來年就要參加會試，沈大爺雖然占著世子的名分，現下心裡也很不是滋味，但一想到院裡那兩個已有了秀才功名卻秋闈落第的庶子，咬咬牙還是開了口。理由無他，只是為了府裡那兩個閒置的監生名額。

沈成瀾如今已是舉人，沈聿懷也沒有重新下場考試的打算，兩家自然沒什麼顧慮地就將名額讓出來。心心念念惦記許久的東西到手了，本應該高興，但過程實在是太輕易，反而讓沈大爺的歡喜打了不小的折扣。

坐在他身畔的杜氏在衣袖下狠狠擰住帕子。自從沈思明和沈思南考取秀才，這些姨娘就隱隱有些不安分，而今再有監生的身分，恐怕更不易拿捏了。

這些年來長房能壓制另外兩房一頭，憑藉的無非是景國公府的世子之位和身為太子側妃的大小姐沈思清。但這些年來太子府的後院新人不斷，聽說不僅是兩名側妃，就連良媛和承徽的名位幾乎也都滿了，而沈思清膝下如今只有一女，在太子府的處境可謂自顧不暇，別說額外照拂娘家，恐怕更需要娘家的支援。

沈成嵐兄妹今天剛到家，晚膳的時間並不長，結束後老夫人就讓幾房人散了。沈聿懷得了沈成嵐的眼色跟著來東苑。

「這兩年祖父和二伯在遼東府戰功不斷，二哥也接連擢升，寧王在福州闢建海港、開通海運，皇上數番嘉獎，還連帶著誇讚了妳輔佐有功，長房不知是不是得了咱們那位好大姊的叮囑，這兩年在外人面前有意親近，所圖再明顯不過。」

「太子膝下雖然還沒兒子，可後院裡的女人越來越多，說不準哪個就踩了福氣。再說了，太子也不是長情之人，色衰愛弛，大姊著急也是常理。」沈成嵐帶著三哥進小書房，指了指貼牆放著的好幾個朱漆大箱子。「臨行前正好趕上一趟商船靠岸，我就揀了些新奇的玩意兒，待會兒讓牧遙帶人幫你拿回去，給嬸嬸和三姊充一充箱底。」

沈聿懷圍著箱子走了一圈，嘖嘖稱奇。「不愧是寧王殿下的左膀右臂，出手就是不同凡響！」

增墾屯田、開闢海港、發展海貿，這一項項舉措實施下來，軍糧倉日益充盈，大把的銀子更是源源不斷地流入皇上的內庫，如今放眼大昭，論誰是最能賺錢的人，非寧王莫屬。

沈成嵐早習慣三哥的插科打諢，況且這些年跟著齊修衍，她也的確攢下不少私房錢，不光三叔一家有這麼幾大箱子的禮物，祖母和娘親內堂裡這種同款的大箱子更多。

待舒蘭送上熱茶後，沈成嵐屏退左右，湊到三哥身旁坐下，壓低聲音問道：「家中現下情形如何？」

沈聿懷嘴角勾了勾，眼裡閃過明顯的得逞之色，也跟著放低聲音，道：「按妳的交代，長房那邊我一直緊緊盯著，情形與之前告知妳的沒什麼大出入，只是從中秋前後開始，大伯母接連放出好幾筆印子錢，數目不小，絕不是長房能拿得出來的。」

「你是懷疑……」

沈聿懷點了點頭。「盯著那邊的人回報，這幾筆銀子每次放出去前，大伯母都和大姊身邊的奶嬤嬤碰過面，多數是在城外的道觀。」說罷，又蘸著茶水在桌上畫了個大概的銀錢總數。

沈成嵐看到數目，意外一愣。「這麼多？」

「的確是太多了。」沈聿懷神色一肅。「正是因為數目巨大，我不便在書信中明說，只能等妳回來。這件事，恐怕要稟報王爺。」

數額如此巨大的銀錢，即使是太子側妃，沈思清恐怕也拿不出來，如果不是她巧立名目舞弊而得，那很可能與太子有關……

「這兩年長房那邊雖然有意與咱們走近，但也是在外人面前而已，在府裡與早些年沒什麼太大的差別，尤其是老四，越發倨傲且沒規矩。這不，明知你們今天回來，仍出去參加什麼詩會。」說起長房，沈聿懷的兩道濃眉越蹙越緊，當年沈成嵐離家前，要他隨時注意長房那邊的動靜，他本來還覺得沒什麼必要，可這些年下來，越發覺得必要。

「太子府的後院始終不安穩，滑胎、夭折的孩子沒有十個也有八個，就連大姊，在懷敏姊兒之前也落了幾次胎。可這麼些年過去，太子妃膝下猶空，大姊不僅有了敏姊兒，還穩穩攥著協理府務的權力。」齊修衍在京城安插的探子神通廣大，是以對太子府內院的秘辛，沈成嵐知道的比沈聿懷要多。

沈聿懷聽著這些內宅秘辛不斷咋舌，暗想太子府的消息瞞得夠嚴實，就連大姊曾經小產的事，他也是頭一次聽說，與此同時也更驚心於寧王的手段，再看看眼前面龐仍然稚嫩卻眸光沈靜、氣定神穩的少女，心中頓時恍然，片刻後低低喟嘆道：「寧王殿下對妳倒是坦誠，只是……不知到底是不是福……」

對於四妹和寧王的關係，沈聿懷不是沒有那方面的猜想，出於自欺欺人也好，自覺無力也罷，始終沒有出口求證過，但闊別多年兄妹再重逢，這一刻他突然就忍不住了，語氣頗為沈重道：「若只是為了家裡，妳不必如此犧牲。」

多年兄妹，沈成嵐立刻明白他話裡的意思，臉上的肅穆霎時消散，不懷好意地對他眨了眨眼。「三哥，你真想多了，事實正好相反。」

相反？

完全出乎意料之外的答案狠狠給了沈聿懷一擊，他睜大一雙眼睛努力回憶當年。呃……自己這個妹妹在寧王面前的確是挺狗腿的，當年自己怎麼就沒看出來呢？這丫頭那時候才多大啊？

「妳，妳開玩笑的吧？二哥知道了，非得打斷妳的腿。」沈聿懷此時無比慶幸，六弟在寧王一行抵達福州後也跟過去，這個念頭一起，腦子裡咯噔一聲。「小六知道妳……嗎？」

這幾年在福州，他們兄妹倆時常互換身分，以沈成瀾的細膩心思和敏銳的觀察力，應該早看出四妹的「別有用心」。
看到沈成嵐點頭的一剎那，沈聿懷眼前緩緩閃過四個大字：果然如此。
送走沈聿懷，沈成嵐直接回正房主屋，拖著娘親的手臂好一陣閒話家常，沒一會兒沐浴洗漱過後的沈成瀾也過來請安。
時隔六年，母子三人再團聚，許氏看著眼前初長成的一雙兒女，終還是沒忍住再度落下淚來，這次卻不同以往，是喜極而泣。四年前接到家書，得知成瀾跟著雲清道長也到了福州，自此兩兄妹可以就近彼此照應，許氏心裡的煎熬才減輕些許，隨後幾年成瀾考學的報喜家書連番傳回，更是徐徐撫慰她心底的焦愁。思念在所難免，但確定孩子們在外一切安好，對許氏來說日子就不那麼難熬了。
數年調養下來，沈成瀾的身體基本算得上健康之列，但經過半個多月兼程趕路，加之一整天的折騰，再健康的人也要吃不消，許氏忍著心中不捨將人攆去休息。
「娘，快來床上！」沈成嵐窩在厚實的棉被裡，腳底下踩著個湯婆子，身前還抱著個湯婆子，笑嘻嘻催著許氏。
寢房裡早早燒上地龍，另有火牆熏爐，室內很暖和，許氏屏退值夜的丫鬟，解下床幔，就著微弱的燭光鑽進沈成嵐急不可耐掀開了一角的被子，熱氣裹挾著另一個人的體溫瞬間將她包裹住，數以千計個孤夜侵蝕入骨的寒冷在這一刻間消融。

許氏悠悠長嘆了一聲，抱住自己旅歸的孩子，沈沈睡去。

沈成嵐這一覺也睡得格外酣沈，醒來時竟已辰時過半，聽到動靜的姚嬤嬤攏起床幔，招呼小丫鬟伺候她洗漱梳妝。

「哥哥呢？」沈成嵐走進飯廳，見只有娘親一個人在，出聲問道。

對沈成瀾來說，晚起這種事是絕對不會出現。

許氏看著她在自己身邊坐下，一邊盛粥一邊笑道：「早早用過飯就和懷哥兒一起出門，說是去城北的學堂看看。」

沈成嵐了然地點點頭，昨晚聽三哥提過一嘴，說是商懷言商先生已經回京一年多，東霖先生與他是故交摯友，哥哥自然要去拜訪。這次東霖先生沒有跟著他們一同進京，會試在即，想來先生是有意託付商先生指點自家哥哥。

「夫人，小姐，門房來報，說是太子府來人遞帖子，一定要親手送給小姐。」姚嬤嬤稟道。

許氏聞言眉頭輕蹙，吩咐將人帶去前廳候著，隨即低聲和沈成嵐說：「妳繼續吃妳的飯，我先過去瞧瞧。」

來人畢竟打著太子府的旗號，總不好明著怠慢。

沈成嵐點了點頭，依言不急不緩地繼續用著早飯，約莫兩刻鐘後，才施施然來到前廳。

來人是個中年嬤嬤，一身簇新的赭色緞袍，身後站著個面容嬌秀的小丫鬟，見到沈成嵐進門後當即起身福了一禮。

沈成嵐掃了眼她矜持的膝彎弧度，輕勾著唇角徑直越過她，走到許氏身邊坐下，然後才慢條斯理地開口免禮，卻沒有半句賜座的意思。

霎時間，這中年嬤嬤站在原地，只覺得尷尬和羞憤。

許氏將她閃逝的神色盡收眼底，心下冷哼一聲，面上卻不顯分毫，從旁溫聲提醒道：「嵐兒，妳可能離家太久不太記得了，這是妳大姊身邊的奶娘黃嬤嬤，說起來，也是咱們國公府的老人。」

沈成嵐配合著娘親的話神情變了變，雖然稱不上熱絡，但態度明顯緩和不少，開口讓座並吩咐人再上壺熱茶。

黃嬤嬤躬了躬身，言行間明顯放低姿態，出門前主子再三交代，定要把事給辦成了。未免言多有失，忙上前將帖子雙手奉上。

沈成嵐接過帖子隨即打開來，從這個角度她和娘親都能將上面的內容看得清清楚楚。淺青色的浣花箋上是字體娟秀的簪花小楷，沈思清自小習練，從筆力上看，應該就是她親筆。

浣花箋不大，但沈思清不負才女之名，短短一篇字生生寫出紙短情長的意思，若是讓不知情的旁人看了，非得感動於她們的姊妹情深。

「打從得知四小姐您要回來的消息，娘娘就日日掛念著，若不是年底府務太忙抽不開身，娘娘昨日就回國公府來親自迎您了……」黃嬤嬤臉上陪著笑，小心翼翼地打量著沈成嵐的反應。

這位四小姐年少離家，對於她的脾性實在是不了解，只是從通身的氣派和方才的舉動來看，應是不太好相與之人，完全不肖許氏的溫婉和善。

聽聞她那位好大姊對自己的深刻惦念，沈成嵐莞爾一笑。「有勞大姊如此掛念，我本也打算近日就去看望大姊，想著現下正年底，大姊一定忙得抽不開身，稍後遞上帖子看看哪日得空再過去相見呢。」

黃嬤嬤臉上的笑意更甚，忙開口道：「府務再忙也不耽誤姊妹相聚，娘娘一早就準備了，您這邊方便的話，下晌就接咱們國公府的姑娘們一塊兒過去聚聚。」

「我自然是方便的。」沈成嵐答應得很乾脆。「不過，派人來接就不用了，家裡現下就我和三姊、五妹在，稍後我們自己過去就行。」

黃嬤嬤一聽忙不迭應下，隨後藉口說還得去南苑那邊走一趟便起身告退。

廳上一時只剩下她們母女二人，許氏看著桌上那張淺青色的浣花箋開口道：「這麼急著找妳上門，我總覺得心裡不踏實，咱們還是先去和老夫人商量商量吧？」

對於沈思清在太子府的處境，許氏知道得不多，沈成嵐卻是再清楚不過，也私下傳密信告知過老夫人，但為了不讓娘親過於擔心，沈成嵐還是順著她的意思點頭應下，順便讓舒蘭將三姊也請到老夫人那邊去。

景國公府裡，沈成嵐這一輩的女孩子並不多，二房和三房各就沈成嵐、沈聿華一個，長房除了嫡女沈思清，還有兩個庶女沈思瑗和沈思璿，沈思瑗已於兩年前出閣，現只有和沈成嵐同歲的沈思璿待字閨中。和沈思瑗不同，沈思璿是自小被養在杜氏名下，頗得杜氏歡心。

壽安堂的東梢間裡，三夫人孟氏陪著女兒一同過來，聽聞下晌沈思璿也要跟著一起去太子府，臉色頓時就陰沈下來，見屋裡沒有旁人在，便沒什麼顧忌地開口道：「璿姊兒自小養在大夫人名下，也不知是不是受了清姊兒的影響，人不大，心氣卻是越發高了，作派也越發肖似，早前那場中秋詩會上兩個學子大打出手，影影綽綽聽說還和她有關。嵐丫頭剛回來，我家華兒又是個老實的，咱們這兒沒外人我才敢說，我是真不放心她們走這一趟！」

沈思璿以長姊為榜樣，繼續走才女的路線，明裡暗裡招惹多少桃花債，沈成嵐早從老夫人那裡知道不少。其間老夫人也不是沒出手過，不出意外，長房大老爺和大夫人執意袒護，老夫人便順勢收回手，背後自有用意。若說代價，就是多多少少耽誤二房和三房兩房孩子的親事，尤其是十六歲的沈聿華，正是議親的時候。

「要不，妳們妯娌倆去做一回不速之客？」沈老夫人笑看著坐在一起的許氏和孟氏兩人。「我看啊，將來這兩個丫頭出嫁了，妳們也要一塊兒跟過去才肯放心！」

老夫人這是明晃晃的揶揄，沈成嵐忍不住噗哧笑出聲來，緊挨她坐著的沈聿華也捂著嘴輕笑。

沈成嵐這些年在外歷練自不必說，就算是沈聿華，雖然不常在外走動，但也跟著父兄學習打理商鋪數年，不說人情練達、處事圓融，識人和隨機應變的能力還是有的。許氏和孟氏總是放不開手，只能說是關心則亂。

妯娌倆鬧了個臉紅，不過老夫人的態度還是給她們吃了一記定心丸。

午飯前，沈老夫人讓楊嬤嬤將沈思璿也喊來，同沈成嵐、沈聿華一起在壽安堂用了午飯，又耐心叮囑一番，而後由馮大管家親自送三姊妹前往太子府。

「小姐，多寶送來消息，說是太子今日在府中設宴，給王爺接風洗塵，其他的皇子們也都會出席。」臨上馬車前，舒蘭避開眾人輕聲稟道。

沈成嵐腦海中靈光一閃，低聲問道：「哥哥也在受邀之列？」

舒蘭輕輕頷首，沈成嵐頓時明白沈思清為何急匆匆給自己下帖子了。齊修衍如今在皇上跟前極有臉面，連帶著他的伴讀也備受皇上讚譽，沈思清這是急於顯示和娘家的親密。不過，這是急於顯示給眾皇子及眾皇子背後的人看呢，還是顯示給太子府的其他人看呢，抑或是顯示給太子看呢……

平穩行駛的馬車裡，沈成嵐垂眸反覆琢磨，不管沈思清是出於何種動機，追根究柢都反映出她的處境比自己已知的還要嚴峻。

景國公府距離太子府並不算很遠，兩刻鐘後，馬車穩穩停在太子府的西側門，沈成嵐這些年穿女裝的機會雖然不多，但有貴妃娘娘留給齊修衍的心腹在，沈成嵐的規矩禮儀，即使放在皇宮內也是無可挑剔。

黃嬤嬤奉命在側門外恭候，將沈成嵐的舉止看在眼裡，心裡不由得一陣發緊。先前在國公府被四小姐那般對待，她還暗忖是因為養在外面桀驁不諳禮數的緣故，現下一看哪裡是禮數的問題，分明是有意敲打。想到此處，黃嬤嬤的眼色頓時暗了暗，態度越發恭謙了。

太子府的這場晚宴，是給寧王的接風宴，也是一場家宴，因而就沒有男女分席。酒宴就設在府中的液池小築上，三面梅林環繞，一面放眼望去是開闊疏朗的湖面，觀看各種冰嬉表演再合適不過。

齊修明和沈成瀾分坐在齊修衍身側和身後，打量了一番周遭後低喃道：「太子哥哥倒是十分懂得享受。」

這些年他跟著三哥在福州，不說旁的，單是修建寧王府和福州港兩個大工程淬鍊出來的眼力，也能將眼前這處小築所耗費的銀錢估算個大概。

齊修衍不動聲色地將目之所及打量一圈，視線尤其在幾處裝飾用的太湖石上多停駐了須臾，而後拿起酒杯抵在唇邊淺啜一口，壓低嗓音提醒道：「這麼好的酒菜在別處可不容易吃到，你還不好好享受。」

齊修明撇了撇嘴，然後倒還真的認真埋頭吃起飯來。

酒席過半，看著坐在上首兩側的太子妃和蕭側妃，眼神飛快掃過沈成瀾的方向，九皇子出聲問道：「大皇兄，今日家宴怎不見沈側妃？」

往日裡大宴小宴，太子總將沈側妃帶在身邊，今兒沈六少在宴上，她反倒沒出現，實在稀奇。這些年隨著寧王在南邊越來越風光，沈家這個伴讀也跟著風頭漸起，甚至在皇上跟前也得了臉面，幾次提及都是讚譽欣賞。

太子隨興地半靠在座椅裡，大半精力被冰湖上的表演吸引，聽到九皇子的話笑了笑，道：「趕巧景國公府上的幾位小姐今兒也過來了，難得姊妹相聚，孤特准她們自擺了小宴盡興。」

席上眾人聞言都是一副了然的神色，至於心裡怎麼想的就各不相同了，但也沒人再就此事多說什麼。

反而是坐在太子一側下首的蕭側妃輕笑出聲，站起身嫋嫋走到上座近前執壺親自替太子斟滿杯盞，柔聲道：「打從知道沈四小姐要回京的消息，沈姊姊可就翹首盼著了。今兒是家宴，沈姊姊的妹妹們說起來也不算外人，沈姊姊想來也極是惦念著六少爺，不若將姊姊她們一同請過來如何？」

齊修衍聞聲蹙眉，目光迅速掃過太子和太子妃，想到午前沈成嵐遣人送過來的條子，不由得佩服她的先見之明。

「哥哥……」齊修衍沈得住氣，齊修明卻坐不住了。

沈成瀾藉由斟酒的動作，傾身過來低聲勸道：「十爺且寬心，尚在預料之中。」早前接到隨行赴宴的旨意後，他回家梳洗換衣，得知大姊也在今日設宴，兄妹倆細細揣度各種可能，眼下的情形恰好在列。

齊修明聞言心下稍定，轉而就聽到上面傳來太子朗然大笑的應允聲，立刻就有內侍告退下去傳話。

「聽說沈四小姐最近幾年就住在福州，想來應該和三哥很熟悉吧？」五皇子端起酒盞敬了敬，話音聽起來很是隨意率性，可臉上的那抹笑卻怎麼看都有種盡在不言中的意味。

齊修衍卻半分面色也不改，端起酒杯回敬，坦然不諱道：「以我和成瀾的情誼，照顧四妹自然是責無旁貸。況且四妹身手不凡，於練兵及排兵布陣方面更是頗有見地，相較於我的那點關照，反而是她幫助我更多。」

座上眾人臉色俱變，太子放下手裡的酒盞，坐正身體肅然道：「王府衛軍雖然是你的私軍，但怎可隨意讓一內閣女子隨意插手？三弟，你實在太胡來了，若是讓父皇知道定要惱你！」

其他幾位皇子也紛紛出聲附和，或添油加醋，或假意開解，漸漸竟分作涇渭分明的兩派，儼然如朝堂上議政時的架勢一般，反倒把齊修衍這個話題正主給扔在一旁。

沈成嵐過來時看到的就是這般情形，席上眾皇子唇槍舌戰，齊修衍帶著十皇子和二哥靜靜坐在一旁吃吃喝喝，簡直像是被排斥在外卻自得其樂。

爭議話題的關鍵人物到場，眾人的爭辯戛然而止，各自正了正衣襟端坐，無論剛才掐成什麼樣，現在又都是驕矜的鳳子龍孫。

沈成嵐半垂著頭將他們的反應看了一圈，緊抿的嘴角還是忍不住彎了彎，而後端正地逐一行禮問安，輪到齊修衍的時候也是一視同仁沒有半分不同。

沈思清婉拒了蕭側妃的讓座，請示過太子之後，在寧王身後加了幾個席位，沈成嵐跟著入座，旁邊挨著的人正好是她哥哥。

恰好歌舞聲再起，沈成嵐看了眼沈思清坐姿端正的背影，稍稍傾身低聲問道：「剛才是怎麼了，隱約聽著像是提到我。」

沈成瀾眼角餘光掃過前面的寧王殿下，心裡無奈地嘆了口氣，輕聲地將適才的情形簡要概括說給她聽。

大昭不乏女將軍的先例，沈成嵐想要在軍中發展，眼前這些人的關總是要過的。

忽地，沈成瀾臉色一變，素來溫潤的眉眼竟聚上薄薄的慍怒。

沈成嵐被他突然的轉變弄得丈二金剛摸不著頭腦，急急低聲問道：「哥哥，你怎麼了？」

問話時不由得又看了齊修衍的後背一眼，除了脊背繃得筆直，別的再看不出有什麼變化，但沈成嵐就是感受得到他引而不發的怒氣。

齊修明似乎也察覺到了，同樣納悶不解地看向她求問，兩個一頭霧水的人一時間只能大眼瞪小眼。

「這曲子……唱的是皇英二妃！」沈成瀾眉眼間的慍怒已盡數收斂，壓低嗓音給妹妹解惑，感受到幾方投注過來的目光，咬字越發狠切。

沈成嵐都替他擔心把牙給咬碎了。

齊修明的座位緊挨著沈成瀾，自然也聽清他的話，頓時變了臉色，隨即察覺到不妥，登時一張俊俏的臉憋得通紅。

沈成嵐見狀沒心沒肺地低笑，須臾間收到十皇子和親哥哥四目怒瞪，本打算解釋兩句讓他們消消氣，可還沒來得及開口就聽到對面傳來六皇子的大嗓門。

「適才聽三哥說，沈四姑娘身手了得，巾幗不讓鬚眉，不知道今天是否有幸讓大家開開眼界？」

七皇子聞言也出聲附和道：「正是，咱們大昭以武立國，父皇聖明，吾等兄弟生於盛世、長於盛世，卻也不能只耽於詩文歌舞，墮了男兒骨血裡的錚氣！」

話音未落，太子連聲稱讚。「說得好！」

七皇子和八皇子等人也附和贊同，看向沈成嵐的目光愈加熱烈兩分，先提議的六皇子卻沈下臉，憤然想要再開口，卻被二皇子的一個眼神給攔下來。

眾皇子在御書院雖然也學習騎射，但目的只在於強健身體，並不精通，二皇子更是因為體弱而偏於文課，與他走得近的六皇子、九皇子等人自然也投其所好，漸漸地，與尚武的太子一派分歧越發顯著。

文武相輕，自古有之，但對在座的這些鳳子龍孫來說，不過是披在奪嫡之上的外衣罷了。

當今皇上銳意復疆定邊，不說輕文但絕對比先帝重武，這也是很大一部分精於揣度聖意的朝臣們傾向太子的原因。

一個切合聖心，一個素有賢名，在遠離京城的這些年裡，太子一派和二皇子一派的對峙竟已經明朗化到這種程度了嗎？

沈成嵐著實覺得有些意外，不過，她是不會傻到跳出去，見太子和二皇子都看向自己，施施然起身福了一禮，開口道：「多謝太子殿下和諸位殿下的抬愛，臣女不才，和師傅所學的拳腳刀劍多為禦敵防身，戾氣稍重而柔美不足，實在不敢在宴上掃興。不過，臣女五妹於劍舞頗有小成，或可請諸位殿下多多指教。」

來年二月是太后的整壽，沈思璿為了御前獻舞可是沒少苦練，昨兒她剛回來，大伯母就在她面前一提再提。這不，現在正好給沈思璿一個展示的機會。

沈思璿唇邊掛著淺笑驀地一滯，目帶猶疑地看向長姊沈思清，心裡一陣糾結。她苦練劍舞數年，無非是想藉太后的千秋宴在皇子們面前嶄露頭角，現下的情形雖然場合不同，但最後目的卻是一樣。

將沈成嵐的坦然自若、落落大方看在眼裡，沈思清一時也有些猶豫不定，尤其是看到太子臉上明顯浮現出來的興趣，心裡更是不甚舒服，思緒飛速轉動須臾就有了決斷，可不等她出聲，上座的太子卻等不及先一步開口。

沈思璿神思一定，盈盈起身應諾，又和長姊打過招呼後先行下去換裝做準備了。

轉移了眾人的注意力，見沒自己什麼事，沈成嵐福了福身，又坐了回去。十皇子藉著酒盞的遮掩對她擠眉弄眼，沈成瀾的神色也再度恢復釋然。

沈成嵐看著被內侍端到自己桌上的翠玉豆糕，眉眼彎彎地朝齊修衍道謝。「多謝王爺賞賜。」

齊修衍轉過身抬了抬手，眼裡也閃動著笑意。

沈思清將他們的互動看在眼裡，眉頭微微蹙起，以至於在沈思璿表演劍舞時也看得分神。三皇子如今聖眷正濃，封地賦稅更是隨著福州港的開通而豐厚，若是能藉由娘家的姻親而拉攏到太子這一邊，那無論是在太子面前，還是在府裡，自己的地位必定能更穩固，只是，這結親的人選若是五妹就更好了……

心隨意動，沈思清的目光在三皇子、沈成嵐和沈思璿之間反覆遊走，忽地掃到上座太子專注的神色不由得心底微驚，目光閃動間倏地對上看過來的太子妃，對方眼裡若有似無的譏嘲陡然讓她一凜，眼睛牢牢鎖在太子和沈思璿之間。

無可置疑，沈思璿的劍舞是極出色，曲終劍歸鞘的剎那，專注觀看的人無不覺得意猶未盡，太子領頭鼓掌，還當場賞賜，東珠錦緞自不必提，甚至還賞了一柄玉如意。

第二十四章

景國公府，東苑。

「太子這賞可是忒重了些……」許氏聽完沈成嵐兄妹倆的描述，沈吟片刻猜度道：「太子莫非動了那般心思？」

自太子冊封以來，太子府的內院就新人不斷，不管太子在其他方面的風評如何，好美色這頂帽子卻是實實在在的。

不過，只要不牽扯到自己的女兒，許氏的心就安穩了。

「很有可能。」沈成瀾笑著嘆道：「幸而小妹機靈，否則可能就要有些麻煩了。」

說得好像自己人見人愛似的。

沈成嵐被娘親和哥哥弄得哭笑不得，以她對太子在宴會上的表現來看，對自己應該是沒有那個意思的，只是……

「王爺應該已經派人去查探，那首皇英二妃的曲子是原先就安排上的，還是臨時增加的。」

沈成瀾頷首。「咱們耐心等候消息便是。若是有人故意為之，所圖必不良善。」

許氏擱下手裡的茶盞，笑意盡斂的面容帶著幾分不屑。「再弄個沈家女進太子府，固寵還是分寵，端看手段。咱們那位太子妃殿下，可是極不簡單。」

沈成嵐大感意外地愣了愣，回過神後對她娘豎了豎大拇指。「人都說英雄所見略同，娘，您和寧王殿下可是想到一處了！」

齊修衍對太子妃做出如此推斷，一來是多了一世的經驗，二來是這些年來暗中關注太子府的消息。

而許氏呢？全憑自己所察，基於這一點，沈成嵐覺得自己的娘親更勝一籌。

被這麼一誇，許氏臉上的冷峭盡消，佯怒瞪她一眼。「誇人也不忘帶上王爺，心真是偏得沒邊了！」

沈成嵐靦覥地笑著蹭到母親身邊捶肩獻殷勤，好聽的話張口就來。「女兒的心本來就是偏的，不管到什麼時候都是偏著娘您這邊的……」

許氏嘴上說著不信，嘴角卻越挑越高，擺明很受用。

沈成瀾端起茶盞，一邊品著茶，一邊無奈笑著搖頭。

寧王也好，娘親也罷，都是極吃妹妹這一套。

翻過年來二月初就是會試，沈成瀾只在回京第二天去過城北學堂後，就閉門謝客、專心備考了，寧王府查探的消息還沒傳過來，宮裡的旨意就先一步到府了。

皇上宣召寧王及其伴讀到御前，頂著景國公府六少爺名頭進宮的自然是沈成嵐。

齊修衍已經奉旨入朝觀政，沈成嵐雖然沒有隨侍上朝的資格，卻也早早出家門，快到宮門口的時候一眼就看到候在距宮門百尺外的寧王府馬車。此時正是趕早朝的時候，沈成嵐無官無爵，沒有騎馬或乘轎的資格，一路是走過來的，不過她只是看著身形偏瘦，實則根骨強韌，走一段路罷了，實在算不得什麼。

「天這般冷，妳怎也不帶個手爐？」沈成嵐一出現在視線範圍之內，齊修衍就從馬車裡出來了，待到她走上近前行禮才虛扶一下，藉機探了探她的手，觸及指尖一片涼意，頓時眉心輕蹙起來。

別看她自小習武，可手腳常年都是微涼的，儘管數個大夫都說體質如此，並無大礙，齊修衍卻年年盯著她注意保暖。

沈成嵐眉眼彎彎地接下多寶遞過來的小手爐籠在衣袖裡，落後半步跟在齊修衍身側一同往宮門方向走。「王爺不用擔心，我在裡面多穿一層絮著新棉的夾襖呢，一點也不覺得冷。」

齊修衍眸光和緩地整了整大氅，朝服之下，他的身上也穿著絮棉的夾襖，貼合著前胸後背，暖暖的，寒風侵不透。這是在他回京前，沈夫人就先一步遣人送過來，除了兩件棉夾襖，還有不少針腳細密的厚實鞋墊，墊在朝靴裡，即使走在積雪的路上也不會覺得寒意侵上雙腳。

身側這人來了，溫暖也跟著來了。

託沈夫人的愛屋及烏，齊修衍這些年受益匪淺，心裡也早將她視作母親一般。

「一會兒我去上朝，會有司禮監的內侍帶著妳去右順門等候，少不得要等上兩個時辰，我備好打賞，妳悄悄遞給替妳引路的內侍，他自會帶妳去個避風的地方。」齊修衍塞給她一個看起來很不顯眼的荷包。

「我身上帶著呢！祖母、娘親、哥哥，還有三哥都給我預備了。」嘴上這麼說，沈成嵐卻絲毫沒有推拒地將齊修衍塞過來沈甸甸的荷包收進袖袋。主動送上門的銀子，她一向是來者不拒。

事實上，寧王府的產業早就是她和齊修衍在共同打理，憑著她的手信和對牌就能無限制調用府庫，無須再請示齊修衍。

在宮門驗過腰牌，群臣分作文、武兩班隊伍，齊修衍隨著太子和幾位同樣入朝觀政的皇子們站到隊伍前走往奉天殿，沈成嵐則跟著一個身著盤領窄袖衫的內侍往另一個方向走。

右順門是一座屋宇式大門，朱漆高柱，除了有供皇上處理政事的便殿，還有供給事中輪值的值房，以及一處面闊三間的朝房。因為齊修衍那個香袋的打賞，沈成嵐被安置在一處抱廈裡，距離便殿不遠不近。

現在是年底大盤帳的時候，沈成嵐前腳進京，後腳寧王府莊園處的管事就把帳目送到她手裡。她對數字很敏感，看帳也快，只半天的時間就把總帳看一遍，心裡對王府轄下各處產業的狀況大致有數，趁這會兒正好做些調整。

一個身著石青色內侍服的小黃門送來一壺熱茶退出去後抱廈裡就再沒人打擾，沈成嵐本來還一心二用，分神關注外面的動靜，漸漸就專注在王府庶務上，等到被由遠及近的腳步聲打斷時，已經是兩個時辰之後。

「沈六公子，皇上已經下朝，請隨咱家去覲見吧。」說話的人一身盤領窄袖衫，頭上戴著烏紗描金的曲腳帽，笑容殷善。

沈成嵐定睛一看，竟是熟人。

「有勞查公公了。」沈成嵐拱了拱手，由他引著走出抱廈，低聲寒暄道：「多年不見，公公一向可好？」

查公公脊背微躬，臉上的笑意真誠，連聲應好。當年幾位皇子擇選伴讀，就是他到景國公府上宣旨。此後也有幾次見面，現在再見到，不管是容貌還是氣質，都更勝以往。

時間和場合都不合適，兩人也顧不得多寒暄，穿過一重穿堂後，查公公停在小軒門外，躬身斂袖出聲通稟。「啟稟陛下，沈伴讀帶到。」
須臾，門內傳來一道嗓音略高的通傳。「宣——」
沈成嵐對側身躬立的查公公點了點頭，抬腳走進去。
離京這六年間，齊修衍尚且回京兩次述職，沈成瀾更是因為參加考試回來過三次，沈成嵐卻是一次也沒回來過。
幸好，二哥前些次回京並沒有機會面聖。
沈成嵐再一次暗道慶幸，面對皇上時態度更為恭謹。
「學生沈成瀾，叩請陛下聖安！」
元德帝眼皮抽了抽，隨即抬手示意道：「起身吧！郭全，賜座。」
沈成嵐沒有立刻謝恩站起來，而是微微抬頭看著一張太師椅被抬到齊修衍身邊，急忙又叩首，受寵若驚道：「陛下抬愛，學生愧不敢受！」
坐著御前奏對，就算是她們家老爺子恐怕也沒這樣的待遇。
「這些年，妳輔佐寧王有功，還時時不忘孝敬朕，虧得你們，國庫如今豐盈不少，賞妳個座位算不得什麼，安心受著便是。」元德帝語氣親切，臉色更是這些日子以來難得的和緩。
郭全唯恐地上跪著的那位小爺堅辭不受反而引得聖心不悅，忙想走過去將人扶起來順便提點一二，可還沒等他抬腳，那位小爺竟然順著皇上的話就謝恩起身，走到椅子邊坐下了。

郭公公。「……」

這位小爺，還真是識時務呢。

老實講，在皇上跟前坐著並不是一件舒服的事，因為只能搭著椅子沿兒坐著，沈成嵐沒怎麼練過這坐功，既擔心用力過猛把椅子坐壞了，又擔心坐不穩一個屁墩兒坐地上，竟是比站著還要累，沒多久額頭上就沁出薄薄一層汗。

「今日早朝上所議屯兵大同一事，你怎麼看？」元德帝揮退左右，只留下郭全在屋裡伺候，呷了口茶後出聲問道。

適才在朝上，朝臣們就此事爭論得言詞頗為激烈，以太子為首的主戰派和以二皇子為首的主和派唇槍舌戰、針鋒相對，齊修衍從頭到尾保持緘默。而他的緘默卻絕非同朝上某些可戰可不戰、抱著和稀泥想法的中立派一樣，因為早在中秋節獻賀表的時候，他就附呈一封定邊條陳，其中就提出在大寧、薊州、宣府、大同、榆林同時增兵駐守，防範遊騎犯境。

「今年夏、秋，山陝兩地遭遇大旱，草原亦是如此，故而兒臣才會在條陳中奏請在北邊五地增兵，防範蒙北騎兵。」齊修衍回道。

元德帝撫鬚頷首。「秋收時蒙北王庭雖然沒有大軍異動，但太原、薊州等轄下不少縣村確是遭到草原遊騎打劫穀草，所幸附近衛所出兵及時，沒有造成嚴重傷亡。」

正是因為此事，朝中不少大臣上表，這才關閉集寧榷場以示威懾。

集寧榷場是在初冬時關閉，等齊修衍得知此事後，更堅定北部幾大邊鎮增兵的想法。

「停戰國書簽訂尚不足十年，沒有把握，蒙北王庭定然不會貿然動用大軍，但今年北地入冬較往年早了將近半個月，又是酷寒，加之夏、秋大旱，草原諸部的處境恐怕很是艱難，秋收時頻繁的遊騎擾邊……兒臣恐其只是試探。」

試探邊鎮衛所的兵力，也是試探大昭朝中的反應。

「加之集寧榷場的關閉，草原人沒有辦法補充物資過冬，年後恐怕將會有大動作。」

集寧榷場是漠北草原地區與大昭進行商品物資交換的最主要管道，這條路被切斷，對前有大旱、後又嚴冬的草原人來說，無疑是雪上加霜。

不得不說，此時關閉集寧榷場的決定實在是很不恰當，一時間可能有威懾的作用，但後患更大，齊修衍對此極不贊同，但他表述得很委婉，畢竟關閉榷場的決定是通過朝議，眼前坐在大案後的這位也點了頭。

「如果北上增兵，朕把大寧交給你，你可有信心鎮守得住？」元德帝問道。
這話說得輕飄飄，聽起來好像很隨意的一問，但齊修衍和沈成嵐卻齊齊心肝一顫。
皇上這臉色、這神情、這語氣，莫非早就打算出兵草原？
只要草原先出兵犯邊，那麼便是他們單方面撕破停戰協議，大昭出兵便是正義之師。經歷大旱和酷寒的摧折，草原大軍勢必有背水一戰的士氣，但同時也無法逃離物資不足的危機。換言之，只要戳破他們的士氣，那將是草原騎兵最脆弱的時刻。
而大昭這邊，嘉禾、福州、關中、遼東、渝州五大新增屯田區經過六年墾種，軍倉豐足，又有福州港為首的海運貿易帶來的豐厚進項，國庫不提，皇上的內庫前所未有地充足。兩相比較，沈成嵐越發堅定自己的推測，皇上要在北邊開戰。
這一次的準備，可是比上一世充足多了。
沈成嵐飛快地和齊修衍對視一眼，掩在袖子裡的雙手緊緊握成拳。這一次，她不求戰功，只希望盡可能把更多的大昭士兵活著帶離戰場。
「兒臣，定不負所望！」齊修衍起身下拜，神色篤定堅毅。
沈成嵐緊隨其後也跟著跪拜叩首。
元德帝眼底浮上一抹欣慰的笑意，起身繞過大案，幾步走上前來親自扶起齊修衍，又虛扶一下沈成嵐，朗聲笑道：「好！好！」

增闢屯田、開建福州港、主持出海貿易、操練海軍……齊修衍這些年的所作所為帶給元德帝不僅是一次又一次的驚喜，還有從未對人言的自豪和期許。

示意兩人入座，元德帝返回案後坐穩，看著身著一身月白色銀絲暗紋團花錦袍、坐姿挺拔且少年裝扮的沈成嵐，微笑著問道：「六郎可要繼續追隨寧王北上？」

沈成嵐直覺反應就要答應，可話到嘴邊又生生給咬住，須臾後回道：「一切聽憑皇上差遣！」

如今已經回到京城，而且轉過年二月初就是會試，無論二哥考中與否，她都不能再頂著二哥的名頭跟著齊修衍北上。那麼，就只能指望年後的武舉了。

大昭立國至今，出現過好幾位女將軍，故而對女子參與武舉並沒有明文限制。

元德帝眼中笑意加深。「好，放心，朕一定會給妳個合適的安排。」

合適的安排？怎麼個合適法？

皇上這話說得模稜兩可，沈成嵐覺得自己的心本來挺寬的，這下子反而放不下心，從走出右順門一直到宮門口，皺著的眉頭就沒打開過。

早前述職加父子懇談，齊修衍心裡隱約有個大膽的猜測，不過還不確定，現在看到沈成嵐這副憂心忡忡的模樣更不忍說出來給她徒增煩擾，而是轉移她的注意力道：「聽說一品居新來一位擅長燉牛肉的大廚，咱們去嚐嚐怎麼樣？」

一大早天沒亮就起床，出門前只匆匆喝了一碗粥和吃過兩個包子，沈成嵐這會兒還真是餓了。

天大地大吃飯最大，索性把想不通的煩惱暫時拋到腦後，她樂呵呵點頭贊同。

「一品居不算遠，咱們就走過去吧！」

在福州住了六年，乍然回到冬天乾燥、凜冽的京城著實讓人一時難以適應，但沈成嵐此生志在北疆邊境，區區受凍都受不住就太可笑了，所以自打回京後，她就開始積極適應戶外的寒冷，早上更是堅持用冷水洗臉，當然，被老夫人和她娘知道後被碎唸好幾遭。

齊修衍豈會不知她的心思，毫不猶豫地點頭同意，讓王府的馬車先一步到一品居那邊候著，多寶則帶著兩名親衛跟在他們身後伺候著。

回京後，二哥雖然不經常出門，但為了避免麻煩，沈成嵐也不便隨意出門，像現在這樣跟齊修衍一起悠閒逛街的機會，在今後一段時間內恐怕很難得。

多寶跟在兩人身後盡職盡責地掏銀子，不多時兩名親衛的手上就拎滿大包小包的東西。

「京城比咱們離開的時候熱鬧多了。」沈成嵐順手遞了一串糖葫蘆到齊修衍面前，隨即想到這人很自律，從來不在外面邊走邊吃東西，忙又將手縮回來，卻被半路伸出來的手掌柔力截住，接著那串握在手心裡的糖葫蘆就易主了。

「怎麼樣，還是京城的糖葫蘆好吃吧？」見齊修衍咬下一顆糖葫蘆，沈成嵐也跟著吃了一顆，紅顏圓潤的山楂包裹著薄脆的麥芽糖衣，吃起來又酸又甜又冰，依然是記憶裡的味道。

齊修衍其實並不喜歡甜食，上輩子是再多的甜吃進嘴裡也是苦的，這輩子麼，有眼前這個人在，苦的吃進嘴裡也是甜的。

吃光手上最後一顆糖葫蘆，沈成嵐打量一下左右，趁著沒人注意時拿走齊修衍手裡那串，數了數，剩著半串多呢。

「待會兒就吃飯了，剩下的我幫你解決！」

動作嫻熟流暢，顯然這種事不是頭一回幹。多寶和兩名親衛眼觀鼻、鼻觀心，保持緘默，表示見怪不怪。

一品居原本就是京城頗有名的酒樓，最近兩年更是因為頻頻推陳出新的菜餚而被老饕和食客們追捧，跟風者更眾，因而二、三樓的包廂雅間就算提前預約，也不一定能預訂到。不過，沈成嵐卻不擔心，因為這一品居背後真正的東家是她三叔，三樓有一個雅間是專為自家人預留。

「是六爺吧，您這邊請！」掌櫃劉安看到來人出示的腰牌，想到少東家之前的叮囑，立刻猜到眼前人的身分，忙親自帶著他們前往三樓。

一品居原本並不是沈三叔的，只是入了些股，三年前才正式盤下來，用以展示莊子上種植的新作物，譬如番麥、番薯、洋山芋、海椒等。

沈成嵐在福州這幾年大部分精力用在操練海軍，餘下的就花在弄這些新鮮作物身上，即使如此，當年蒼郁送給她的那本畫冊上的東西也只弄到不足半數。不過，就算只是半數，就足以讓人驚嘆。尤其是番麥、番薯和洋山芋，不僅豐產，還不擇肥田，就算是貧瘠些的山地也能播種，還耐寒，即使是遼東府的北部也能成熟。

隨著這些新作物的推廣，皇莊作為新糧種的主要產地，不僅為皇上的內庫賺了個盆滿缽滿，更博得百姓對今上的擁戴和崇敬，每年秋收後從四方各地紛紛匯聚送至京城的萬民傘，就可以窺見皇上在百姓中的威望。

論功，皇上已經把皇莊上下賞了好幾遍，而真正的功臣卻隻字未提，並非刻意忽略，只是時機未到。

以屏風相隔，雅間的房門幾開幾合，上菜的夥計腳步輕快，偌大的一張桌子很快被盤子、碟子擺滿，桌子正中央放著一個正在加熱中的銅鴛鴦鍋，湯底一半紅亮一半奶白，海椒濃烈刺激的獨特味道，隨著蒸騰起來的熱氣，霸道地侵占整個房間。

齊修衍輕翹著嘴角抿了口茶，看著沈成嵐熠熠發光的雙眼，心裡暗忖：皇上所謂的時機應該已經到了。

「爺，公子，蒼先生在門外求見。」多寶繞過屏風走上前來稟報道。

沈成嵐的注意力原本都放在眼前的銅鍋上，聽到某人的名字瞬間眉梢倒吊，陰惻惻地低哼。「好啊，我還沒去找他呢，他倒自己送上門來了！」

齊修衍無奈地笑了笑，抬手示意多寶將人請進來。

多寶退下去不多時，一個身著靛藍色棉綾直裰的年輕男人就走進來，面皮微黑，眉眼清秀，氣質端和，正是蒼郁。

沈成嵐雖離京多年，但和蒼郁的書信往來卻不曾斷過，而且齊修衍向皇上力薦蒼郁指導嘉禾、福州兩地屯田引種占城稻，所以兩人的見面機會並不少。正是因為如此，沈成嵐才更氣不過。

這老小子竟然要娶她三姊，而且已經請好媒人，過兩天就要登門來提親，她居然昨天才知道！

「蒼先生，數月不見，看著又清減不少，怎麼，心裡有事給愁得夜不能寐、食不下嚥？」待蒼郁見過禮落了坐，沈成嵐將茶碗推到他跟前，噙著笑問道。

蒼郁就是知道沈成嵐這關不好過，所以才抱著晚死一天是一天的心態將提親的事拖到現在，拖無可拖，索性硬著頭皮耍賴道：「哪裡哪裡，只不過是秋天起了新宅子，裝修建園子一直忙到現在，沒空得閒，累了些罷了。」

這些年盡在莊子上蹭吃、蹭喝、蹭住，俸錢打賞獎錢幾乎一文錢也不捨得花，現在竟然捨得建宅子，還修園子，這是準備娶她三姊吧？

沈成嵐抬手示意他喝茶，順著他的話問道：「喬遷可是件大喜事，先生也不早點說，現在只能先空著手道聲恭喜了。」她說著拱了拱手，又繼續說：「明天我再登門正式道賀，不知新宅子在何處啊？」

蒼郁回了聲謝，忙報上一個地址，是在東城極好的一條街，沈成嵐或許不太知道行情，齊修衍卻是很清楚，普通的一進小院也要三、四百兩，蒼郁建了三進，裡裡外外都弄好了，怕是得二千兩。

沈成嵐卻是沒有多問宅子如何，她意難平的是蒼郁瞞著自己對三姊的心思，並非針對他本人。平心而論，她是很賞識蒼郁，有才識見地、務實勤懇又不乏圓融機敏，在沈成嵐看來，遠遠勝過那些徒有家世的勛貴子弟和虛浮不實的讀書人。現在給他點臉色看，其實不過是做做樣子罷了。

銅鍋裡的湯底已經沸騰，齊修衍親自動手涮了薄嫩的肉片和新鮮的蔬菜先挾給沈成嵐，他們兩人一起吃飯時很少讓人伺候，蒼郁也不是外人，就著新添的碗筷跟著一起吃。

相交多年，蒼郁還是比較了解沈成嵐的秉性，今兒也是預先和王爺打過招呼後特意約在酒樓，畢竟飯桌上的沈成嵐可是好說話多了，也最適合安撫她。

動筷沒多久，常大廚親自端了個紫砂煲進來，還能聽到裡面沸騰的翻滾聲，蓋子一掀開，濃郁的肉香頓時在空氣中綻開。

沈成嵐喜歡吃肉，尤其是牛、羊肉，只是牛肉稀少，平時並不常吃，現在見了頓時雙眼一亮，先挾了幾塊給齊修衍，又匆匆招呼蒼郁一聲，然後雷厲風行地出筷子，一口氣連吃了五、六塊，大讚好吃。

齊修衍見她吃得高興，心裡也跟著歡喜，不僅賞了這道燉牛肉的大廚，整個一品居的廚房都跟著領賞。

沈聿懷事先知道沈成嵐會給蒼郁下馬威，所以特意趕在他們快吃完的時候才過來，同時給沈成嵐帶來個消息。

「長公主府的內院大管事親自過來送的帖子，邀請二伯母和妳過府赴宴。」沈聿懷笑得別有深意。「妳是沒看到大伯母當時的臉色，嘖嘖，虧得她聽到消息風風火火地趕過來。」

吃得飽又吃得好，沈成嵐這會兒心情格外舒坦，靠在椅背上雙眼微微瞇著。「帖子不是送到祖母那裡？」

「人是先到祖母那裡請安，帖子卻是親自遞到二伯母手裡。」

這擺明是要單獨邀請景國公府二房。

「真是巧，我昨天也收到皇姑母的帖子。據我所知，其他皇子也都收到邀請了。」

齊修衍微微蹙眉。「探子傳回消息，太子府家宴上的那首曲子，是太子妃身邊的老嬤嬤讓人臨時加上去的。」

沈聿懷知道這件事，此時聽到內情不由得沈下臉。「太子妃這是什麼意思？」

「還能是什麼意思。」沈成嵐反倒泰然。「不說太子妃，咱們那位好大姊不也是同樣的居心嗎？不然選哪天不好，非選在昨天讓我們去太子府相見。她們都自以為能隨意拿捏旁人的命運，哼，她們不是要玩娥皇女英那套嗎？好啊，就讓她們如意！」

屋裡三個男人面面相覷，齊修衍率先領悟她的用意。「明日我正好要去給皇姑母請安，屆時給我的伴讀也要張帖子。」

沈成嵐撫掌惋惜，嘆道：「可惜啊，沈六公子明日偶感風寒，不便出門，好好的一張帖子，只能看家裡誰有空了！」

兩人一唱一和配合默契，沈聿懷深深看了蒼郁一眼，蒼郁心領神會，暗暗抹了把汗，切切實實感受到沈成嵐只是稍微給了他一個下馬威而已，並沒有真的要為難他。

剛回到京城，齊修衍忙著面聖述職，本打算過幾天再召見沈聿懷和蒼郁二人，現下碰到面倒也正好。

「今年試種的改良『占城稻』效果非常好，不僅畝產增加三成，在江南及以南地區還可以和晚稻配合實現一年兩熟，嶺南地區甚至可以一年三熟。遼東府中部及南部，我覺得可以嘗試高粱和冬小麥配合，達到一年兩收……」蒼郁這幾年的精力大部分放在棉花的推廣和占城稻的改良，首選的試驗田就是寧王主持開闢的幾處屯田，成效相當顯著，就連皇上這幾年也越發關注。

齊修衍的眼裡漾著笑意，不時地頷首肯定，卻沒有開口插話。

沈聿懷見蒼郁稟報得差不多了，接著彙報自己這部分，道：「遵照王爺的意思，我們旗下所有莊子裡出產的糧種都和皇莊一個價格，從前年開始，咱們的糧種不僅享有減稅優惠，在受災地區還有每斤糧種五文錢的賑災補貼，截至今年為止，已有二百八十四個縣，將福來糧行列入官府採購。」

「二百八十四個縣啊……」齊修衍低低沈吟。「差不多是大昭十之三四的縣了，進展速度很不錯。」

沈聿懷和蒼郁雙雙在心裡吁了口氣，這幾年他們做事順風順水，雖然離不開自身的辛勞，但更仰仗王爺的支持，如今能得到他的肯定，總算不負所望。

「往返於集寧的商隊應該都回來了吧？」

這兩日早朝，因為來年春天是否揮師北伐的事吵得熱火朝天。隨著集寧榷場的關閉，關於草原的消息越發難以獲取。

沈聿懷臉上的放鬆釋然漸漸收斂，放下茶碗略沈重地道：「最後一支已於昨天傍晚回城了，情況……不太好。」

齊修衍的神色也嚴肅起來，問道：「災情很嚴重？」

沈聿懷點頭。「今年入冬比往年早了不少，且一入冬就連下好幾場大雪，驟冷，牧民手裡的牛羊和馬匹損失嚴重。經過夏、秋大旱，草原各部本有的物資儲備幾乎消耗殆盡，集寧榷場的交易量大增，福來商行的帳目顯示，糧食、草藥和磚茶的銷量是去年的兩倍還多，但從那邊換過來的活畜卻不及往年七成，這還只是入冬前的情形。第一場大雪後，情況更嚴重了。最後回來的這支商隊和哈倫達部的牧民私下接觸過，就連他們想要順利度過這個冬天也艱難了。」

哈倫達部是距離集寧榷場最近的部落，也是最早和大昭通商的部落，除了草原蒙北王庭，他們可以說是草原上最富庶的部落，他們度冬艱難，其他部落的情況只會更加嚴峻。

「如果不是突如其來的暴雪封塞，今年的北境恐怕遠不止幾支遊騎打劫穀草。」最後一支商隊給沈聿懷帶回十分隱密且珍貴的消息，蒙北王庭已經派出使臣前往各大部落，名為扶濟，實則勾連各部主戰勢力。「來年冰融雪化，草原人必定會大軍來犯。王爺在御前陳情，若有需要，商隊裡關鍵那幾人隨時可調遣。」

以集寧榷場關閉時間推算，福來商行這最後一支商隊與草原人接觸必是在榷場關閉之後，普通行商私下溝通外族，罪名之大，一個搞不好就是株連，沈聿懷這個東家怕也是難逃。

可是為了讓皇上堅定警惕之心，沈聿懷甘冒這個風險。再者，數年相處下來，他對寧王已經全然信任。信任他的能力，更信任他的品性。

齊修衍的目光習慣性從沈成嵐臉上掃過，見她凝眉肅穆，憂心即將到來的兵患，絲毫沒有對沈聿懷這番決定有所質疑，他再看沈聿懷和蒼郁，皆是神思篤然，不見絲毫顧慮自身的退怯怯。

齊修衍的眉眼緩緩舒展開來，散去原有的端重嚴肅，緩聲輕笑道：「福來商行幫助王府密探隱藏身分，獲取重大軍事情報，待本王向皇上稟明後，定會為他們請功！」

沈聿懷聞言雙眼一亮，忙起身揖禮謝恩。沈成嵐和蒼郁見狀也跟著起身行禮，還極為默契地狗腿一句「王爺英明」。

別看沈成嵐平時動不動就愛損蒼郁兩句，實際上兩人甚為投緣，蒼郁要的東西，甭管多麼不靠譜，沈成嵐從來都是放在心上，而沈成嵐碰到棘手的事，蒼郁也是殫精竭慮幫著想辦法，離京這些年，兩人的聯繫遠比齊修衍和蒼郁的聯繫勤快得多，所以，日積月累就自發有了默契，尤其是奉承他們家王爺的時候。

齊修衍看到他們兩人臉上如出一轍的諂笑頓覺頭痛。「最遲五日，景國公一行就會抵達京城，蒼先生還需要抓緊時間準備上門提親的事宜，不出意外的話，聘禮也可一併準備起來。至於妳，嵐兒，今年的武舉恐怕要提前，武科可是先策略後弓馬，策略不中者不準試弓馬，妳也該抓緊時間備考才是。」

依照以往的經驗，少讓沈成嵐和蒼郁這兩人湊在一起，絕對是明智之舉。

大昭武舉不限男女均可參加，對學籍的要求也比文試寬鬆，並不一定要在戶籍所在地參加童試、鄉試。沈成嵐便是在福州考中的武舉人，因為需要低調，所以在考試過程中故意放水，考了第十二名。但接下來的會試和殿試，她可不打算藏拙。

武試不同於文試，殿試過後一般會立即由兵部授予官職，武狀元可授正三品參將，武榜眼授從三品的遊擊，武探花授正四品的都司，都是可以直接帶兵的實權武職。北境戰事將近，看朝中的情形，齊修衍領兵出征的機率極大，沈成嵐想要光明正大、名正言順地跟著他出征，武舉無疑是最佳捷徑。

為此，沈成嵐昨晚還在點燈熬油推演陣法。不過，儘管如此，她也不打算輕鬆放過將要拐走她三姊的老小子。

「要的、要的，謹遵王爺教誨，我一定老老實實在家裡備考，絕對不辜負王爺的期待。」她可是很熟練順著竹竿往下爬的功夫。

見她答應得這麼痛快，就差在臉上刻著「陽奉陰違」四個大字，齊修衍隱隱覺得額角發痛，見事情已經談得差不多，便揮手讓沈聿懷和蒼郁兩人先行退下。

房門一闔上，齊修衍便無奈地緩聲叮囑道：「嵐兒，不許過分刁難蒼先生。」

過了最初聽到消息時的詫異，沈成嵐的心情其實已經平復大半，不過聽到齊修衍替蒼郁說話，還是有點意難平地哼了兩聲。

「我是針對他這個人嗎？我分明是氣他竟然一直瞞著我！」

坦白講，從世俗眼光看來，作為景國公府三房嫡出小姐的婚配對象，蒼郁年紀稍大、家世平平，個人前程也不甚出色，十家裡恐怕有九家不會同意這門親事。剩下的一家就是他們景國公府了。尤其是沈成嵐，她與蒼郁相交多年，對他的脾氣秉性、才識氣度了解甚篤，若是他早些透露對三姊的心意，她非但不會阻攔，反而會全力支持。

齊修衍一眼看透她所想，倒了盞茶塞到她手裡，毫不客氣拆穿她。「別說連妳自己都不會信的話。」

心虛地哼一聲，沈成嵐埋頭喝茶。

不會阻攔是不會阻攔啦，但是蒼郁那老小子竟然膽敢妄想她三姊，哼，讓他輕輕鬆鬆鬆就稱心如意，才怪！

「這門親事，門戶相差懸殊，蒼先生為此承受不小的壓力，他視妳為至交，也正因為如此，才越發承受不了妳的異議。」

沈成嵐悶聲回道：「所以就一直瞞著我，直到現在不得不說的地步？」

齊修衍笑著握住她的手，力道輕緩地捏了捏。「被妳摧殘少一天是一天吧，蒼先生這個策略，我還是挺贊同的。不然，我還真怕他心裡扛不住，打退堂鼓。」

「我有那麼可怕嗎？不就是家世差了點、年紀大了點嗎？他自己有真才實幹，真金還怕火來煉？這麼容易打退堂鼓，分明就是對我三姊的心意不夠堅定……」

看吧！就知道她會是這個反應。縱然這人心有不平，但這些聽起來會讓蒼郁尷尬不自在的話，她也僅僅只會在他們兩人獨處時才說。嘴硬心軟，不過如此。

齊修衍握著她的手又緊了緊，摸到她手掌的薄繭又是一陣心軟，一反剛才在蒼郁兩人面前所說，囑咐道：「兩位先生都說了，以妳現在的能力通過武選並無意外，平日裡就不要再增加課業，勞逸結合才好。」

如有可能，他是連戰場都不想讓她去。甚至動過讓她無法通過武選的念頭。但這樣的想法轉瞬就被他按捺下去。這一世，他想護她平安康泰、順遂如意，但被護在君王羽翼下、禁錮在後宮方寸之中的生活，絕對不會讓他的嵐兒覺得順遂如意，所以要克制、要忍耐，要隨時提醒自己不能成為她的桎梏。

察覺到握在手上的力道加重，沈成嵐抬起頭看向齊修衍，見他臉上快速收起的失神，心底湧上一股酸楚的暖意。

從多寶那裡打聽來的小道消息，這人半夜驚醒的情形雖然在逐年好轉，但並沒有完全消失，尤其是她率領海軍出港、剿滅海匪的時候，情況反而會加重。癥結是什麼，她豈會不知？只是，這個心結如果不打開，終有一天會演變成他的心病。所以，縱然再心有不忍，沈成嵐也要幫他打開這個心結。

「我知道啦！抽空就幫蒼先生籌備籌備婚禮，正好當作消遣。」沈成嵐把茶盞扔到一邊，笑嘻嘻把玩著齊修衍的手指，狀似隨意地說著。「聽我娘說，三姊為了繡嫁妝，整天把自己關在房裡，現在我回來了，讓我也過去跟著幫幫忙。」

沈成嵐一邊說著，一邊飛快捏著人家的手指，顯然是在心虛，不待齊修衍有反應，強詞辯解道：「我、我繡活是不怎麼拿得出手，但裁剪的功夫還不錯，這是姚師傅說的！」

姚師傅是福州寧王府裡製衣坊的管事，精於女紅，沈成嵐曾私下拜師，結果不到半年就被姚師傅委婉地勸退了。

回想起姚師傅那時候委婉卻堅決的態度，齊修衍仍忍不住想笑，卻又怕刺激到眼前人的脆弱神經，著實忍得辛苦。「嗯，裁剪也是需要天分，日前宮裡賞下不少好料子，稍後讓人送過去給妳。」

沈成嵐聞言心情大好，喜孜孜地點頭應下，轉念又開口說：「還是送到蒼先生那邊吧，籌備禮單正派得上用場。」

這幾年蒼郁的確攢下一些家底，但既要置產又要操辦婚禮，這點家底不被掏空也難。

明明上一刻還在抱怨，這一刻就開始替人著想，真是心口不一的典範，可齊修衍就是喜歡這樣的她。

「蒼先生這些年為朝廷、為百姓貢獻良多，咱們動身離開福州時，我已呈上請功摺子，最遲月底，父皇的恩賞就會賜下。」

在福州韜光養晦六年，依皇上的意思應該是要讓他挪挪地方了，因此，齊修衍在啟程回京前就呈上一本厚厚的請功摺子，其中對蒼郁的陳述尤為著重，儘管皇上對這些功績早已經了然於胸。

沈成嵐頓時喜上眉梢，傾身湊近他，諂聲笑問道：「請功的摺子裡是不是也有我的分兒？不知道皇上會賞我什麼？」

「自然有妳的分兒。」齊修衍佯裝無奈，實則心裡歡喜極了。「再說了，即使我在請功摺子裡沒提到妳，就憑妳風雨無阻一個月一封的請安摺子，父皇忘了誰，也不會忘了妳。」

當年初離京時，在平江府主持賑災，沈成嵐送上時鮮蝦蟹孝敬皇上，從數量上講是摳門了點，但皇上還是朱筆一揮，給了個「朕心甚慰」的批覆，還順手賞了兩件小玩意兒。自此沈成嵐就養成每月向皇上寫請安摺子的習慣，不拘內容，有時候是風俗見聞，有時候是跟著王爺辦差的心得，當然，每本摺子的最後都要言詞懇切地稱讚一番皇上的威明與恩澤。摺子兩、三個月隨著齊修衍的奏摺送回京，起初還以為八成要被通政司扣下，沒想到每一次皇上都給了批覆，這麼一來一往的，竟沒斷過。

聽齊修衍這麼一提，沈成嵐剛開始還挺高興，可轉念一想，笑臉就垮了。「十回裡，有八回皇上都在嫌棄我孝敬的土儀太摳門……」

看著眼前越皺越緊的臉，齊修衍忍不住笑出聲。「那怎麼辦？不然，趁著剛回來沒多久，妳再補一份厚厚的孝敬？」

沈成嵐在福州人緣甚佳，尤其是在海防戍衛軍中極得人心，餞別酒從臨行前半個月就開始喝，收到的贈禮足足裝了兩、三大馬車，算算行程，再有五、六天就能跟著押送稅銀的官軍們進京了。

「這樣能行？」沈成嵐臉上帶著猶疑，雙眼卻倏然一亮。

齊修衍被她盯得不忍，只得硬著頭皮順勢說：「亡羊補牢猶未晚矣，福州的稅銀還沒入京，父皇的恩賞也尚未最終定下來。」

沈成嵐向來深信齊修衍的判斷，聽他這麼一說，頓時心裡湧上竊喜，右拳猛地一擊左掌心，目光一轉掃到齊修衍別有深意的笑臉，難得竟有些覺得羞愧，自辯道：「我本來就準備土儀孝敬皇上的，可不是臨時抱佛腳，這回只是聽你的建議，再多加一點點而已，真的！」

這倒是真的。臨行前打包箱籠，沈成嵐反覆查點她給各家準備的贈禮，單齊修衍就旁觀過兩次，也知道她打算送給皇上的箱子看起來個頭最大。

事實上，只要福州的稅銀一入京，海防六衛的密摺一呈上，沈成嵐就算沒準備那一大箱子的土儀，皇上論功行賞的時候，忘了誰也不會忘了她。不過，齊修衍暫時還不打算告訴她，給她點無傷大雅的小麻煩消耗精力和時間也挺好的，起碼可以讓她少點時間去茶毒蒼先生。

——未完，待續，請看文創風908《將門俗女》3（完）

2020年12月出版

洪福齊天

文創風 904~905

夢中的情景讓齊昭痛徹心扉，
卻怎麼樣都醒不過來，
幸好，這一世，還能轉圜……

再活一次 還是要天涯海角遇到妳／遲意

齊昭，京城順安王府的第五子，由順安王最寵愛的侍妾所生，
卻屢遭忌憚，最後落得娘死爹疏遠、被害扔出宮的下場。
他活了兩世，上一世在冰天雪地中被福妞所救，
他心悅福妞，卻礙於義父、義母的顧慮，只能以姊弟相稱。
經過五年的休養生息，他回京扳倒從前害他的人，登上皇位，
當他帶著大隊人馬來接福妞一家時，
卻得知義父、義母染病雙亡，奶奶做主將福妞嫁給地主兒子，
竟又被妒恨的小妾按入水井中淹死，死後也沒把屍體撈上來……
摯愛已歿，再無希冀，他一生未娶，孤獨終老，
雖日日受萬人朝拜，卻帶著巨大的遺憾撒手人寰……
重活一世，他在冰天雪地中等到了他的福妞，
只是，這一世的福妞境遇完全不同，
他能擺脫姊弟的桎梏、化解奪嫡的凶險，護福妞此世周全嗎？

2020年11月出版

莽夫求歡

文創風 899

【洞房不寧之二】

一個是天不怕地不怕的紈袴富二代，
一個是武力值滿點的江湖奇女子，
不打不相識，越打越有味，
像極了愛情……

新系列【洞房不寧】開張！

我愛你，你愛我，然後我們結婚了——
不不不，月老牽的紅線，哪有這麼簡單？
這款冤家是天定良緣命，好事注定要多磨……

天后執筆，高潮迭起／莫顏

宋心寧決定退出江湖，回家嫁人了！
雖說二十歲退出江湖太年輕，但論嫁人卻已是大齡剩女。
父親貪戀鄭家權勢，賣女求榮，將她嫁入狼窟，她不在乎；
公婆難搞、妯娌互鬥，親戚不好惹，她也不介意；
夫君花名在外、吃喝嫖賭，她更是無所謂，
她嫁人不是為了相夫教子，而是為了包吃包住，有人伺候。
提起鄭府，其他良家婦女簡直避之唯恐不及，可對她來說，
鄭府根本就是衣食無缺、遠離江湖是非、享受悠閒日子的神仙洞府！
可惜美中不足的是，那個嫌她老、嫌她不夠貌美、嫌她家世差的夫君，
突然要求她履行夫妻義務，拳打腳踢趕不走，用計使毒也不怕，
不但愈戰愈勇，還樂此不疲，簡直是惡鬼纏身！
「別以為我不敢殺你。」她陰惻惻地持刀威脅。
夫君滿臉是血，對她露出深情的笑，誠心建議——
「殺我太麻煩，會給宋家招禍，不如妳讓我上一次，我就不煩妳。」
宋心寧臉皮抽動，額冒青筋，她真的好想弄死這個神經病……

紅顏彈指老，剎那芳華留／不歸客

2020年11月出版

何家好媳婦

夫君說，他離不開她，要她千萬莫拋下他一走了之，
夫君還說，若沒有她，他活著都沒滋味了，
她聽罷，當即伸出食指勾起他的下巴，痞痞地對他說——
只要你乖乖聽話，不惹我生氣，我絕不丟下你，
跟著我，保管你吃香的、喝辣的，賽神仙一般的快活啊！

文創風 900 1

投生在一個重男輕女的家庭中，黃四娘注定得不到爹娘的關愛，
大姊是家中第一個孩子，多少得了幾年的疼愛，
二姊和三姊是少見的雙生子，也被希罕了好一陣子，
而身為家中的第四個女兒，她自小得到的只有嫌惡及打罵，
她也知道自個兒爹不疼、娘不愛的，所以向來安分低調不惹事，
可即便這樣，親娘仍是生了將她以二十兩銀子賣掉的心思，
倘若真被賣至那煙花之地，她這輩子還有什麼盼頭？
不行，自己的命運自己扭轉，得趕緊想辦法逃離黃家這牢籠才成！

文創風 901 2

聽說何思遠前兩年被朝廷徵去從軍打仗，還立了戰功，即將光榮返鄉，
可這會兒，他弟弟卻在街上號哭，說他戰死了，甚至屍骨無存，
接著，她又聽見何家父母想為這早逝的大兒娶媳，以求每年有人上墳祭拜，
明知道嫁過去是守寡的，可眼下這是她逃出黃家的唯一機會了！
無暇多想，她厚著臉皮上前求何家父母相救，最終順利進入何家當寡婦，
婚後，公婆待她極好，將她當親閨女般疼愛，也相當支持她創業自立，
她不是那等不知恩圖報之人，她定會當何家的好媳婦，善待何家人，
並且，她還要賺許許多多的錢，過上闔家安康的好日子！

文創風 902 3

短短幾年，四娘一手創立的芳華閣已遍布整個大越朝，
芳華出產的保養品炙手可熱，連皇宮裡的后妃娘娘們都愛用，
可她不滿足於此，她還想當上皇商，畢竟誰當靠山都不及皇帝大啊！
這日，她女扮男裝出遠門巡視分鋪之時，竟巧遇了她的亡夫，
原來這人當年根本沒死，還立下汗馬功勞，只是因著戰事而未能返家團聚，
她試探地跟他說，父母已為他娶妻，豈料他竟說返家後會給妻子一筆錢和離，
四娘聞言，簡直都要氣笑了，現在是在跟她談錢嗎？她最不缺的就是銀子！
要和離就來啊，反正她也不是會乖乖在家相夫教子的人，正好一拍兩散，哼！

文創風 903 4 完

小夫妻倆辦了婚禮，正是新婚燕爾之時，不料西南戰事再起，
雖說這次是去平叛軍的，動靜小點，但架不住國庫空虛啊！
為了不讓夫君及軍士餓著肚子殺敵，四娘瞞著夫君偷偷前往西南做生意去了，
她為妻則強，事先找上皇帝談條件，把西南三地的所有玉脈全歸她所有，
而她則負責戰事期間的所有軍需，且日後的玉石營收還會讓皇帝入股分紅，
仔細想想，她這般有情有義又力挺夫君的媳婦，真是打著燈籠都找不著了，
可是，夫君發現她跑到西南後，居然生氣地要她想想自己到底錯在哪裡？
嗚，她就是錯在太愛他了！她要給肚子裡的娃兒找新爹，他就不要後悔！

文創風 907

將門俗女 2

國家圖書館出版品預行編目資料

將門俗女 / 輕舟已過著. --
初版. -- 臺北市 : 狗屋出版社有限公司, 2020.12
冊 ; 公分. --（文創風）
ISBN 978-986-509-164-4（第2冊：平裝）. --

857.7 109017279

著作者 輕舟已過
編輯 黃鈺菁
校對 黃薇霓
發行所 狗屋出版社有限公司
地址 台北市104中山區龍江路71巷15號1樓
電話 02-2776-5889～0
發行字號 局版台業字845號
法律顧問 蕭雄淋律師
總經銷 知遠文化事業有限公司
電話 02-2664-8800
初版 2020年12月
國際書碼 ISBN-13 978-986-509-164-4

定價260元

狗屋劃撥帳號：19001626

網址：love.doghouse.com.tw E-mail：love@doghouse.com.tw